BAS LES MASQUES

Né à Bruges en 1953, Pieter Aspe est un écrivain belge de langue néerlandaise. Il devient célèbre grâce à la série du commissaire Van In qui compte déjà près de quarante volumes en langue flamande, dont les premiers ont fait l'objet d'une adaptation télévisée. *Bas les masques* est le 17e tome de la série. En 2001, Pieter Aspe a reçu le prix Hercule Poirot qui récompense chaque année le meilleur auteur policier flamand.

Paru au Livre de Poche :

13

L'AFFAIRE DU TAROT

LE CARRÉ DE LA VENGEANCE

CHAOS SUR BRUGES

LE COLLECTIONNEUR D'ARMES

COUP DE PUB

DE SANG ROYAL

FAITES VOS JEUX

LA FEMME TATOUÉE

LES MASQUES DE LA NUIT

LE MESSAGE DU PENDU

LA MORT À MARÉE BASSE

PIÈCE DÉTACHÉE

LA QUATRIÈME FORME DE SATAN

LE TABLEAU VOLÉ

PIETER ASPE

Bas les masques

ROMAN TRADUIT DU NÉERLANDAIS (BELGIQUE)
PAR EMMANUÈLE SANDRON

ALBIN MICHEL

Titre original :

ONTMASKERD
Paru chez Manteau, Anvers, 2005.

Toute ressemblance avec des personnes ou des situations existantes serait purement fortuite.

ISBN : 978-2-253-23733-4 – 1re publication LGF

Pour Gail et Ruby

« Chaque masque en cache un autre. »

P. A.

1

« Au bal ! Au bal masqué ! Ho hé, ho hé ! » hurlaient les baffles.

Joris Mareel regardait la Pils posée devant lui en secouant la tête comme un boxeur qui vient de recevoir une fameuse raclée. Sa vessie était sur le point d'exploser. Une gorgée de plus et il vomirait tout son quatre heures. Et pourtant, il porta le verre à ses lèvres. Sa bière était tiède, et la mousse était retombée. À la deuxième gorgée, l'envie de vomir reflua. Le jeune homme alluma une clope et inspira avidement la fumée. Il eut une idée bizarre qui le fit rigoler tout seul : c'était comme s'il la mangeait.

Un nouvel air de la Compagnie créole retentit dans le café. Des noceurs aux accoutrements plus étranges les uns que les autres traversaient la salle en dansant à la queue leu leu. L'un d'eux invita Mareel à les rejoindre en beuglant. Une jeune Tzigane lui tendit la main et l'attira à elle, brisant un moment la chaîne humaine. Elle posa les mains sur les épaules de Mareel et pressa sa poitrine contre son dos. Au contact de ce corps chaud, il dessaoula instantanément.

« Si tu veux, je te lis ton avenir ! lui cria-t-elle à l'oreille. Ou je t'explique ton passé ! »

Il reconnut la voix de Katja.

Son estomac fit le grand huit, et cela n'avait rien à voir avec son taux d'alcoolémie. Katja, la fille au corps divin et aux grands yeux gris qui faisait jouir dans leur sommeil tous les jeunes de Blankenberge ! Elle l'avait choisi, lui ! Quand il avait essayé de l'emballer six mois plus tôt, elle l'avait repoussé d'un air moqueur. Que se passait-il ? Était-elle bourrée au point de le confondre avec un autre ? Ou devait-il son aubaine au carnaval ?

La farandole continuait à s'allonger. La porte du bistrot s'ouvrit, déversant dans la rue son flot de fêtards insensibles au froid, malgré le vent glacé et le givre qui recouvrait les voitures garées le long du trottoir d'en face.

« J'avais prévu d'aller au Mer du Nord, dit Joris Mareel, la tête inclinée vers la plus belle fille à cinquante kilomètres à la ronde. Tu m'accompagnes ? »

Le Mer du Nord était un café situé à cinq minutes à pied. Mareel se disait que ce serait l'occasion de bavarder et de se rapprocher de celle sur qui il fantasmait depuis plusieurs mois.

« Pourquoi pas ? »

Katja se serra davantage contre lui, même si elle n'avait aucune envie de l'accompagner jusque-là.

« Sérieux ?! » s'exclama Joris Mareel, stupéfait de l'aubaine.

La jeune fille sortit de la farandole et passa un bras autour de ses épaules.

« Au carnaval, tout est possible », dit-elle en souriant.

Il faisait chaud au 204. Van In ôta le pull Scapa bleu marine qu'Hannelore lui avait offert à Noël et le posa sur le dossier d'une chaise, en veillant à en dissimuler le logo. Il était bien forcé de le porter de temps en temps pour faire plaisir à sa chère et tendre, même s'il détestait les vêtements de marque. Ses efforts pour rester discret ne portèrent pas leurs fruits. Lorsque Carine pénétra dans la pièce, quelques minutes plus tard, elle s'exclama aussitôt :

« Quel beau pull, Pieter ! C'est un Scapa ?

— Je t'ai demandé ton avis ?

— Non, chef. Mais je le trouve vraiment pas mal. »

Carine s'assit à son bureau et alluma son ordinateur, histoire de donner le change au cas où il viendrait à l'idée du commissaire en chef De Kee de leur faire une petite visite de courtoisie.

« Versavel n'est pas là ?

— Il va arriver. »

Van In avait envoyé son bras droit au Paki du coin. La réserve de genièvre était à sec, et il avait besoin d'un petit remontant.

« Les enfants vont bien ? »

Quand c'était le calme plat au commissariat, Carine essayait de tuer le temps en se perdant en bavardages insignifiants. Van In alluma une cigarette et allongea les jambes sous son bureau.

« On ne va pas se plaindre.

— Et Hannelore ?

— Pareil. »

Van In réprima un bâillement. Où était passé Versavel ? Il ouvrit le tiroir supérieur de son bureau, en retira un dossier et fit mine de l'étudier. Qu'elle se taise un peu, au moins !

« Baeyens m'a dit que la nuit avait été tranquille. À part deux bagarres au Marché-aux-Œufs et un accident avenue du Baron-Ruzette, le carnaval s'est déroulé sans accroc. »

L'officier Baeyens avait fait la nuit. Il avait des vues sur Carine et ne laissait jamais passer l'occasion de la draguer.

« Ah bon ? »

À Bruges, le carnaval passait presque inaperçu. En tout cas, il n'y avait aucun cortège. À part le Prince et sa suite, personne ne descendait déguisé dans les rues. Van In se souvenait encore du temps où la fête était même interdite dans la petite Venise du Nord.

« Salut ! »

Sous le manteau ample de Versavel, la bouteille de genièvre passait inaperçue. L'inspecteur avait l'air soucieux. Van In buvait plus que de raison, mais c'eût été peine perdue de remettre le sujet sur le tapis. Il n'écoutait pas. Versavel avait donc fait le choix d'acheter une marque de genièvre que le commissaire n'aimait pas.

Quand un de ses collaborateurs souleva la couverture posée sur le corps, l'inspecteur en chef Catrysse se mordit nerveusement la lèvre inférieure. Cette jeune fille avait à peu près l'âge de sa nièce. Et il la connaissait bien. « Si c'est pas malheureux ! » se dit-il en secouant la tête. Un crime à Blankenberge, c'était presque aussi improbable que de voir le FC Bruges accéder en finale de l'UEFA. De toute sa carrière, cela ne lui était arrivé que deux fois.

« Qui l'a trouvée ? »

L'homme qui avait soulevé la couverture lui indiqua deux personnes de sexe indéterminé sous leur étrange accoutrement, qui attendaient un peu à l'écart. La première était drapée dans une tunique ample et coiffée d'un turban ; la seconde évoquait à la fois Superman et Spiderman sans qu'il soit possible de trancher.

« Tu as déjà interrogé ces deux zigotos ?

— Ils ont d'abord cru qu'elle cuvait sa bière.

— Tu leur as demandé leur identité ?

— Dennis Latkowski et Ellen Sauvage. »

Catrysse hocha la tête. Ces deux-là s'étaient mariés récemment. Ils étaient connus à Blankenberge pour être de sacrés noceurs.

« Dis-leur de rentrer chez eux et de se changer. Je préviens le parquet. »

Quand Versavel et Van In arrivèrent rue Breydel, les gars du labo technique étaient déjà occupés à délimiter plusieurs périmètres de sécurité. Les inspecteurs de la police locale avaient installé des rubalises et tentaient vaille que vaille de retenir les flots de fêtards qui arrivaient d'un peu partout. La plupart étaient ronds comme des queues de pelle. Le café du coin ne désemplissait pas.

« *Sic transit gloria mundi !* » lâcha Versavel en soulevant le ruban de police qui délimitait le deuxième périmètre de sécurité pour permettre à Van In de passer sans trop se pencher.

« Quoi ?

— Le monde court à sa perte… »

Versavel n'était pas ce qu'on appelle un optimiste. Il était même au contraire convaincu que la civilisation occidentale connaissait ses dernières heures.

Van In eut la sagesse de ne pas embrayer. Ils pourraient toujours philosopher plus tard. Ils avaient un meurtre sur les bras, là, tout de même.

« Il fait quoi, ce gars, là-bas ? »

Un homme vêtu d'un costard en soie noire, les épaules enserrées dans une capeline et la tête disparaissant sous un chapeau à large bord, déambulait dans le dernier périmètre de sécurité.

« Zorro, *I presume*, dit Versavel.

— Je voyais Zorro un brin plus mince, Guido.

— Alors, c'est Zlotkrychbrto. »

En cas de meurtre la procédure prévoit de délimiter trois périmètres de sécurité. Interdiction d'y pénétrer, sauf pour les gars du labo technique et le légiste. Van In alluma une cigarette et considéra le tableau avec étonnement. Quand Zorro s'agenouilla devant le corps, personne ne fit un geste pour l'en empêcher. Versavel avait sans doute raison. C'était bien le genre du médecin polonais. Depuis son arrivée à Blankenberge, il avait adopté le mode de vie bourguignon et était de toutes les fêtes locales. Alors, pourquoi pas le carnaval ?

« Espérons qu'aucun journaliste ne traîne dans le coin…

— Parce que tu crois que Zlot en aurait quelque chose à cirer ? »

Zorro examina le corps en dix petites minutes. Lorsqu'il se redressa en vacillant, Van In lança sa cigarette dans le caniveau et marcha à sa rencontre.

« Alors ?

— Une belle branche de fille, répondit Zlotkrychbrto visiblement ému.

— Un beau brin, tu veux dire ? »

Les deux hommes se serrèrent la main. Van In hocha la tête. Zlot avait une fille, et il l'adorait.

« Quelqu'un de Blankenberge ?

— Oui, c'est Katja Geenen. »

Le légiste essuya discrètement une larme, manifestement sous le choc. Van In attendit un peu avant de poser la question qui lui brûlait les lèvres :

« Cause de la mort ?

— Strangulation. »

Zlotkrychbrto consulta sa montre. Il était neuf heures cinq.

« Ça ne remonte pas à plus de quatre ou cinq heures, à mon avis. »

Van In sursauta. Comment le corps sans vie de la jeune fille avait-il pu passer inaperçu pendant tout ce temps ?

Zlotkrychbrto lut dans ses pensées.

« Elle était cachée entre deux sacs poubelle, Pieter. Et puis c'est le carnaval, je te rappelle. Il n'est pas exclu que quelqu'un l'ait remarquée mais ait pensé qu'elle cuvait son vin. Ce ne serait pas la première fois que ça arrive.

— Avec un froid pareil ?

— Quand on est beurré comme un petit Lu, on dort n'importe où. Tu devrais le savoir, Piotr.

— Je ne dors jamais à la belle étoile, marmonna Van In.

— Sur le canapé, par contre, ça t'arrive », dit une voix derrière lui.

Hannelore posa une main sur l'épaule de son homme et lui fit la bise, rayonnante.

« Me voilà », dit-elle.

La police locale avait barré la vue en installant de grands écrans de part et d'autre de la rue. Deux pompiers posèrent le corps sans vie de la jeune fille sur un brancard et le firent coulisser dans l'ambulance tandis que les gars du labo technique commençaient à passer les lieux au peigne fin. C'était chercher une aiguille dans une botte de foin, mais ils n'arrêteraient que lorsque Klaas Vermeulen leur en donnerait l'ordre.

« On a identifié la victime ? demanda Hannelore en resserrant son manteau autour d'elle pour se protéger d'une bourrasque cinglante.

— Oui, répondit Van In. Katja Geenen, domiciliée avenue des Polders.

— Seule ?

— Non, elle vivait chez ses parents. »

L'inspecteur en chef Catrysse était venu au rapport. La jeune fille jouissait d'une réputation sulfureuse. Elle aimait faire la bringue et se laissait facilement séduire quand elle avait un verre dans le nez.

« Elle avait un petit ami ?

— Oui, un certain Erwin Nolens. Mais ils ne vivaient pas ensemble.

— C'est peut-être une piste », dit Hannelore.

Il fallait envisager le crime passionnel. Au carnaval, l'alcool aidant, les langues se délient. Nolens avait très bien pu apprendre quelque chose qui ne lui avait pas plu. Ou pire, surprendre sa bien-aimée dans les bras d'un autre.

« Nolens vit à Bruges, les informa Versavel, qui venait de prendre ses renseignements. Avenue de la Reine-Élisabeth. Je propose qu'on aille lui faire une petite visite de politesse et qu'on lui demande où il a passé la nuit.

— Cela ne me paraît pas une mauvaise idée », répondit Van In.

Il pivota et prit la direction de la voiture de fonction, qui était garée un peu à l'écart. Hannelore avait raison. Nolens était le suspect numéro un, que cela lui plaise ou non. À vrai dire, il détestait quand la solution lui semblait servie sur un plateau. D'un autre côté, une issue rapide était toujours bonne à prendre pour l'image de la cellule d'enquête.

« Quelque chose ne va pas ? demanda Hannelore, qui connaissait son homme par cœur.

— Non, ma chérie.

— Menteur ! »

Erwin Nolens était un gars aux yeux bleus et à la mâchoire carrée, dans la quarantaine. Son allure sportive ne cadrait pas avec son costume italien, assez cher. Il gratifia ses visiteurs d'un large sourire qui révéla deux rangées de dents d'un blanc étincelant. Hannelore elle-même fut impressionnée, même si elle n'en laissa rien paraître. Van In était bien trop jaloux.

« Que puis-je pour vous ?

— Nous aurions deux ou trois questions à vous poser. On peut entrer ? » demanda Van In.

Nolens occupait une maison de maître du dix-neuvième siècle qui avait été rénovée de fond en comble quelques années plus tôt. Il les précéda dans son bureau, une pièce qui donnait sur la rue.

« Rien de grave, j'espère ? »

Une photo en noir et blanc de Katja Geenen était accrochée dans un cadre au-dessus du bureau en chêne. Nue, elle fixait l'objectif d'un air de défi.

« C'est à propos de cette jeune fille », dit Van In, ce qui lui donna un prétexte pour fixer le cliché un peu plus longtemps qu'il n'aurait normalement osé le faire en présence d'Hannelore. L'inspecteur en chef Catrysse n'avait pas exagéré. Katja Geenen avait été splendide.

« J'espère qu'il ne lui est rien arrivé ? » fit Erwin Nolens en prenant appui sur le dossier d'une chaise, l'air subitement préoccupé. Van In et Versavel l'observaient attentivement. Quelle serait sa réaction lorsqu'il apprendrait la mort de sa petite amie ? À l'exception des acteurs, peu de gens sont capables de feindre une réelle surprise.

« Elle a été tuée cette nuit », dit Hannelore.

Nolens ferma les yeux et se laissa tomber sur une chaise. Van In jeta un regard à Hannelore et à Versavel. Voyaient-ils eux aussi les mâchoires serrées et les narines dilatées ? Ils haussèrent légèrement les épaules. Nolens était manifestement en état de choc.

« Vous allez bien, monsieur Nolens ? » demanda Hannelore.

Elle avait traversé la pièce et posé une main sur son épaule. Elle était toujours extrêmement mal à l'aise quand elle se trouvait dans l'obligation d'annoncer une nouvelle de ce type. La plupart des gens qui apprenaient la mort violente d'un être cher avaient la même réaction que Nolens : stupéfaction et incrédulité.

« Ce n'est pas possible ! marmonna Nolens. On s'est encore vus hier soir ! Elle devait venir aujourd'hui pour… »

Sa voix se brisa. Il semblait sur le point de pleurer, mais il ravala ses larmes.

« Après le carnaval, nous devions partir en voyage quelques jours. »

Van In se passa la langue sur la lèvre supérieure. La réaction de Nolens était claire, mais il était de son devoir de ne pas en rester là.

« Je sais que cela peut vous paraître brutal, monsieur Nolens, mais je suis obligé de vous demander où vous étiez la nuit dernière et si vous avez des témoins. Après cela, nous vous laisserons tranquille. »

Nolens rouvrit les yeux et poussa un profond soupir.

« Je comprends, commissaire », dit-il en essayant de se reprendre.

Hannelore l'encouragea d'un signe de la tête, gênée. Manifestement, il faudrait à Nolens encore un bon moment avant de percevoir toute l'horreur de la situation.

« Prenez votre temps, monsieur Nolens, répondit Van In.

— Ce n'est pas nécessaire, commissaire. J'ai passé la nuit chez un très bon ami. Il m'avait invité à dîner et j'avais un peu trop bu pour rentrer chez moi.

— Je comprends, monsieur Nolens, mais…

— Vous avez besoin de son nom. »

Van In hocha la tête.

« Benjamin Vermeersch.

— Le Benjamin Vermeersch de la BSB ?!

— Vous le connaissez ?

— Tout le monde connaît M. Vermeersch, en Flandre-Occidentale », répliqua Van In.

Benjamin Vermeersch était à la tête d'une entreprise locale qui jouissait d'une renommée internationale, la Société ferroviaire brugeoise ou SFB. Un homme de son prestige était un témoin de poids.

« Une dernière petite question, monsieur Nolens, si vous le permettez. Il y avait d'autres invités, à ce dîner ?

— Non. Pourquoi ?

— Comme ça », répondit Van In, surprenant le regard courroucé que lui adressait Hannelore.

Elle avait sans doute raison. Pour le moment, ce

n'était pas la peine d'ennuyer Nolens davantage. Il le remercia pour sa collaboration et l'assura de sa compassion.

Arrivés devant la porte, les deux hommes échangèrent une poignée de main.

« Je repasserai dans quelques jours. Vous pourrez peut-être nous communiquer des informations utiles à l'enquête. »

Sans se faire prier, Nolens sortit sa carte de son portefeuille et la tendit au commissaire.

« Vous pouvez me joindre vingt-quatre heures sur vingt-quatre à ce numéro », dit-il.

L'inspecteur en chef Catrysse avait donné l'ordre à ses hommes de faire la tournée des cafés à la recherche d'un témoin qui aurait aperçu Katja Geenen dans la nuit. Jusqu'à présent, cela n'avait rien donné, et c'était compréhensible. Comme la plupart des carnavaleux, Katja s'était déguisée et maquillée à s'en rendre méconnaissable. Les policiers avaient déjà visité six cafés. La Bourse était le septième.

« Une pinte ? » dit le patron en tendant la main vers la pompe à bière lorsqu'il vit entrer Catrysse et son subalterne. L'inspecteur en chef était un bon client, et il ne se refusait jamais un petit plaisir. Il était à peine dix heures et demie, mais là n'était pas la question.

« Une petite ne peut pas faire de mal », répondit-il en se hissant sur un tabouret, face au bar. Son acolyte l'imita.

« C'est au sujet de Katja ? demanda le patron en posant les deux Pils sur un carton.

— Comment as-tu deviné ? »

À Blankenberge, les nouvelles se répandaient à la vitesse de la lumière. Toute la ville savait parfois avant les intéressés eux-mêmes qui couchait avec qui…

« Katja est passée ici hier soir, dit le patron, non sans une certaine fierté. Si je ne m'abuse, elle était avec le fils Mareel. »

Catrysse hocha la tête et but une gorgée de sa Pils. Il faudrait aller vérifier ça à Bruges.

« Ils sont restés longtemps ?

— Je crois qu'ils sont partis vers onze heures. »

D'après le légiste, la jeune fille avait été assassinée vers cinq heures du matin. Il y avait de la marge. Ce qui n'ôta rien à la satisfaction de Catrysse. Il avala sa bière d'un trait et en commanda aussitôt une deuxième. Ensuite, seulement, il appela Van In.

Au coin de la rue de la Loi et de la rue du Général-Leman, plusieurs « Sales Jeannettes[1] » faisaient le pied de grue devant le Sinatra. L'une d'elles se dirigea vers Van In et Versavel dès qu'elle les aperçut.

« Hé, pompier de mes deux ! Ta môman te laisse sortir le soir ?!

— Je crois que c'est à toi qu'il en a, Guido », dit Van In.

Pas une pellicule sur l'épaule de Versavel, pas un

1. Société de carnaval composée d'hommes travestis et maquillés de manière outrancière. (*Toutes les notes sont de la traductrice.*)

pli sur sa chemise, et ses souliers brillaient comme un sou neuf. Autant dire qu'il se faisait davantage remarquer qu'un drag-queen au bal du bourgmestre.

Il avait une patience d'ange, mais personne n'avait le droit de le traiter de « pompier de mes deux ». Évidemment, une âme charitable aurait dû lui rappeler qu'au carnaval tout est permis, à commencer par les insultes et les injures, c'est pour rire !

Van In tenta en vain de le retenir, mais Versavel avait déjà saisi la Jeannette aux testicules.

« Répète-moi ça et je t'écrase les roubignolles ! »

La Jeannette se plia en deux sous l'effet de la douleur et hurla des appels au secours. Une fois revenus de leur surprise, ses acolytes tombèrent sur les deux policiers à bras raccourcis, mais en marchant à petits pas délicats, à cause de leurs hauts talons. Leurs faux seins ballottaient sous leur robe cintrée comme des bouées sur une mer agitée.

« Je crois qu'on a un léger souci, dit Van In en pensant à part lui que la scène avait quelque chose de surréaliste.

— Je n'ai pas peur de quelques ivrognes ! » répliqua Versavel.

S'étant enfin dégagée de son emprise, la Sale Jeannette entreprit de distribuer des coups de pied autour d'elle. Elle s'écrasa les orteils contre un poteau et envoya valdinguer son escarpin. Versavel se campa sur le trottoir, jambes écartées, et fendit l'air d'un mouvement de karaté. Les Sales Jeannettes reculèrent, hésitantes.

« Une autre candidate ? »

Van In avait beau connaître Versavel depuis plus de dix ans, il ne l'avait jamais vu chercher la bagarre. La Sale Jeannette qu'il avait molestée ramassa sa chaussure et rejoignit ses amies en boitant. Une discussion animée s'éleva. Elles parurent sur le point de charger, mais changèrent d'avis l'instant d'après.

« Un problème ? » dit une voix derrière eux.

L'inspecteur en chef Catrysse avait baissé sa vitre et considérait la scène en souriant depuis le siège avant de la voiture de police. Van In fit volte-face.

« Ah ! Quel plaisir de te revoir dans ces circonstances ! » s'exclama-t-il.

Une Sale Jeannette hurla une dernière insulte à Versavel en le gratifiant d'un doigt d'honneur avant d'entrer au Sinatra à la suite de ses copines.

« Vous n'imaginez pas tout ce qu'elles nous ont déjà balancé à la figure ! commenta Catrysse, songeur.

— Je m'en contrefiche, répondit Versavel. Je ne laisserai jamais personne m'appeler impunément “pompier de mes deux”.

— Tu as de la veine qu'elles ignoraient que tu es vraiment homo ! rétorqua Van In en allumant une cigarette avant de claquer l'épaule de Versavel. Je ne savais pas que tu étais si susceptible, Guido.

— Il y a beaucoup de choses que tu ignores… »

Catrysse allait de surprise en surprise. Ces deux-là étaient-ils en train de se disputer ou était-ce leur ton habituel ?

Annelies Mareel occupait un vaste appartement au premier étage d'une boutique de mode rue de la Loi.

Elle refusa d'abord de laisser entrer Van In et Versavel, mais quand elle entendit la voix de Catrysse, elle obtempéra.

« Il ne faut pas en vouloir à Annelies, expliqua Catrysse. Depuis qu'elle a été cambriolée, elle est très méfiante. »

Six mois plus tôt, Annelies Mareel avait été la victime d'un home-jacking. Les malfrats l'avaient menacée de lui couper les doigts si elle ne leur communiquait pas le code de sa carte bancaire. Quand elle s'était exécutée, ils l'avaient ligotée et rouée de coups, à la suite de quoi elle avait passé deux semaines à l'hôpital.

« C'est le commissaire Van In et l'inspecteur en chef Versavel, de la cellule locale de recherche, annonça Catrysse lorsque Annelies Mareel entrouvrit la porte de son appartement. On peut entrer ? »

Avec ses cheveux gris, ses pattes-d'oie et ses rides autour de la bouche, Van In lui donnait dans les soixante-cinq ans. Elle portait une jupe marron qui lui descendait sous le genou et un chemisier élimé. La peau de ses mains était parsemée de taches de vieillesse et striée de grosses veines bleues.

Le salon était aménagé avec sobriété et plutôt chichement : une table en pin, quelques chaises assorties, un canapé usé et un vieux téléviseur posé sur une table en formica. Aux murs, quelques photos dans leur cadre. Sur l'appui de fenêtre, une statuette représentant un saint quelconque posée sur un rond de dentelle, et une boîte de Temesta. Annelies Mareel ne vivait pas dans l'opulence, mais ce qui frappait surtout, c'était la tristesse infinie de son regard.

« Nous voudrions voir votre fils », dit Van In.

Les yeux de leur hôtesse exprimèrent aussitôt une lueur craintive et sa lèvre supérieure se mit à trembler.

« Joris n'est pas encore rentré, dit-elle. Il ne lui est rien arrivé, j'espère ?

— Non, je ne crois pas, s'empressa de répondre Van In.

— Il n'a rien à se reprocher ? »

Joris avait déjà été arrêté à plusieurs reprises pour ivresse et coups sur la voie publique, mais il s'en était chaque fois sorti sans problème car Catrysse était intervenu en sa faveur.

« Je ne pense pas », la rassura Catrysse.

Van In ne releva pas. Comme Versavel, il éprouvait de la compassion pour la vieille dame.

« Nous voulons juste lui poser quelques questions, reprit-il. Quand pensez-vous qu'il va rentrer ? »

Annelies Mareel s'assit et posa les mains à plat sur la table. Il s'écoula dix bonnes secondes avant qu'elle ne réponde.

« Je ne sais pas. Parfois il reste parti plusieurs jours.

— Il a des amis ?

— Des amis ? »

La vieille femme leva des yeux mouillés vers Van In. Elle tenta en vain un sourire.

« Et une amoureuse ?

— Ah ! Quel rêve ce serait ! »

Joris n'avait pas de succès auprès des filles car il n'avait pas les moyens de leur offrir le grand jeu. Quand il réussissait malgré tout à en séduire une, cela ne durait jamais longtemps.

« Il est sûrement au café, dit Catrysse sans conviction.

— Peut-être », répondit Annelies Mareel.

Joris vivait d'une aide sociale qui ne couvrait pas ses dépenses mensuelles. Sa mère espérait qu'il n'était pas en train de trop s'endetter.

« Vous savez où il a ses habitudes ? »

Annelies Mareel haussa les épaules.

« Partout où on lui fait encore crédit, répondit-elle en soupirant.

— On peut s'asseoir un moment, madame ? »

Sans attendre la réponse, Van In prit possession d'une chaise. Il pensa malgré lui à Simon et à Sarah. Quelle serait sa réaction si quelque chose leur arrivait ? En même temps... il avait beau éprouver de la compassion pour la vieille dame, il était un fait qu'une jeune femme avait été assassinée et qu'ils soupçonnaient son fils.

« Le nom de Katja Geenen vous dit quelque chose ? » demanda-t-il tout à trac, décidant de ne pas y aller par quatre chemins.

La vieille femme se recroquevilla sur elle-même. Joris était fou de cette fille. Il ne se passait pas un jour sans qu'il ne lui parle d'elle.

« Vous ne le trouverez pas chez elle, commissaire, dit-elle. Katja ne s'intéresse qu'aux fils de riches.

— Mais il la connaît ?

— Tous les garçons la connaissent. »

Van In prit une profonde inspiration. Le patron de La Bourse avait été catégorique. Joris et Katja avaient dansé ensemble et ils étaient partis bras dessus bras dessous. Que s'était-il passé pour qu'elle s'intéresse subitement à lui ?

« Ils avaient peut-être un peu trop bu tous les deux, suggéra Catrysse. Et puis, c'est le carnaval. Il se passe toujours des choses bizarres, au carnaval.

— Qu'est-ce que tu veux dire ? demanda Annelies Mareel.

— Joris et Katja sont sortis ensemble hier soir, expliqua Van In. Mais on a retrouvé le corps de la jeune fille rue Breydel cette nuit. Elle a été assassinée. »

Il y eut un silence. Annelies Mareel lança un regard désespéré à Catrysse, cherchant son soutien, mais lorsqu'elle le vit secouer légèrement la tête, elle ne put plus retenir ses larmes. La prière l'avait aidée à supporter tous les coups du sort. Son dialogue avec Dieu lui avait apporté une grande consolation. Mais là, la limite était franchie.

Prise d'un accès de rage, elle se leva, saisit la statuette de saint posée sur l'appui de fenêtre et la lança de toutes ses forces. L'inspecteur en chef Catrysse sortit aussitôt son portable de sa poche et appela une collègue.

« Greta, tu veux bien passer chez Annelies ? Elle a besoin d'aide. »

Versavel approuva. Catrysse était un homme comme il les aimait.

« Et si on allait boire un pot ? demanda Catrysse une fois qu'ils eurent confié Annelies Mareel à la policière et qu'ils eurent quitté les lieux.

— Pourquoi pas ? » répondit Van In.

Ils traversèrent la rue de la Loi en direction de la digue, plus calme car à l'abri des débordements du carnaval. Ils pénétrèrent dans un restaurant où Catrysse avait ses habitudes et prirent place près de la fenêtre. Une femme d'environ trente-cinq ans les salua et les gratifia d'un grand sourire.

« On peut juste boire un verre, Isabelle ?

— Bien sûr ! Qu'est-ce que je vous sers ?

— Une Duvel pour moi », dit Van In.

Catrysse l'imita, et Versavel commanda un café. Isabelle repartit en fredonnant vers le bar.

« Annelies n'a pas eu une vie facile, dit Catrysse.

— Tu la connais bien, apparemment. »

Van In alluma une cigarette et souffla la fumée en direction du plafond. Blankenberge avait beau être une ville de la taille d'un village où tout le monde connaissait tout le monde, la manière dont Catrysse parlait à Annelies Mareel indiquait l'existence d'un lien particulier entre eux.

« C'est une longue histoire... »

Catrysse eut un sourire triste et fixa un point devant lui.

« J'ai dit quelque chose que je n'aurais pas dû ?

— Non. Ce n'est pas un secret. J'ai été amoureux d'elle, dans le temps.

— Ah ah. »

Van In distribua les Duvel qu'Isabelle venait d'apporter et but une gorgée. À vue de nez, Catrysse avait dix ans de moins qu'Annelies Mareel. Il trouvait ça bizarre, tout de même. Peut-être parce qu'il avait épousé une femme plus jeune que lui.

« Tu as l'air étonné. »

Van In sentit que son trouble n'avait pas échappé à Catrysse. Il était manifestement plus fin qu'il n'en donnait l'impression de prime abord.

« Pas étonné, mais… »

Cela n'avait pas de sens de tourner autour du pot. Van In admit qu'il s'interrogeait à propos de la différence d'âge.

Catrysse ne lui en tint pas rigueur, au contraire.

« Annelies a six mois de moins que moi, répondit-il en souriant d'un air rêveur. Si tu l'avais connue à dix-huit ans, tu comprendrais pourquoi j'en suis tombé raide dingue. Elle faisait tourner toutes les têtes. Elle était aussi belle que la fille qui est morte cette nuit.

— Désolé, dit Van In.

— Ne t'excuse pas, Pieter. Avec le temps, on finit par oublier. »

Cela n'était pas très convaincant. Versavel espéra que Van In s'en tiendrait là, mais il fallut bien sûr qu'il en remette une couche.

« Vous avez eu une histoire, tous les deux ? »

Versavel donna un coup de genou à Van In sous la table.

« Ce ne sont pas nos affaires, Pieter. »

Catrysse haussa les épaules et but une gorgée de bière.

« Ce n'est pas grave, dit-il. Au contraire… Ça me fait du bien d'en parler. »

À l'époque, il avait fait la cour à Annelies pendant plusieurs semaines, mais elle n'avait pas cédé à ses avances. « Tu es sympa, comme garçon, lui avait-elle dit un soir. Mais j'ai déjà quelqu'un. Et puis… »

« Annelies était enceinte quand j'ai fait sa connaissance, continua Catrysse.

— Elle attendait Joris ?

— Non. À l'époque, elle avait tout juste seize ans.

— Seize ans ! répéta Van In.

— Ses parents ont cru que j'étais le père, parce qu'ils nous avaient vus ensemble deux ou trois fois.

— Mais ce n'était pas toi.

— Non.

— C'était qui, alors ?

— Elle n'a jamais voulu le dire.

— Et l'enfant ?

— Elle n'a voulu en parler à personne.

— Elle a avorté ?

— Je ne crois pas. Tout ce que je sais, c'est que ses parents l'ont envoyée à l'étranger quand sa grossesse a commencé à se voir. Et qu'elle est revenue seule quelques mois plus tard.

— Il doit bien y avoir quelqu'un qui sait ce qui est arrivé à cet enfant ! s'exclama Van In.

— Ses parents sont morts et tous ceux que j'ai pu interroger à ce sujet depuis lors me disent tout ignorer de cette histoire.

— Ce n'est pas possible !

— Et pourtant, si, dit Catrysse. J'en ai encore parlé à Annelies il y a quelques mois, mais elle s'est refermée comme une huître. »

Van In écrasa sa cigarette dans le cendrier et s'empressa d'en allumer une nouvelle. Versavel ne cacha pas sa désapprobation. Il poussa un profond soupir et secoua la tête, mais Van In prit soin de l'ignorer.

« Tu n'as vraiment aucune idée de qui peut être le père ? »

Catrysse fronça les sourcils.

« Si j'en crois la rumeur, c'est Rudolf Degraeve », répondit-il en plissant les yeux.

Degraeve s'était marié dans la quarantaine avec une jeunette. Il vivait toujours à Blankenberge.

« Et qui est le père de Joris, alors ?

— Aucune idée, dit Catrysse.

— Elle ne veut pas non plus en parler ?

— Non. »

Après la naissance de son fils, Annelies Mareel avait fait une dépression post-partum. Depuis, elle n'avait plus jamais cessé de lutter contre des problèmes psychologiques. Comment réagirait-elle s'il s'avérait que son fils avait tué une jeune fille ?

« Drôle d'histoire », commenta Van In.

Il leva la main pour passer une nouvelle commande.

« Heureusement que tu as un chauffeur ! s'exclama Versavel lorsqu'ils montèrent dans la voiture à cinq heures moins le quart.

— Tu ne vas quand même pas râler pour une petite Duvel, mon petit Guido adoré ! »

Van In ne se permettait jamais la moindre familiarité avec Versavel, sauf quand il avait un verre dans le nez.

« Boucle ta ceinture, s'il te plaît.

— Oui, bon, d'accord ! »

Van In chercha sa ceinture à tâtons, mais il fallut que Versavel vole à son secours.

« Et on ne fume pas dans la voiture. »

Van In referma son paquet à contrecœur et regarda devant lui d'un air fâché.

« Je te dépose chez toi, dit Versavel en démarrant.

— Il n'en est pas question.

— Tu as six Duvel dans le sang, Van In !

— Pas une de plus que Catrysse !

— Oui, mais admets qu'il tient mieux l'alcool que toi. »

Van In souffla bruyamment, sortit son paquet de cigarettes de sa poche et en alluma une, passant outre l'interdiction de Versavel. Son bras droit pouvait le brusquer un peu, il s'en fichait. Par contre, il en voulait à Catrysse de l'avoir entraîné à boire plus que de raison. Comment Hannelore allait-elle le prendre, cette fois-ci ? Dans le meilleur des cas, il passerait la nuit dans le canapé. Si elle était vraiment fâchée, elle irait vivre quelques jours chez sa mère avec les enfants. Cette perspective était loin de le mettre en joie.

2

Un ciel plombé, un vent de novembre, une pluie glaciale : le temps de ce début du printemps s'accordait parfaitement à l'humeur de Van In. En revanche, Versavel était rayonnant. Lui et Frank avaient dîné au restaurant la veille et ils avaient ensuite longuement fait l'amour. Ils vivaient une passion sans nuages, ces derniers temps. Frank était plus souvent à la maison ; ils passaient beaucoup de temps ensemble. Seule ombre au tableau : Versavel ne pouvait pas parler de son bonheur à Van In.

« Hannelore était en colère ?

— Pas plus que ça…

— Tu as dormi dans le canapé ?

— Non, dans la chambre d'amis.

— Menteur ! »

Van In, frigorifié, régla le chauffage de la voiture au maximum. Il releva le col de son manteau et passa une main dans ses cheveux. Cette nuit, sur le canapé, il avait pris la décision de s'inscrire aux Alcooliques Anonymes. Cette belle résolution s'était envolée au petit jour, car il se sentait incapable d'admettre devant des inconnus qu'il avait un problème avec l'alcool. Il s'était néanmoins fait une promesse : il ne laisserait pas ce démon saboter son mariage. Et il l'avait juré à Hannelore à la table du petit déjeuner. Elle s'était contentée de hausser les épaules.

« Elle m'a quand même fait mon café », ajouta-t-il.

Versavel essayait d'écouter le commissaire d'une oreille bienveillante, mais c'était difficile. Van In avait beau être son meilleur ami, il pensait qu'Hannelore méritait mieux que ça.

« Tu as une chance énorme d'être tombé sur une femme comme elle. Beaucoup auraient déjà claqué la porte depuis belle lurette.

— Tu ne vas pas t'y mettre toi aussi ! »

De l'impasse du Poisson-Gras au commissariat, Van In n'osa pas allumer une cigarette. Il attendit que Versavel ait garé la voiture et ouvert sa portière. La pluie éteignit sa clope alors qu'il n'avait encore tiré que deux fois dessus. Il la jeta au loin et courut au trot derrière son acolyte. Il alluma une deuxième sèche dans l'escalier, malgré les avis d'interdiction de fumer. Ses collègues non fumeurs ne supportaient pas ça, mais il s'en fichait pas mal.

« Un café, Pieter ? » demanda Carine, depuis son bureau.

Elle était vêtue d'un pull épais mais cintré qui lui moulait la poitrine et portait des cuissardes noires. Van In apprécia le tableau en connaisseur en se demandant dans combien de temps un tel regard lui vaudrait une accusation pour harcèlement sexuel.

« Avec plaisir, répondit-il.

— Je croyais que tu avais déjà pris ton café », laissa tomber Versavel en le gratifiant d'un coup d'œil moqueur.

Même les ivrognes qui passaient une nuit de dégrisement en cellule refusaient le jus de chaussette de la fliquette.

« Ne crois pas tout ce qu'il dit ! lâcha Carine en riant, car elle avait compris que Van In avait passé la nuit sur le canapé.

— Ne t'affole pas, je vais te donner une pile de PV à taper ! dit Van In, amer.

— Et moi ? Tu vas m'occuper comment ? s'enquit Versavel en empoignant la thermos avant de se diriger vers la cuisine.

— Appelle Catrysse ! cria Van In dans son dos. Dis-lui qu'on sera là d'ici une petite demi-heure ! »

La veille, la police locale de Blankenberge avait essayé de retrouver la trace de Joris Mareel, mais elle avait fait chou blanc.

Il faisait souvent meilleur à la côte que dans l'arrière-pays. Lorsque Van In et Versavel arrivèrent à Blankenberge, le soleil était radieux et il ne soufflait plus qu'une légère brise des plus agréables. Versavel gara la Golf dans une rue latérale, à deux pas du commissariat, où les attendaient Catrysse et Zlotkrychbrto. Après s'être salués cordialement, les quatre hommes investirent une petite salle de réunion au premier étage.

« On continue à chercher Joris Mareel, expliqua Catrysse. Nous avons interrogé plusieurs types avec qui il avait l'habitude de boire un verre, mais ils disent ne pas l'avoir vu de la soirée.

— Et la jeune fille ? demanda Van In.

— On a eu plus de pot avec elle, répondit Catrysse. Une de ses amies affirme l'avoir vue danser au Parasol vers une heure du matin. »

Le Parasol était un café situé au coin de la rue Breydel, à moins de cent mètres de l'endroit où le corps avait été trouvé.

« Ce témoignage est fiable ?

— Presque à cent pour cent, dit Catrysse. On a mis le patron de l'estaminet à contribution pour établir la liste de tous les clients de ce soir-là, mais ça fait du monde. On a aussi préparé un avis de recherche pour la chaîne de télé régionale. Il sera diffusé ce soir. On ne sait jamais… »

Van In alluma une cigarette et but une gorgée de café. Catrysse avait déjà considérablement avancé. Il n'y avait plus grand-chose d'autre à entreprendre dans l'immédiat.

« Quelle a été la réaction des parents de la jeune fille ?

— Ils sont en vacances à Ténériffe. Ils rentrent demain dans la journée. »

Catrysse sortit un calepin de sa poche et l'ouvrit.

« Ils atterrissent à Zaventem à dix heures et demie.

— Votre carnaval, il dure combien de temps ? demanda Versavel.

— Jusqu'à mercredi », répondit Catrysse.

Il s'arrêtait officiellement le mardi, mais les vrais noceurs faisaient la fête toute la nuit et débordaient un peu sur la journée du lendemain.

« Est-ce que quelqu'un est passé chez Rudolf Degraeve ?

— Tu crois que c'est vraiment nécessaire ? s'enquit Catrysse.

— Oui, répondit Van In. Cette histoire de l'enfant d'Annelies Mareel né à l'étranger m'intrigue.

— Je vais te donner l'adresse du bonhomme.

— Merci. »

Catrysse et Degraeve étaient en froid depuis longtemps. Il valait mieux que l'inspecteur en chef ne participe pas à l'interrogatoire de l'homme d'affaires.

« Tu as quelque chose à ajouter, Zlot ? »

Le médecin légiste n'avait pas encore ouvert la bouche. La veille, il avait autopsié le corps de la jeune fille. Il se trouvait maintenant dans la chambre froide. Glabre, nu, avec une incision de dix centimètres entre ses seins parfaits. Quel gâchis…

« Vermeulen cherche des traces sur ses vêtements, mais je serais très étonné qu'il trouve quelque chose. À mon avis, elle n'a pratiquement pas opposé de résistance, sans doute en raison de son état.

— Elle était imbibée ?

— Elle avait 2,9 grammes d'alcool dans le sang, Pieter.

— C'est énorme ! constata Van In.

— En effet. »

Le record personnel de Zlotkrychbrto était de 3,6 grammes, selon le diagnostic de l'inspecteur qui l'avait surpris endormi sur un banc du parc, au petit matin, après une nuit de beuverie, et qui l'avait soumis à l'alcootest.

« Elle a été violée ?

— Non. Mais j'ai retrouvé des traces de peau sous un de ses ongles. Je les ai envoyées au labo pour une analyse ADN.

— Quand est-ce qu'on aura les résultats ?

— Dans une semaine, voire dix jours maximum », répondit Zlotkrychbrto, qui comprenait l'impatience de Van In.

Il avait cessé de tenir le compte des fois où il avait tenté de lui expliquer qu'une analyse ADN prenait du temps et que les laborantins mettaient réellement les bouchées doubles. Le commissaire lui servait à chaque fois le même laïus.

« *À la guerre comme à la guerre*[1]* », dit Van In dans un soupir.

Il alluma une deuxième cigarette avant de se tourner vers Versavel.

« Tu veux bien appeler Hannelore pour moi et lui demander l'autorisation de mettre le mobile de Joris Mareel sur écoute ?

— Tu veux vraiment que ce soit moi qui l'appelle ?

— Pour une fois, Guido. S'il te plaît. »

---

1. Les mots en italique suivis d'un astérisque sont en français dans le texte.

Techniquement, la mise sur écoute d'un portable était devenue un jeu d'enfant. La loi l'autorisait depuis peu, à condition d'obtenir le feu vert d'un juge d'instruction. Or, Van In était dans ses petits souliers avec Hannelore. Le matin, elle avait quitté la maison furieuse. Elle n'accorderait sans doute rien au commissaire – il pourrait déjà s'estimer heureux si elle acceptait de lui parler.

Catrysse fronça les sourcils. Il ne comprenait rien à ces histoires.

Joris Mareel fit glisser sa carte de crédit dans la fente du distributeur, composa son code et consulta le solde de son compte. Il lui restait quatre-vingt-dix euros. Il en retira cinquante. Il sentit son cœur battre dans sa gorge. Que faire ? Se présenter à la police de son plein gré ? Prendre la fuite ? Avec quatre-vingt-dix euros, il n'irait pas bien loin… Les flics ne croiraient jamais à son histoire, mais avait-il le choix ? Il avait passé la journée de la veille et la nuit dernière planqué sur un yacht, dans le port de plaisance. Le froid l'en avait délogé. Il avait envie de quelque chose de chaud – n'importe quoi. Un groupe de noceurs passèrent devant lui en braillant. Il s'était démaquillé et dissimulait son déguisement de carnaval sous un long loden vert olive trouvé sur le bateau. Personne ne le reconnaissait. Il eut une pensée pour sa mère. Il regrettait de la faire souffrir une fois de plus. Il avait tellement envie de rentrer chez elle et de tout lui expliquer, mais il craignait de lui faire encore plus mal.

Il regarda nerveusement autour de lui. Il sursauta en voyant une voiture de police rouler droit dans sa direction. Il fit volte-face, réintroduisit sa carte dans l'automate et attendit. La voiture passa derrière lui sans s'arrêter. Il avait pris sa décision : il retournerait au bateau, mais, avant cela, il fallait qu'il avale quelque chose de chaud. Il traversa la grand-place et prit la direction du port de plaisance. En chemin, il entra dans un café où il n'allait jamais et commanda un kawa. Il s'empara du journal posé sur le comptoir. Le titre à la une lui confirma ce qu'il savait depuis vingt-quatre heures : « Un assassinat endeuille le carnaval. » Il repensa à Katja et à l'horrible secret qu'elle lui avait confié. Le patron vint nettoyer la table voisine avec un chiffon humide. L'opération n'aurait dû prendre que trois secondes mais, pour une raison ou une autre, l'homme s'attarda plus que de raison avant de disparaître dans la cuisine. Joris Mareel lut l'article en tenant le journal d'une main tremblante.

Devait-il appeler sa mère malgré tout ? Il tâta la poche de sa veste, à la recherche de son portable. Zut ! Il l'avait oublié sur le bateau.

« On le tient ! »

Un inspecteur de la police locale venait d'entrer en trombe dans la pièce où Van In, Versavel, Catrysse et Zlotkrychbrto achevaient leur réunion.

« Mareel ? »

Catrysse bondit de sa chaise.

« Oui ! répondit son collègue. Il est au Petit Capitaine, un café tout près du port de plaisance.

— Vous avez déjà envoyé quelqu'un ?

— On a mis toutes les patrouilles sur le coup. »

Le patron du Petit Capitaine ne tenait pas en place. Il servit le café de Joris Mareel d'un air coupable.

Quand celui-ci entendit les sirènes de police au loin, il comprit pourquoi. Sans une seconde d'hésitation, il sortit du café et prit ses jambes à son cou, en direction de l'avenue Franchomme.

« Il ne peut tout de même pas s'être volatilisé dans la nature ! hurla Catrysse aux deux inspecteurs arrivés les premiers au Petit Capitaine. Quel est l'imbécile qui a donné l'ordre de mettre les sirènes ?! Autant lui passer un coup de fil pour lui annoncer votre arrivée !

– Il ne peut pas être bien loin », dit Van In lorsque Catrysse fut à court d'arguments.

Deux voitures de police arpentèrent la digue et l'avenue Franchomme. Van In s'attendait à recevoir à chaque instant l'annonce de l'arrestation du jeune homme. Il alluma une cigarette et laissa errer son regard sur les mâts des bateaux amarrés dans le port de plaisance.

« Il s'est peut-être planqué dans un yacht, dit-il.

— Et merde ! »

Certains week-ends, Joris Mareel travaillait pour une entreprise établie de l'autre côté du port et spécialisée dans le nettoyage des bateaux de plaisance et les petits travaux de réfection. Il connaissait les yachts du port comme sa poche.

« Qu'est-ce que j'ai dit ?

— Joris s'y connaît, en bateaux. En fait, je ne serais pas étonné si… »

La radio cracha enfin un message important : une voiture de patrouille qui sillonnait l'estacade signalait un hors-bord qui quittait le chenal du port à pleins gaz. Un des inspecteurs était formel : il avait vu Joris Mareel à la barre.

« Tu as un bateau ? demanda Van In.

— Pardon ?

— La police maritime, alors ?

— Tu rigoles ? » demanda Catrysse amèrement.

À la base aérienne de Coxyde, plusieurs hélicoptères Sea King étaient prêts jour et nuit à entrer en action pour une opération de sauvetage en mer. Van In n'hésita pas une seconde. Il appela le commandant de la base et lui expliqua la situation en quelques phrases. Moins de cinq minutes plus tard, un hélico appareillait en direction de Blankenberge.

« Ils seront ici dans combien de temps ? demanda Versavel quand Van In coupa la communication.

— Une dizaine de minutes. »

Catrysse marcha jusqu'à la voiture de police garée sur la piste cyclable devant le Petit Capitaine pour appeler la patrouille de l'estacade par radio.

« Signalement du hors-bord ? hurla-t-il dans le micro.

— Et alors ? demanda peu après Van In, qui l'avait suivi jusque-là.

— Ils ont noté le nom et le type du bateau, répondit l'inspecteur en chef d'une voix un peu plus posée. Il a mis le cap sur Zeebrugge.

— On peut le rattraper par la route ?

— Je crois bien, dit Catrysse. Toutes nos patrouilles ont filé vers Zeebrugge en tout cas. »

Joris mit la gomme. L'aiguille du tachymètre monta à vingt-huit nœuds. Même s'il avait la marée avec lui, il avait suffisamment de présence d'esprit pour se rendre compte qu'il n'échapperait jamais à ses poursuivants. La police savait pertinemment dans quelle direction il allait. Il consulta la jauge d'essence : le réservoir était presque vide. Il ne lui restait qu'une seule solution. Rebrousser chemin et essayer d'atteindre la plage par l'autre extrémité du port. C'était risqué, mais il n'avait pas le choix.

Il décrivit un large virage et mit cap vers la côte. Sa conversation avec Katja l'obsédait. Il devait parler à sa mère avant d'être arrêté par les flics. Le pilote du Sea King vira au-dessus du port, décéléra et revint au-dessus de l'endroit où le navigateur avait signalé le hors-bord sur la plage. L'embarcation correspondait à la description qu'il avait reçue des autorités. Moins de dix secondes plus tard, il prévenait Catrysse par radio. La réaction de Van In fut instantanée. Il avertit la police fédérale et ordonna une grande chasse à l'homme. Joris Mareel était à pied. Il ne pouvait pas rentrer à Blankenberge, et les polders ne lui offraient pratiquement aucune protection. Le Sea King allait très vite le retrouver.

Durant le trajet en voiture de Zeebrugge à Blankenberge, Van In avait récapitulé les événements des dernières vingt-quatre heures. Tout semblait indiquer que

Joris Mareel avait assassiné Katja parce qu'elle l'avait repoussé, mais n'était-ce pas un peu trop facile, justement ? D'après le patron de La Bourse, c'était tout de même Katja qui avait approché Joris… Mais s'il était innocent, pourquoi s'était-il planqué et pourquoi avait-il fui dès qu'il avait compris que la police était à ses trousses ?

« Tu peux nous déposer chez Degraeve ? » dit-il lorsqu'ils entrèrent dans Blankenberge.

Catrysse lui jeta un regard surpris. Le bruit courait que Van In était un drôle de zigoto qui avait recours à des méthodes loin d'être orthodoxes, mais il ne s'attendait tout de même pas à ça.

« Chez Degraeve ?! »

Van In hocha la tête.

« Oui, répondit-il. Chez Degraeve. »

Dans le salon confortable, le feu qui brûlait dans l'âtre prodiguait une agréable chaleur. Mme Degraeve servit le café et du gâteau. C'était une femme mince, vêtue à la dernière mode. Van In lui donnait dans les quarante-cinq ans.

« Nous préférerions nous entretenir avec votre mari en privé, dit-il en s'asseyant.

— Rudolf et moi n'avons aucun secret l'un pour l'autre, répondit-elle en souriant. Pas vrai, mon chéri ? »

Assis dans un gros fauteuil en cuir, Rudolf Degraeve répliqua d'une voix posée :

« Nathalie a raison.

— Il s'agit pourtant d'une affaire un peu délicate »,

rétorqua Van In avant de boire une gorgée de café et de se brûler la langue et le palais.

Avait-il pris une décision précipitée en déboulant chez les Degraeve pour les confronter à leur passé ?

« Tout cela a eu lieu il y a longtemps, bien sûr, et ce n'est pas moi qui vous jugerais pour un péché de jeunesse, mais…

— Vous voulez parler de cette histoire insignifiante avec Annelies Mareel ? » s'enquit Mme Degraeve en fixant Van In de ses grands yeux.

Avant de rencontrer Rudolf, elle était restée mariée pendant dix ans à une brute épaisse qui la battait et la violait quand il avait bu. Rudolf l'avait sauvée de cet enfer, et elle lui en serait éternellement reconnaissante.

« J'étais encore très jeune, commissaire, et Annelies… »

Rudolf Degraeve s'interrompit, se gratta l'oreille pensivement et esquissa une grimace.

« J'ignore ce qu'Annelies Mareel vous a dit, reprit l'épouse de Degraeve. Mais les gens qui l'ont connue à l'époque savent qu'elle n'y allait pas par quatre chemins, si vous voyez ce que je veux dire.

— Voulez-vous dire que votre mari n'est pas le père de l'enfant ?

— Personne ne sait qui c'est ! répliqua-t-elle. On a prétendu que c'était Rudolf, mais il y a plusieurs hommes à Blankenberge qui devraient se poser des questions. Pourquoi croyez-vous que ses parents l'ont fait accoucher à l'étranger ? Parce que le comportement de leur fille leur faisait honte.

— Vous connaissiez ses parents ?

— Marc et Doris étaient de braves gens, intervint Rudolf Degraeve. Et croyez-moi, commissaire, si quelqu'un avait pu m'assurer que l'enfant était de moi, j'aurais peut-être épousé Annelies, mais…

— Tu n'as pas à te justifier, Rudolf. Annelies avait mauvaise réputation. C'était une Marie-couche-toi-là ! »

L'agressivité de l'épouse Degraeve à l'encontre d'Annelies Mareel commençait à intriguer Van In, d'autant plus qu'elle était sensiblement plus jeune que la mère célibataire. Comment pouvait-elle être aussi sûre de ce qu'elle avançait ?

« C'est votre avis aussi, monsieur Degraeve ? »

Il y eut un silence. Rudolf Degraeve recommença à se gratter l'oreille. Il était manifeste que la véhémence de sa femme le mettait mal à l'aise.

« Il est indéniable qu'Annelies n'était plus vierge quand je…

— Évidemment, qu'elle n'était plus vierge ! » intervint sa femme.

Van In commençait à trouver cela énervant, même si Nathalie Degraeve avait peut-être raison. Annelies Mareel était restée muette sur l'identité du père de son premier enfant, comme au sujet de celui de Joris, d'ailleurs. Mais on ne lui ferait pas croire que c'était une nymphomane.

« Vous ne savez donc pas ce que cet enfant est devenu ?

— Je sais seulement qu'il est né en Angleterre », répondit Rudolf Degraeve.

Van In soupira en son for intérieur. Enfin, il tenait un indice.

« Vous savez où, en Angleterre ?

— Quelque part dans les environs de York. »

Versavel se frotta les mains. Il trouvait cette affaire de plus en plus intéressante.

La mer était calme. Un navire marchand passait à l'horizon. Des mouettes survolaient un chalutier qui rentrait au port.

Van In prit une profonde inspiration.

« Qu'est-ce que tu penses de cette affaire ? demanda Versavel, qui était heureux que le commissaire ait accepté sa proposition de se promener sur la digue.

— Je ne crois pas les Degraeve.

— Moi non plus. »

Ils dépassèrent un couple d'amoureux et un vieil homme coiffé d'une casquette de marin.

« La femme est pas mal », lâcha Van In.

Elle ressemblait un peu à Hannelore. Versavel était pratiquement certain que son ami pensait à elle.

« Je m'occuperais d'elle, si j'étais toi », dit-il.

Van In hocha la tête pensivement. Où était passé le temps où lui et Hannelore marchaient enlacés dans la rue ? Quand s'étaient-ils embrassés fougueusement pour la dernière fois ? De quand datait leur dernière sortie au restaurant ? Désormais, il ne se passait pas une semaine sans qu'ils se disputent, généralement parce qu'il rentrait trop tard et qu'il avait trop bu.

« Tu as raison, Guido. »

Avant, il offrait des fleurs à Hannelore quand il

avait quelque chose à se faire pardonner. Comme la plupart des hommes. Ou il l'invitait à une bonne table.

Mais ce n'était pas très original… Lui faire l'amour ? Cela aussi, c'était devenu la routine. Non, il fallait qu'il trouve autre chose. Mieux.

« Je pense qu'une petite escapade vous ferait du bien, osa Versavel en plissant les yeux pour mieux regarder la mer. Sans les enfants.

— Tu sais parfaitement que je ne peux pas me permettre de partir en vacances maintenant.

— Qui te parle de partir en vacances ?

— Je ne peux quand même pas prendre un congé maladie ? »

Versavel posa une main sur l'épaule de Van In. Il venait d'avoir une idée géniale.

« Il y a une ligne de ferry entre Zeebrugge et Hull, dit-il. Tu quittes Zeebrugge le soir et tu arrives le lendemain matin à Hull.

— Et qu'est-ce que j'irais faire à Hull ?!

— C'est à un jet de pierre de York, Pieter. Transforme ça en petite croisière romantique… Hannelore est juge d'instruction. Elle pourra t'accompagner sans problème. »

Van In s'immobilisa et sonda le regard de son ami. Il détestait quand on s'immisçait dans ses problèmes de couple, sa belle-mère l'avait appris à ses dépens. Avec Versavel, c'était différent. Il était même le seul être qui pouvait lui parler ainsi.

« Je vais réfléchir, Guido.

— Pas question », répondit Versavel.

Il sortit son mobile de sa poche et le tendit au commissaire.

« Réserve une cabine. Maintenant.

— Tu connais le numéro de la compagnie de ferry ?

— Non. Mais je connais celui des renseignements. »

Joris Mareel regarda par la fenêtre. Une voiture de police passait au ralenti sur la digue. Le propriétaire du hors-bord qu'il avait « emprunté », un Néerlandais qui venait régulièrement à Blankenberge, possédait également un appartement avec vue sur la mer. Mareel le connaissait depuis des années, et il savait qu'il conservait un trousseau de clés à bord pour parer à l'éventualité d'un oubli. Ça avait été moins une. Il avait à peine quitté le hors-bord qu'il croisait deux voitures de police qui filaient à toute allure en sens inverse, mais les flics ne l'avaient pas vu parce que la digue était en surplomb à l'endroit où il marchait.

Il était encore à l'abri dans cet appartement, mais pour combien de temps ? Quand la police prendrait contact avec le propriétaire du hors-bord, celui-ci lui parlerait sans doute de son trousseau de secours. Et il y avait un autre problème. Il n'avait rien mangé depuis trente-six heures. Il avait tellement faim qu'il en attrapait des crampes d'estomac. Il fouilla la cuisine et n'y trouva qu'une bouteille d'huile, quelques sachets de thé et un demi-pot de mayonnaise. Il le vida goulument, sans parvenir à se rassasier. Il allait devoir sortir, tôt ou tard.

Il se laissa tomber dans le canapé. Il y avait un coffret sur la table basse. Il y préleva un cigare et l'alluma, histoire de s'occuper la bouche et de tromper la faim.

Au commissariat de Blankenberge, l'atmosphère était tendue. L'inspecteur en chef Catrysse faisait les cent pas dans les couloirs. L'expression de son visage ne disait rien qui vaille. La chasse à l'homme durait depuis plus de quatre heures. Plus de cent hommes de la police fédérale passaient les polders au peigne fin, tandis que la police locale sillonnait les rues de Zeebrugge, de Blankenberge, de Wenduine et du Coq. Un deuxième hélicoptère était arrivé en renfort. Joris Mareel ne pouvait tout de même pas s'être évaporé !

« Il doit s'être planqué quelque part, dit Van In, qui l'avait rejoint depuis une demi-heure.

— Oui, mais où ?! »

Catrysse avait fait fouiller l'appartement d'Annelies Mareel. Là aussi, les recherches avaient été vaines.

« Il ne peut pas être allé bien loin, en tout cas », dit Versavel.

Lorsqu'ils avaient appris par radio que le hors-bord avec lequel Joris Mareel avait fui avait été retrouvé sur la plage de Blankenberge, ils avaient tous rebroussé chemin en catastrophe. Depuis Zeebrugge, le trajet n'avait duré que cinq petites minutes. Ils ignoraient bien sûr combien de temps s'était écoulé entre le moment où l'hélicoptère avait retrouvé le hors-bord et celui où Mareel avait quitté celui-ci, mais le jeune homme n'avait certainement pas plus de dix minutes d'avance. S'il était allé dans les polders, il aurait déjà été rattrapé.

« Je sais », répondit Catrysse, nerveux.

Il s'empara de la bouteille d'eau posée sur son bureau et se servit un grand verre.

« Je peux en avoir aussi ? » demanda Van In.

Versavel en resta bouche bée. Van In qui buvait de l'eau, c'était aussi incongru que Philippe Dewinter[1] embrassant un réfugié sur les deux joues.

« Tu n'es pas malade, j'espère ?

— Moi, malade ?! »

Van In haussa les épaules et vida d'un trait le verre que lui tendait Catrysse.

Hannelore jeta un coup d'œil rapide à sa montre lorsqu'elle pénétra dans l'impasse du Poisson-Gras avec les enfants. Il était sept heures trente-cinq. Heureusement, Simon et Sarah avaient dîné chez sa mère, où elle était passée après son travail au tribunal pour ouvrir son cœur. Sa mère avait écouté patiemment ses récriminations et, comme à l'accoutumée, lui avait conseillé de quitter Van In et de reconstruire sa vie avec les enfants.

En entrant, elle sursauta : la table avait été dressée.

« Je ne savais pas que tu étais déjà rentré », dit-elle, ébranlée.

Van In la prit dans ses bras et posa un baiser derrière son oreille gauche.

1. Homme politique belge né en 1962. Membre du Vlaams Belang, parti d'extrême droite et nationaliste flamand.

« Je suis désolé, Hanne. »

Ce n'était pas la première fois qu'il essayait de la chouchouter après une dispute, et chaque fois elle était tombée dans le piège.

« Je n'ai pas le temps de m'occuper de toi maintenant », dit-elle d'une voix plus gentille qu'elle ne l'aurait voulu.

Elle se dégagea et se pencha vers les enfants, qui observaient la scène avec curiosité.

« Pourquoi tu es en colère après papa ? demanda Sarah.

— Papa a été méchant, ma chérie. »

Hannelore s'était juré de ne jamais impliquer les enfants dans ses disputes avec leur père, mais cette fois il avait vraiment dépassé les bornes. Il fallait qu'ils sachent que leur papa n'était pas toujours le nounours adorable qui jouait avec eux et qui leur lisait une histoire avant le coucher.

« Qu'est-ce qu'il a fait ? s'enquit Simon en plissant les yeux.

— Il m'a fait mal.

— Papa, tu ne peux pas faire mal à maman ! » ordonna Sarah.

Elle s'approcha et referma ses bras autour des jambes d'Hannelore.

« Pas devant les enfants, s'il te plaît ! »

Van In avait du mal à conserver son calme. Quelle mouche piquait donc Hannelore ? Ne voyait-elle pas qu'il faisait de son mieux ? Un gigot d'agneau mijotait sur le feu ; un plat de purée de pommes de terre attendait sur le plan de travail.

« Ils sont déjà au courant. »

Hannelore lui tourna le dos et prit Sarah et Simon chacun par une main.

« Venez, les enfants ! Au bain ! »

Van In ravala sa déception et sa colère. Il mourait d'envie de sortir une Duvel du frigo. Une ? Non, dix ! Mais il tint bon.

« Je t'attends », dit-il.

Hannelore fit mine de rien. Elle monta l'escalier à la suite des enfants. Arrivée dans la salle de bains, elle poussa un soupir. Pourquoi suis-je toujours folle de cet homme ? se demanda-t-elle.

« Tu n'es pas en colère après nous, maman ? » demanda Simon.

Hannelore ravala son chagrin et sourit.

« Bien sûr que non. Maman n'est jamais en colère après vous ! »

« Tu leur as lu une histoire ? » demanda Van In lorsque Hannelore redescendit dans le salon après avoir mis les enfants au lit.

Huit mégots de cigarettes occupaient le cendrier. En règle générale, c'était lui qui s'occupait du coucher des petits, mais ce soir Simon et Sarah avaient réclamé leur maman. Cela l'attristait particulièrement.

« Tu fumes trop, Van In. »

Hannelore s'assit à la table et se servit un verre de Coca. En faisant la lecture aux enfants, elle avait réfléchi à l'avenir. Qu'est-ce qui les attendait ? Elle n'en avait aucune idée.

« Les fumeurs meurent jeunes, Hanne. Ça vaudra peut-être mieux pour toi.

— On est de nouveau cynique, ce soir ? »

Van In écrasa sa cigarette dans le cendrier. Il mourait toujours d'envie d'une Duvel et d'une nouvelle clope, mais il fallait qu'il se contrôle, sans quoi elle ne le croirait jamais.

« Je suis désolé. »

Il se leva, alla se planter derrière elle et entreprit de lui masser doucement les cervicales. Elle aimait ça, et cela faisait longtemps qu'il ne lui avait plus offert cette gâterie. Hannelore resta droite comme un bout de bois sur sa chaise et fit comme si de rien n'était. Mais elle prenait son pied, et elle entendait bien en profiter le plus longtemps possible. Plusieurs minutes s'écoulèrent ainsi. Finalement, ce fut plus fort qu'elle, elle se mit à ronronner de plaisir.

« J'ai réservé une cabine double sur le ferry à destination de Hull qui part demain soir », dit finalement Van In.

Il déplaça ses doigts vers les épaules d'Hannelore et poursuivit consciencieusement son massage.

« À destination de Hull !? répéta Hannelore d'une voix lointaine. Qu'est-ce que tu vas faire là-bas ?

— Correction ! répondit Van In. Qu'est-ce que *nous* allons faire là-bas ! »

Il lui expliqua tout en quelques mots. Ses mains étaient descendues sur les seins d'Hannelore et les caressaient en douceur. Elle respirait plus vite, maintenant. Van In sentit ses tétons se durcir sous la pression de ses doigts.

« Je t'aime, Hanne. »

Elle ôta ses mains, se leva et se serra contre lui. Elle sentait le désir monter.

« Promets-moi que tu sauras te tenir.

— Je te le promets.

— Alors, c'est d'accord. »

Elle s'était préparée à tenir un long siège et à ne pas céder à ses avances sans le laisser mariner, mais elle fondait comme une boule de neige dans la main d'un enfant.

« Viens ! »

Elle monta l'escalier devant lui en se déhanchant légèrement. Oups ! Elle sentit les doigts de son homme la fouiller partout. Elle se déshabilla dans la chambre, et non dans la salle de bains comme d'habitude. Lentement. Avec la lumière allumée. Van In fut prêt le premier. Il s'allongea sur le lit et la regarda. Comment les psychiatres appelaient-ils cela, déjà ? Une pulsion irrésistible ?

3

L'inspecteur en chef Catrysse posa le combiné du téléphone en souriant. Il avait enfin déniché le propriétaire du hors-bord. L'homme venait de rentrer d'un voyage d'affaires. Il avait atterri à l'aéroport de Schiphol quinze minutes plus tôt après un vol de plus de dix heures.

« Il s'est sans doute planqué dans un appartement avec vue sur la digue, dit-il à un collègue, un fort gaillard à la tête carrée et aux bras de docker qui venait de prendre son service.

— J'appelle les collègues de Bruges ?

— Non, dit Catrysse. Je veux mettre cette plume à mon chapeau ! »

Il enfila sa veste, ajusta sa casquette et examina son reflet dans le miroir fixé à côté de la porte. « Demain, ma photo ressemblera à ça dans le journal », disaient ses yeux.

« Lance un appel à toutes les patrouilles et envoie-les au numéro 28 sur la digue ! C'est compris ? »

Le malabar hocha la tête et exécuta l'ordre de son supérieur. Ensuite, les deux hommes sautèrent dans une voiture et filèrent sur la digue, qui grouilla bien vite de véhicules de la police.

« Il se planque au septième étage. »

Le concierge leur ouvrit la porte tout en se demandant ce qui lui valait ce déploiement de forces de police. Il travaillait dans un immeuble respectable, bon sang !

« Vous avez un passe-partout qui permet d'ouvrir l'appartement ? demanda Catrysse lorsqu'ils montèrent dans l'ascenseur.

— Non.

— Attendez-nous en bas, alors ! »

Le concierge quitta l'ascenseur à contrecœur, sans oser protester. Plusieurs occupants de l'immeuble s'étaient postés à leur balcon, curieux, mais rien ne bougeait au septième.

Sous l'effet de l'ennui, Joris Mareel s'était endormi vers quatre heures, un peu après avoir vomi toute sa mayonnaise.

« Qu'est-ce qu'on fait, chef ?

— Les hommes ont pris position dans l'escalier de secours ?

— Je crois bien, chef.

— J'ai besoin d'en être sûr, André », répliqua Catrysse.

Il fallut près de trente secondes aux inspecteurs qui avaient reçu ordre de se poster sous l'escalier de secours de confirmer par talkie-walkie qu'ils étaient bien en position. Si Joris Mareel était là, il était fait comme un rat. Catrysse examina la porte de l'appartement. Elle n'avait pas l'air très solide, ce qui était peu surprenant pour une location de vacances. Le plus simple était de sonner et d'attendre qu'on vienne ouvrir, mais Catrysse ne voulait prendre aucun risque. Et puis, c'était tout de même plus spectaculaire de défoncer la porte. Il voyait d'ici les titres dans la presse : « Des policiers de Blankenberge sous les ordres de l'inspecteur en chef Catrysse déboulent sans crier gare dans le repaire du meurtrier présumé ! »

« On a apporté un bélier ?

— Il est dans la voiture, chef.

— Qu'est-ce que tu attends pour aller le chercher ?! »

La porte se brisa dans un vacarme assourdissant dès le premier coup de butoir. Joris Mareel se réveilla en sursaut, mais il ne comprit réellement ce qui se passait que lorsqu'il vit quatre flics surgir dans la pièce. Ils le saisirent au collet, le traînèrent en bas du canapé et, une fois qu'il fut au tapis, lui passèrent les menottes.

« Tu peux appeler Van In, maintenant », dit Catrysse.

Joris lui jeta un regard effrayé.

« Cette fois-ci, je ne peux rien pour toi, mon garçon ! »

Catrysse eut une pensée pour Annelies. Que dirait-elle quand il lui apprendrait qu'il avait bien été forcé d'arrêter son fils ?

« Pourquoi t'es-tu enfui ? demanda-t-il.

— J'avais peur.

— Pourquoi ? Tu le sais ? »

Le jeune homme fit non de la tête. Ses yeux n'exprimaient que le désespoir.

« Ce n'est pas moi qui l'ai tuée, Luc.

— Il ne fallait pas te planquer, alors. »

D'un coup, Catrysse comprit qu'il n'aurait pas dû forcer la porte. Que Joris soit coupable ou innocent, on lui demanderait de la rembourser. Il y en avait pour un bon millier d'euros.

« Ce n'est pas moi, Luc ! » s'écria Joris Mareel d'une voix rauque.

Catrysse ferma les yeux. Ce garçon lui faisait pitié.

Après son transfert à Bruges, Joris Mareel fut emmené dans une salle d'interrogatoire où l'attendaient Van In et Versavel.

« Retire-lui ses menottes. »

Versavel hocha la tête et s'exécuta. Mareel entreprit aussitôt de se masser les poignets.

« Tu as mangé ? »

Comme la réponse était négative, Versavel disparut et revint rapidement avec une pile de tartines au fromage. Joris Mareel se jeta dessus comme l'affamé qu'il était.

« Tu fumes ? »

Van In savait y faire pour mettre le suspect à l'aise et gagner sa confiance. Les truands habitués à la justice ne tombaient pas dans le piège, mais Joris Mareel ne se méfia pas. Il accepta avidement la cigarette qu'on lui présentait.

« Maintenant, raconte-moi tout ce qui s'est passé avant-hier », dit Van In.

L'interrogatoire ne prit pas plus d'une demi-heure. Deux inspecteurs reconduisirent Joris Mareel en cellule, où il passerait vraisemblablement les vingt-quatre prochaines heures.

« Qu'est-ce que tu en penses ? » demanda Van In en allumant une cigarette. C'était la première de la journée.

« Je peux comprendre qu'il ait paniqué quand il a appris qu'il était soupçonné du meurtre de Katja », répondit Versavel.

Van In tira pensivement sur sa clope et inspira profondément. Joris Mareel avait déclaré que lui et Katja s'étaient promenés sur la digue quand ils avaient quitté La Bourse. Il avait essayé d'embrasser la jeune fille. Elle s'était enfuie, fâchée. Il avait couru après elle, mais il n'avait pas réussi à la rattraper. Il s'était réfugié au Mer du Nord, où le bruit avait commencé à courir vers neuf heures que Katja avait été retrouvée assassinée rue Breydel.

« Moi aussi, répondit Van In. Mais tant que nous n'avons pas de témoin qui nous confirme sa version des faits, on est obligés de le garder au frais.

— J'appelle Hannelore ?

— Oui, s'il te plaît. »

C'était à elle, en tant que juge d'instruction, qu'il

incombait de décider s'ils disposaient de suffisamment d'éléments pour maintenir Joris Mareel en état d'arrestation et l'amener en chambre du conseil. Mais Van In se ravisa.

« Attends, Guido. Je vais m'en occuper moi-même. »

Il saisit le combiné.

« Bonjour, juge Martens en ligne.

— Salut, ma chérie ! Tu t'es remise de cette nuit ?

— Comment oses-tu ? C'est moi qui devrais te poser la question !

— Eh bien, c'est d'accord ! s'exclama Van In en riant. On recommence ce soir, puisque tu le demandes ! Même lieu, même heure !

— Abruti ! »

Versavel secoua la tête d'un air incrédule. Ces deux-là étaient capables de s'engueuler en faisant l'amour.

« Hanne veut interroger Joris Mareel demain, dit Van In lorsqu'il eut raccroché. Qu'est-ce qu'on fait, en attendant ?

— Je propose de vérifier ses dires… »

Van In prit sa veste au portemanteau et s'habilla pensivement en marchant vers la porte. Il se trompa de manche. Au cours de sa carrière, il avait déjà enquêté sur plusieurs dizaines d'affaires de meurtre et il les avait résolues pour la plupart, mais un coupable lui était rarement tombé tout cuit dans la main comme ça. Quelque chose lui disait que Joris Mareel était innocent. Aussi était-il bien décidé à investiguer tous azimuts. La question était : Si ce n'est pas Joris Mareel, qui ? Il circulait tant de rumeurs alimentées par la haine et la rancune à Blankenberge qu'une chatte n'y aurait pas retrouvé ses petits.

« Il t'inspire quoi, Catrysse ? »

Van In et Versavel descendaient l'escalier côte à côte.

« Tu ne le soupçonnes quand même pas ? »

Le commissaire se passa la main dans les cheveux et se gratta l'oreille.

« Je crois qu'il a eu une histoire avec Annelies Mareel.

— Et ça change la donne ?

— Peut-être », répondit Van In.

La terrasse du Mer du Nord donnait sur le port de plaisance. Le sol était encore jonché de confettis. À l'intérieur, la fête battait toujours son plein. Accoudés au comptoir, plusieurs hommes déguisés chantaient *We are the champions* à pleins poumons. La plupart des tables avaient été prises d'assaut. Van In choisit un endroit en retrait, près de la fenêtre. Une serveuse blonde portant un pull moulant et d'immenses boucles d'oreilles vint prendre la commande.

« Et pour ces messieurs, ce sera ? » demanda-t-elle.

Van In surprit une lueur de méfiance dans son regard. Pour une fois, il portait une veste et un pantalon assorti. Versavel était impeccable, comme à son habitude. Autrement dit, ils ne passaient pas moins inaperçus que des ours polaires dans le désert.

« Nous ne travaillons pas aux contributions », dit Van In avec un sourire rassurant.

La serveuse poussa un soupir de soulagement. Son mari l'avait quittée l'année précédente, sans rien lui laisser. Elle ne pouvait vraiment pas se permettre une visite du fisc.

« C'est déjà ça, dit-elle en les regardant pensivement, mais toujours un brin méfiante.

— Je suis le commissaire Van In et voilà l'inspecteur en chef Versavel. Nous enquêtons sur le meurtre de Katja Geenen. »

La serveuse tenta un pauvre sourire. Elle n'avait pas l'air de porter les policiers dans son cœur non plus.

« Je n'ai rien fait de mal, j'espère ? demanda-t-elle sur la défensive.

— Hé, Claudine ! Apporte-nous une pinte ! cria un homme accoudé au zinc.

— Je peux prendre votre commande ? demanda la serveuse le plus poliment possible, mais on voyait bien qu'elle était tout sauf à son aise.

— Apportez-nous deux cafés », dit Van In.

La serveuse hocha la tête et retourna derrière le comptoir. Van In alluma une cigarette avant de regarder autour de lui. Les murs étaient décorés de vues du port, de lampes tempête en cuivre et de hublots. Le comptoir était en forme de bateau. Enfin, une ancre faisait office de porte-manteau. Autant dire que le Mer du Nord portait bien son nom.

« Je me demande ce qui peut bien se passer ici la nuit », dit Versavel.

Il était dix heures et demie. La plupart des fêtards

faisaient la nouba depuis plus de quarante-huit heures et la bière continuait de couler à flots.

« Rien de bien extraordinaire, à mon avis, répondit Van In. C'est un café populaire où les gens se retrouvent pour prendre un peu de bon temps autour d'une bière, sans plus. Comme tu les vois, là, ils ne se paient une grande cuite qu'au carnaval ! »

Van In se tut un instant. Il comprenait la méfiance de la patronne.

« Attends-moi, j'arrive ! » dit-il en se levant.

Il marcha jusqu'au bar, compta discrètement le nombre de clients et vérifia rapidement qu'ils buvaient bien de la bière avant d'actionner la cloche.

« Tournée générale ! » beugla-t-il.

Toutes les têtes se tournèrent dans sa direction. Il y eut un silence, vite rompu par les cris d'un gai luron, celui-là même qui avait interpellé la patronne quelques minutes plus tôt. Il leva son verre et porta un toast à Van In.

La glace était rompue. Claudine eut un large sourire et s'affaira à la pompe. Les noceurs entonnèrent une chanson paillarde.

« Vous me mettrez une Pils », demanda Van In.

Il s'assit sur un tabouret du bar et fit signe à Versavel de le rejoindre. Quand tout le monde fut servi, il demanda à la patronne si elle pouvait lui consacrer quelques minutes. Cette fois, elle accepta.

« Vous connaissez Joris Mareel ? » demanda Van In.

Claudine fronça les sourcils. Ce nom lui disait quelque chose, mais où l'avait-elle entendu ?

« Il prétend qu'il est resté ici la nuit dernière jusqu'à neuf heures du matin, ajouta Van In. Il était déguisé en pirate. Il portait un bermuda noir, un foulard à rayures blanches et rouges sur la tête et un bandeau noir sur l'œil.

— Ça se pourrait. »

La patronne se souvenait vaguement qu'un pirate était resté assis un moment au bar, mais ça ne manquait pas, les pirates, au carnaval.

« Réfléchissez bien, madame, dit Van In.

— Attendez », dit la patronne.

Elle alla interroger plusieurs clients dont elle était certaine qu'ils avaient passé la nuit au café. Cinq minutes plus tard, elle était de retour.

« Rik pense l'avoir vu, mais… »

La patronne hésita. Le problème avec Rik, c'était qu'il parlait si bizarrement que personne ou presque ne le comprenait.

« Est-ce qu'il sait si ce pirate est resté longtemps ? »

La patronne sourit. Rik buvait tellement qu'il en avait perdu toute notion du temps.

« Je vais lui demander. »

Van In la suivit jusqu'à la table du client. Quand la patronne lui eut posé la question, celui-ci hocha vigoureusement la tête et se lança dans une longue explication dont le commissaire ne comprit pas un traître mot.

« Rik a essayé de bavarder avec lui, traduisit Claudine. Il lui a même offert une bière. Mais le pirate a refusé. Après ça, il est parti.

— Quelle heure était-il ?

— Trois heures et demie.

— Trois heures et demie, répéta Van In. Quelqu'un l'a encore vu, après ça ?

— Non.

— Vous pensez qu'il aurait pu revenir malgré tout ? »

Il sentait bien qu'il n'aurait pas dû poser cette question, mais il assumait.

« Le café n'a pas désempli de la nuit, et ils en tenaient tous une fameuse », commenta Claudine.

Van In alluma une cigarette et but une gorgée de sa Pils, qui avait tiédi. Il eut envie de commander une Duvel, mais il se retint in extremis, se rappelant la promesse qu'il avait faite à Hannelore.

« Est-ce que vous pourriez m'écrire sur un papier les noms de tous les clients qui étaient encore dans le café à ce moment-là ?

— Je ne les connais pas tous…

— Si vous pouviez au moins essayer, je vous en serais vraiment reconnaissant, insista Van In.

— Je vais faire de mon mieux.

— Merci », dit Van In.

Il actionna la cloche pour la seconde fois.

« Tu ne peux vraiment rien faire pour lui, Luc ? »

Annelies Mareel pleurait depuis plus d'une demi-heure. Elle restait inconsolable, quoi que dise Catrysse.

« C'est grave, de tuer, Annelies. »

Elle réagit comme si elle avait reçu une décharge électrique. Elle bondit du canapé, les poings en avant.

« Joris n'est pas un assassin ! Combien de fois faudra-t-il que je te le dise ?! » hurla-t-elle.

Catrysse s'approcha et posa une main sur son épaule. Dans sa poche, il avait la liste des personnes qui avaient vu Katja danser aux alentours de quatre heures du matin au Parasol. Il les avait toutes interrogées. Un homme affirmait que Joris Mareel était aussi présent. Ce témoignage donnait un tout autre éclairage à l'affaire. Katja avait été assassinée vers cinq heures et on avait retrouvé son corps à une centaine de mètres de ce café.

« Admets quand même que Joris est du genre soupe au lait », dit-il prudemment.

Annelies le foudroya du regard. Elle tremblait de tout son corps.

« Et dire que je croyais que tu m'aimais ! »

Catrysse ne savait plus quel parti tenir. S'il montrait sa liste à Van In, il mettait le jeune Joris dans l'embarras. Mais…

« Joris est innocent jusqu'à preuve du contraire », dit-il.

Annelies se retourna et se serra contre le policier.

« S'il te plaît, Luc ! implora-t-elle, désespérée. Tu sais tout ce que j'ai traversé, toi ! »

Catrysse hocha la tête. Il connaissait son secret, et il avait promis de ne jamais le trahir. Mais là, il était confronté à un véritable dilemme. Il pensait à sa femme, aussi. Si elle apprenait qu'il n'avait pas coupé le contact avec Annelies, il risquait de passer un mauvais quart d'heure, voire bien pire. Mais il ne pouvait pas non plus laisser tomber Annelies. Il l'aimait trop.

« Je vais voir ce que je peux faire », finit-il par répondre.

Van In eut un comportement exemplaire. Après la deuxième tournée, il demanda l'addition.

« Tu peux me prêter cinquante euros, Guido ? »

Versavel considéra son ami avec compassion.

« Tu as déjà dépensé tout ton argent de poche ? »

La serveuse les regarda de travers. Elle détestait les mauvais payeurs. Il n'y avait pas si longtemps, une femme incapable de payer son café lui avait donné sa chaîne en or en caution. Mais là, que devait-elle faire ? Impossible d'appeler la police !

« Vingt, c'est d'accord, mais c'est la dernière fois ! » répondit Versavel en sortant son portefeuille de sa poche et en tendant un billet au commissaire. Je veux que tu ne manques de rien », ajouta-t-il avec un clin d'œil.

Ils sortirent du café. Le ciel était dégagé ; le soleil pointait enfin le bout du nez.

« Tu as déjà fait tes valises ?

— Mes valises ?! »

Van In avait complètement oublié qu'il était censé prendre le ferry pour Hull avec Hannelore le soir même. Et maintenant que Versavel le lui rappelait, il se demandait si c'était encore bien nécessaire. Ils avaient un suspect, non ? La vérité ferait bientôt surface, il suffirait d'être patient.

Les deux hommes traversèrent le parking et prirent le sentier rénové avec goût qui longeait le port.

« Tu en as tout de même parlé à Hannelore ?

— Oui, mais je crois qu'elle aussi a oublié. »

À l'instant même, le mobile de Versavel sonna. C'était Catrysse. Il voulait leur parler.

« Il a découvert quelque chose ? demanda Van In.

— Aucune idée. »

Les deux hommes revinrent sur leurs pas et s'installèrent à la terrasse du Mer du Nord, très agréable car protégée du vent par une rangée d'immeubles à appartements et baignée d'un rayon de soleil suffisant pour créer un microclimat. Van In commanda un café, Versavel un Perrier. Catrysse arriva dix minutes plus tard, la mine soucieuse et un peu nerveux.

Quand il commanda une Duvel, Van In fit mine de rien, mais il pesta intérieurement.

« Alors, il y a du neuf ?

— Ce serait beaucoup dire, répondit Catrysse. La seule chose qu'on sait maintenant avec certitude, c'est que personne n'a vu Katja et Joris ensemble après minuit. Cela plaide en faveur du garçon, bien sûr. »

Van In trempa ses lèvres dans son café et alluma une cigarette avant de raconter ce qu'ils venaient d'apprendre au Mer du Nord.

« Il serait tout à fait possible que Joris soit revenu au Mer du Nord et qu'il y ait traîné ses guêtres jusqu'à neuf heures, dit Catrysse.

— Oui, en effet, concéda Van In. Qui sait ? Il est peut-être innocent, en effet. Heureusement, ce n'est pas à moi d'en juger. »

Il n'avait pas encore dit à Catrysse que la juge d'instruction en charge de l'affaire était sa femme.

« Il n'y a pas de preuves formelles, en tout cas,

plaida Catrysse. Et n'oubliez pas que Katja avait une sacrée réputation…

— Oui, c'est ce que tout le monde dit… »

Catrysse n'avait toujours pas évoqué le motif de cette entrevue. Van In avait surtout l'impression qu'il était venu pour les persuader de l'innocence du jeune homme. Il décida de jouer le jeu.

« Personnellement, je ne pense pas non plus que ce Joris soit le coupable que nous cherchons », lâcha-t-il.

Il n'eut pas besoin d'ajouter quoi que ce soit. Maintenant qu'il se sentait soutenu, Catrysse en vint enfin aux faits.

« Tu l'as écrit dans ton PV d'audition ? » demanda-t-il à la grande stupéfaction de Van In.

C'était pourtant un flic qui avait de la bouteille. Il était bien placé pour savoir qu'un procès-verbal sert à consigner des faits, pas les opinions de son auteur.

« Je comprends que tu aies envie de soutenir moralement Annelies Mareel, dit le commissaire. Mais si j'étais toi, je me retirerais de l'enquête. »

Catrysse but une grande gorgée de bière.

« Je lui ai promis de la tenir au courant de toute évolution positive de l'affaire, dit-il. On ne peut quand même pas me le reprocher ?!

— Je vais te dire, Catrysse, intervint Van In. Je crois que tu es toujours amoureux d'elle. »

Versavel sursauta. Van In n'y allait pas par quatre chemins ! Catrysse était marié et avait des enfants.

« Ça te pose un problème ? demanda Catrysse.

— Absolument pas », répondit Van In.

Il trouvait Catrysse de plus en plus sympa, et il

eut du mal à amener la question suivante, mais il le fallait :

« Est-ce que tu es le père de Joris ? »

Catrysse blêmit. Son regard se troubla. Cela faisait longtemps que cette rumeur courait dans Blankenberge, mais personne n'avait jamais osé lui poser la question en face. Comment réagir ? Devait-il dire la vérité ou mentir ?

« À ta place, c'est aussi ce que je croirais », finit-il par répondre.

Van In n'insista pas. Il savait désormais ce qu'il voulait savoir.

Le *Pride of Bruges* était un immense ferry ; on y trouvait plusieurs bars et restaurants, un petit casino et même une énorme salle de cinéma. À la réception, Van In tendit son billet et reçut leur clé en échange. À la perspective d'une nuit romantique, il avait commandé une cabine pour deux personnes avec un grand lit. Le commissaire de bord leur souhaita un agréable séjour. Lorsqu'ils se furent éloignés, il tourna la tête et suivit Hannelore des yeux. Les belles passagères étaient aussi rares qu'un palmier à Oslo.

« Comme c'est palpitant ! » s'exclama Hannelore.

Elle n'avait jamais pris le bateau et était très curieuse de naviguer en pleine mer.

« C'est un bon début, répondit Van In. Nous allons rendre cela encore plus passionnant, tu vas voir ! »

Il tourna la clé dans la serrure, poussa la porte étroite et fit passer Hannelore devant lui. Elle avait à peine avancé d'un pas qu'elle éclata de rire.

« Un problème ? demanda Van In, inquiet.

— Regarde ! »

Van In entra et poussa un juron en voyant les lits superposés. Adieu la nuit romantique ! Ils ne tiendraient jamais à deux sur une couchette ! Le matelas ne mesurait pas plus de soixante centimètres de large.

« Je ne trouve pas ça marrant, pesta-t-il. Le service de réservation m'avait garanti que j'aurais une cabine avec un lit pour deux personnes. »

Hannelore cessa de rire. Elle savait à quel point son homme comptait sur cette mini-croisière et elle n'avait aucune envie de passer le reste de la soirée à l'entendre râler à cause d'un lit superposé.

« On va se débrouiller, dit-elle. Ce n'est que pour quelques heures, de toute façon. »

Le visage de Van In s'éclaira. Hannelore était souple et élancée. En fait, la nuit promettait…

La plupart des clients du bar étaient des routiers costauds avec un gros ventre et des tatouages sur les biceps. Van In commanda une bouteille de vin avant de rejoindre Hannelore près de la fenêtre. La mer était lisse ; d'innombrables dockers s'affairaient autour des semi-remorques et des conteneurs qui envahissaient le quai.

« À notre croisière ! » trinqua Van In avant d'allumer une cigarette.

Le ronronnement des machines, le balancement léger du bateau sur la mer, tout cela lui donnait une rare impression de paix. C'était comme s'ils étaient sur le point d'appareiller pour de longs mois.

Versavel avait eu une excellente idée. Quelques jours à l'étranger leur feraient le plus grand bien.

« Je me réjouis, Pieter », dit Hannelore, qui semblait lire dans ses pensées.

Deux femmes très corpulentes passèrent à côté d'eux d'une démarche qu'elles voulaient élégante. Van In ne put réprimer un sourire en les imaginant dans leurs lits superposés.

« Moi aussi », répondit-il.

Le ferry quitta le port avec une bonne demi-heure de retard, mais qui s'en souciait ? Van In et Hannelore échangeaient de très anciens souvenirs, front contre front. Le temps s'était arrêté.

« Je commence à avoir faim », dit Hannelore alors qu'ils étaient en mer depuis un moment. Cela faisait longtemps qu'elle n'avait plus profité ainsi de l'instant présent. Van In lui offrit son bras et la guida jusqu'au restaurant. Elle avait les yeux qui brillaient. Ils eurent de la veine : il restait une table près d'une fenêtre.

« Que penses-tu de ce Joris Mareel ? » demanda Van In lorsqu'un serveur à la livrée impeccable leur servit le potage.

Hannelore soupira. Elle avait interrogé le jeune homme pendant quatre longues heures.

« Je vois beaucoup de frustration en lui, dit-elle. Il n'a pas vraiment eu une enfance heureuse ! »

Joris Mareel n'était pas allé très loin dans les études, faute d'ambition. Et puis, il souffrait d'une sorte de mélancolie.

« Sa mère n'a pas eu une vie facile, commenta Van

In. Et le pauvre n'a pas beaucoup de succès avec les filles.

— Son mobile est peut-être là, répliqua Hannelore. Imagine qu'il ait de nouveau tenté sa chance avec Katja… Elle lui dit non, et il pète une durite… Mais non, je ne crois pas au crime passionnel. Zlot n'a pas trouvé de traces de violence. Rien n'indique non plus qu'on ait essayé de la violer.

— Qu'est-ce que tu vas décider ? »

Hannelore goûta sa soupe et hocha la tête d'un signe qui valait trois étoiles au *Michelin*. Elle aimait le potage aux lentilles.

« Je n'ai pas le choix. Je dois patienter », répondit-elle.

Les prisons étaient pleines, et aucun élément probant n'indiquait que le jeune homme était impliqué dans la mort de Katja. De toute façon, c'était à la chambre du conseil de décider s'il serait placé en détention préventive, mais cela lui paraissait peu probable.

« Donc tu crois qu'on va le relâcher dans la nature ?

— C'est probable, oui », répondit Hannelore.

Van In avait très envie d'appeler Catrysse pour lui communiquer la bonne nouvelle, mais il s'en abstint, histoire de ne pas donner de faux espoir à la mère de Joris.

« En fait, j'en serais content », dit Van In.

Hannelore l'interrogea du regard, surprise.

« Tu sais quelque chose que j'ignore ?

— Pas encore, répondit-il en riant. Mais j'ai le sentiment que notre voyage à York ne nous apportera rien de ce point de vue-là. »

Un énorme buffet les attendait. Van In se servit copieusement. Lorsqu'il revint à sa table, le ferry s'inclina légèrement et il faillit perdre l'équilibre.

« J'ai l'impression que la traversée va être agitée », dit-il en jetant un coup d'œil par la fenêtre. Le vent faisait claquer les drapeaux et la pluie tombait à grosses gouttes. Van In n'avait eu le mal de mer qu'une seule fois dans sa vie. C'était sur un chalutier, entre Naples et Capri. Il avait expérimenté dans son corps que ce qu'on racontait était vrai : on peut être tellement malade qu'on n'a plus qu'une envie : se jeter par-dessus bord pour en finir. Heureusement, le ferry était muni de puissants stabilisateurs.

« C'est bon ? »

Hannelore avait pris du poisson, des tomates dorées au four et une rissolée de champignons.

« L'agneau est divin », répondit Van In.

Après le repas, il commanda deux nouveaux verres de vin et alluma une cigarette.

« Je crois que je vais en prendre une aussi », dit Hannelore.

Elle ne fumait que quand elle se sentait totalement détendue. Contrairement à Van In, qui enfilait les clopes à la chaîne, elle en savourait chaque bouffée.

Van In la regarda à la dérobée. Dieu, qu'elle était belle !

« À quelle heure arrivons-nous ?

— À neuf heures », répondit Van In.

La salle du restaurant se vidait peu à peu. La plupart des passagers se dirigeaient vers un des bars ou se dépêchaient de faire leurs derniers achats aux magasins hors taxes.

« Tu as envie d'un dernier verre ? demanda Van In.

— C'est comme tu veux », répondit Hannelore, alanguie.

Ses yeux disaient à quel point elle appréciait de se trouver là. Elle jouissait de l'instant avec intensité.

« Je t'aime, Hanne.

— Moi aussi, Pieter. »

Au bar, Van In commanda deux doubles whiskies et une petite bouteille de Coca, qu'il paya une fortune, mais il s'en contrefichait. Il ne s'était plus senti aussi heureux depuis plusieurs mois.

Le ferry tanguait fortement quand ils remontèrent l'étroit couloir qui menait à leur cabine. À moins que ce ne soit le whisky ? Il faut dire qu'ils ne s'étaient pas contentés d'un seul verre.

« Qu'est-ce qu'on fait ? » demanda Van In tandis qu'Hannelore se brossait les dents dans la microscopique salle de bains. Elle pivota. Van In était en train de retirer son slip, ce qui était en soi une vision extrêmement réjouissante.

« Je t'ai promis qu'on essaierait », répondit-elle.

Elle se déshabilla à son tour. Van In attendit, dubitatif. Ça ne marchera jamais ! se dit-il. Le lit est beaucoup trop étroit ! Mais il sous-estimait la créativité d'Hannelore. Après cinq minutes de tentatives diverses, elle trouva la position idéale. Allongée sur le dos, elle plia les genoux à quatre-vingt-dix degrés et appuya les pieds sur le sommier de la couchette supérieure. Quand elle dit : « Prends-moi, Pierrot ! », Van In était si excité qu'il obéit aussitôt.

4

Lorsqu'ils montèrent dans le bus qui devait les mener à York, il neigeait et il soufflait un vent cinglant. À cause de la tempête, le ferry avait une heure de retard, de sorte qu'ils n'arriveraient pas à destination avant midi.

« Tu es déjà allé à York ? demanda Hannelore.

— Non, mais je me suis documenté ! » répondit Van In en se pelotonnant contre son épaule.

La chaleur étouffante qui régnait dans le bus lui donnait envie de somnoler, sans compter qu'il n'avait pas pu fermer l'œil de la nuit à cause de la mer houleuse, et en partie aussi parce que après l'amour Hannelore était allée s'allonger sur la couchette du haut. Dormir seul alors qu'elle était si près, pour lui, cela confinait à du masochisme.

« Oui, et… ?

— D'après la brochure, York est une ville fondée par les Normands qui s'est d'abord appelée Jorvik, expliqua Van In. Des fouilles ont révélé que les Romains sont venus jusqu'ici. On peut même visiter un site archéologique sous Coppergate et High Ousegate. »

Van In sortit la brochure de sa poche et montra à Hannelore une photo du vieux Jorvik reconstitué par les archéologues, avec des mannequins grandeur nature dont les visages avaient été modelés à partir des crânes trouvés sur les lieux.

« Quel bon guide tu fais ! » dit Hannelore en riant.

Van In détestait les guides car il en trouvait constamment sur son chemin à Bruges.

« Je ne fais que te répéter ce que j'ai lu, Hanne.

— Allons ! Je ne voulais pas te blesser ! »

Hannelore posa sa main sur la cuisse de Van In et laissa ses doigts partir en exploration.

« Qu'est-ce que tu sais d'autre ?

— Ça t'intéresse vraiment ? »

Hannelore fit remonter sa main.

« Bien sûr, mon chéri.

— Apparemment, il faut voir la cathédrale.

— La cathédrale ?!

— Oui, ils appellent ça le "*minster*", mais c'est la cathédrale.

— Ah. Je l'ignorais. »

Van In sentit que le corps d'Hannelore était traversé de légers soubresauts. Elle riait.

« Mais… tu te moques de moi, ma parole !

— Je n'oserais pas, mon amour. »

Le voyage se déroula sans encombre, malgré le mauvais temps. Ils arrivèrent à la gare d'York à midi moins le quart. De là, ils étaient à cinq minutes à pied du centre.

« On ferait mieux de passer d'abord à l'hôtel, dit Van In en allumant une cigarette. Et puis je propose d'aller manger un morceau. Je meurs de faim ! »

« Ça a l'air bien, là, dit Van In en indiquant un immeuble tout de guingois de l'autre côté de la rue.

— The Three Tuns », lut Hannelore.

Ils traversèrent et entrèrent. C'était un pub à l'ancienne, avec de lourdes tables en chêne et des tabourets rustiques recouverts d'un horrible tissu à carreaux. Van In s'avisa un peu tard que le plafond était très bas. Après s'être cogné la tête, il repéra une affichette sur une poutre transversale : « *Mind your head.* »

« *Can I have two glasses of wine ?* demanda Van In à la serveuse.

— *Large or small, love ?* »

Van In se tourna vers Hannelore.

« Grand ou petit ?

— Cette question !

— *Large, please.*

— *Anything else ?*

— *No, thank you.* »

La serveuse saisit une bouteille posée sur une planche derrière elle, la déboucha, remplit deux grands verres à ras bord et les posa sur le comptoir, ainsi que la bouteille.

« *You can take the rest of the bottle with you* », dit-elle.

Quand elle lut la stupéfaction sur le visage de Van

In, elle indiqua une affichette disant que l'achat de deux grands verres de vin donnait droit au reste de la bouteille.

« Ils sont bizarres, ces Anglais, dit Van In quand Hannelore l'interrogea.

— En tout cas, leur vin n'est pas mauvais », répondit-elle.

On apportait des assiettes à quelques tables de là. Un tableau derrière le comptoir annonçait de la saucisse et de la purée de pommes de terre avec une sauce aux oignons.

« Cela n'a pas l'air dégueu », commenta Van In.

Hannelore fit la grimace. Les saucisses étaient brûlées et la purée baignait dans une flaque brune indéfinissable.

« Je préfère prendre autre chose. Est-ce qu'il y a du poisson ? Ah oui ! Va pour un *fish and chips*. Pour me mettre à l'heure anglaise. »

Le pub se remplissait peu à peu. Les hommes commandaient de la bière, les femmes un *shandy*, une blonde à la limonade. Van In et Hannelore se sentaient totalement dépaysés.

« Et tu ne sais pas ce qu'il y a dans les saucisses ! s'exclama Hannelore en riant.

— Tu peux parler ! Ton poisson, je me demande s'il a jamais vu la mer… ! » rétorqua Van In quand la serveuse apporta l'assiette d'Hannelore.

Ils firent bonne chère malgré tout. Quand il eut terminé, Van In alluma une cigarette et regarda par la fenêtre. Si Rudolf Degraeve avait raison et si Annelies Mareel avait accouché à l'époque chez des amis de ses parents en Angleterre, son enfant devait figurer sur un registre. La question était de savoir si les autorités municipales acccpteraient de les aider. Il aurait pu, bien sûr, emprunter la voie officielle et passer par Europol, mais la procédure était longue. Et puis, quel argument invoquer pour justifier sa démarche ?

« Je n'ai pas l'impression qu'il y ait beaucoup de Flamands qui vivent ici », dit-il après un moment.

Hannelore hocha la tête avant de s'essuyer la bouche avec sa serviette. Elle y avait réfléchi durant le trajet en bus.

« Degraeve ne nous a pas parlé d'un couple de Flamands. Il s'agit sans doute d'un couple mixte.

— Mouais, répondit Van In. Espérons dans ce cas que ce soit l'homme qui soit flamand. »

Il leur serait, en effet, beaucoup plus facile de trouver un couple portant un nom flamand. S'ils devaient chercher une Flamande ayant épousé un Anglais, ils n'étaient pas sortis de l'auberge.

« Et puis, rien ne nous dit qu'ils vivent à York, reprit Hannelore. Tout ça s'est passé il y a plus de quarante ans, quand même. Au pire, ils sont morts.

— Tu es douée pour encourager les gens, toi ! » dit Van In en écrasant son mégot dans le cendrier.

Hannelore avait raison, bien sûr, et il le savait. Ils avaient fait le voyage de York sur un coup de tête, sans rien préparer, et sans aucun espoir d'engranger le moindre résultat. Et aux frais du contribuable, de plus !

« Je propose de commencer par prendre contact avec la police locale », dit-il sans conviction.

Il se leva et alla payer au comptoir. Ils sortirent du pub bras dessus bras dessous. Hannelore se serra fort contre Van In.

« Tu sais où se trouve le commissariat ? demanda-t-elle alors qu'ils traversaient la rivière.

— Non, dit Van In. Mais il y a deux agents de l'autre côté du pont. On va leur demander. »

Le superintendant Groves était un homme affable, dans la cinquantaine, aux joues couperosées et aux petits yeux extrêmement mobiles. Lorsque Van lui eut exposé le motif de leur présence à York, il fronça les sourcils. La police de Sa Majesté avait une réputation d'efficacité et il voulait lui faire honneur.

« Savez-vous si la jeune fille a accouché à l'hôpital ?

— Non, je l'ignore répondit Van In. Je sais seulement que l'enfant est resté ici. Il est tout à fait possible que le couple l'ait adopté.

— Ou qu'il l'ait reconnu, commenta Groves.

— C'est possible ? » demanda Hannelore, surprise.

Groves haussa les épaules.

« En cas d'accouchement à domicile, une déclaration de la sage-femme et du père suffit pour faire inscrire un bébé à l'état civil, dit-il.

— Qui ferait une chose pareille ? » s'étonna Van In.

Il adorait ses enfants, mais il ne voyait pas ce qui pouvait pousser quelqu'un à déclarer comme sien celui d'un autre.

« Un couple sans enfants y réfléchirait peut-être à deux fois », proposa Hannelore, pensive.

Il y eut un bref silence, mais très vite Groves saisit son téléphone portable et appela l'état civil pour demander à l'employé de sortir tous les actes de naissance de 1963 à 1965 et d'y chercher un nom à consonance allemande.

« Désolé, mais je ne pense pas qu'à l'état civil ils sachent reconnaître le néerlandais, dit-il après avoir raccroché.

— Dans combien de temps aurons-nous la réponse ? s'enquit Van In.

— Aucune idée, répondit Groves.

— Je vais vous donner mon numéro de portable », proposa Hannelore.

Groves hocha la tête et prit note sur son calepin en se faisant la réflexion qu'aucune magistrate de la ville de York n'avait cette beauté rayonnante.

Van In remercia son collègue britannique en le gratifiant d'une chaleureuse poignée de main. Il ne restait plus qu'à attendre.

« Que faisons-nous, maintenant ? » demanda Hannelore.

Avec ce temps qui hésitait entre la pluie et la neige, elle n'avait pas très envie de faire du tourisme.

« Et si on allait voir cette fameuse cathédrale ? suggéra Van In.

— C'est toi qui me proposes ça ? Tu veux visiter une église, toi ?! réagit-elle, incrédule.

— Et pourquoi pas ?! Il pleut, de toute façon, non ?! »

Joris Mareel n'en crut pas ses oreilles quand le juge l'informa qu'il pouvait rentrer chez lui. Le visage fendu d'un immense sourire, il regarda le flic lui ôter ses menottes. Il devait se tenir à la disposition de la justice et ne pas quitter le territoire national, la belle affaire !

Il entra dans le premier café venu et commanda une Pils. Dans sa cellule, il avait eu tout le temps de réfléchir aux événements des derniers jours. Il avait pris la décision. Il se vengerait de l'homme qui l'avait blessé au plus profond de son âme. Mais, avant cela, il fallait qu'il boive un bon coup afin de supporter la confrontation avec sa mère et de trouver le courage de lui dire ce qu'il avait appris.

Six bières plus tard, il se sentait fin prêt. Il quitta le café en vacillant et acheta un billet de train pour Blankenberge avec ce qui lui restait d'argent.

Après une visite rapide de la cathédrale, Van In et Hannelore prirent place dans un restaurant qui avait des allures de bistro parisien. Un feu dans la cheminée dispensait une agréable chaleur.

« Pas mal, cette église, non ? »

Hannelore hocha la tête.

La visite leur avait coûté seize livres, et ils n'étaient pas restés plus d'un quart d'heure à l'intérieur. Elle avait encore déboursé trois livres et demie pour un petit guide qu'ils ne liraient sans doute jamais. Van In et le patrimoine !

« Est-ce que tu te rends compte que l'homme a

réussi à édifier une telle construction avec les seuls moyens du Moyen Âge ?! s'exclama Van In.

— Tu tc moques de moi, Van In ?

— Admets que c'est impressionnant ! dit Van In en s'emparant de leur petit guide. Il s'agit de la plus grande cathédrale médiévale d'Europe du Nord. Elle peut contenir jusqu'à quatre mille personnes ! »

Hannelore but une gorgée de vin et regarda par la fenêtre en se demandant à quoi rimait leur présence dans cette petite ville anglaise. Même si le superintendant Groves réussissait à trouver le couple qui avait pris soin du bébé d'Annelies Mareel, comment pourraient-ils récolter des informations intéressantes pour la progression de l'enquête ?

« Je crois que tu vieillis », lâcha-t-elle tout à trac.

À la crise de la quarantaine, les hommes se mettent en tête de séduire une femme plus jeune, à moins que, pris d'une lubie, ils ne s'adonnent subitement à un loisir étrange. Van In avait épousé une femme de dix ans de moins que lui, mais il était tout à fait possible que lui vienne la passion des cathédrales gothiques. La sonnerie de son téléphone tira Hannelore de sa rêverie. C'était Groves. Il avait appelé un collègue à la retraite, qui croyait se souvenir d'une étrangère venue s'installer à York, il y avait de cela plus de quarante ans, et qui avait épousé un Anglais.

Un quart d'heure plus tard, une voiture de police venait chercher Hannelore et Van In. Le superintendant Groves les gratifia d'un sourire amical depuis la banquette arrière.

Harold Wise, son collègue à la retraite, vivait un

peu en dehors de York dans un agréable cottage agrémenté d'une roseraie et d'une glycine qui se déployait sur la façade. Malgré ses quatre-vingt-un ans, il avait toujours bon pied bon œil. Il avait gardé un pas énergique et le dos droit. Le thé attendait sur la table du salon ; une bûche crépitait dans l'âtre. Hannelore eut l'impression de pénétrer dans un décor d'Agatha Christie.

Harold Wise invita ses hôtes à prendre place sur un authentique canapé Chesterfield et leur offrit des scones et du thé. Van In attendit patiemment la fin du rituel avant de poser sa première question.

« Si je ne m'abuse, Richard Good a épousé une femme du continent au début des années soixante, commença Harold Wise. Je ne les ai pas connus personnellement, mais je sais avec certitude qu'ils ont eu un fils. »

Van In hocha la tête poliment et trempa ses lèvres dans son thé. Hannelore suivit son exemple en souriant. S'il y avait une boisson que Van In détestait, c'était bien le thé.

« Où habitaient-ils ?

— Je crois me souvenir que Richard Good avait un magasin d'antiquités non loin de Shambles.

— Shambles ?

— C'est l'une des rues les plus pittoresques de York, répondit Groves. On y trouve de nombreuses boutiques de ce type. »

Il voulut ajouter : « Et de touristes stupides », mais il tint sagement sa langue.

« Mais vous ne savez pas de quelle nationalité était sa femme ? demanda Van In.

— J'ai bien peur que non », répondit Harold Wise.

Il se gratta pensivement l'oreille et plissa le nez. Il avait vu Mme Good deux ou trois fois, mais cela faisait un fameux bail.

« C'est une Européenne ?

— Assurément », dit Harold Wise avec un sourire rêveur.

Dans son souvenir, Mme Good était une femme mince et élégante, aux splendides yeux bleus. Son mari, un homme trapu affublé d'un toupet de cheveux roux et d'oreilles décollées, était fier d'avoir épousé une telle beauté.

« Il ne nous manque plus que son nom ! » dit Groves.

Il téléphona au commissariat et demanda à un de ses collègues de rechercher le nom de jeune fille de l'épouse Good. La réponse ne se fit pas attendre longtemps.

« Elle s'appelle Nadine Vermeersch et elle a accouché d'un fils, Benjamin, en 1964. Est-ce que cela fait avancer votre enquête ? »

Van In et Hannelore en restèrent bouche bée. Le premier alluma une cigarette sans en demander l'autorisation, tandis que la seconde se mit à hocher la tête en regardant dans le vague. Si cette information était correcte, Benjamin Vermeersch, le directeur de la BSB, était le fils d'Annelies Mareel.

« Pourrions-nous la rencontrer ? » demanda Van In.

Groves hocha la tête.

« Je ne peux évidemment pas la forcer à vous parler, mais je ne vois pas pourquoi elle refuserait. »

Van In avait du mal à dissimuler son impatience, mais Harold Wise ne voulut pas les laisser partir sans leur servir une deuxième tasse de thé. Groves sourit en voyant Van In boire son breuvage jaunasse à petites gorgées au lieu de vider sa tasse d'un trait.

Baignée dans une agréable lumière dorée et fleurant bon la cire d'abeille, la boutique de Richard Good était un capharnaüm où s'entassaient des petits meubles anciens et des bibelots de charme. Le superintendant Groves présenta Hannelore et Van In à l'antiquaire et lui demanda avec juste ce qu'il fallait de fermeté s'ils pouvaient s'entretenir un moment avec son épouse à propos de leur fils. L'homme eut l'air surpris, mais il ne protesta pas.

« *Just a moment* », dit-il avant de disparaître dans l'arrière-boutique.

Il resta absent un long moment. Van In faisait les cent pas, ruminant son impuissance. Si Nadine Vermeersch refusait de leur parler, ils seraient bien embarrassés. Lorsque Richard Good revint enfin, dix minutes plus tard, Van In sentit monter en lui comme une angoisse. Celle-ci se dissipa rapidement : l'antiquaire leur indiquait d'un signe de la tête que c'était d'accord. Ils traversèrent un étroit couloir avant de pénétrer dans un salon encombré de meubles anciens, à l'image de la boutique. Nadine Vermeersch était assise au coin du feu, un ouvrage de broderie sur les genoux. Elle eut un sourire distant quand Van In lui serra la main.

« Excusez-nous de venir vous importuner après toutes ces années, mais nous sommes ici à cause d'une affaire particulièrement grave. »

Nadine Vermeersch ne réagit pas. Ses grands yeux bleus restaient fixés sur un point, au-dessus de l'épaule de Van In. À l'époque, elle avait juré à Annelies Mareel de ne jamais parler à quiconque de l'origine de Benjamin. Devait-elle briser son serment maintenant que la vérité avait éclaté au grand jour ?

« C'est au sujet de Benjamin, commença Van In.

— Richard vient de me l'expliquer. »

Elle parlait encore très bien le néerlandais, pour quelqu'un qui vivait à l'étranger depuis si longtemps.

« Vous êtes encore en contact avec lui ?

— Il passe nous voir de temps en temps, en général quand il vient en Angleterre pour ses affaires.

— Connaît-il l'identité de sa mère biologique ?

— Oui. »

Nadine Vermeersch ferma les yeux un instant. Elle devait peser chaque mot, car elle ignorait si le policier belge était au courant de tout.

Van In consulta Hannelore du regard. Il ne savait pas très bien par quel bout prendre cette histoire.

« Benjamin lui parle parfois ? »

Il y eut un long silence. Nadine Vermeersch regardait droit devant elle. En son for intérieur, c'était la tempête, mais elle ne laissa pas un son franchir la barrière de ses lèvres. Richard Good s'approcha d'elle et posa une main protectrice sur son épaule.

« Mon épouse souffre d'une faible constitution, dit-il. Puis-je vous demander de la laisser se reposer, maintenant ? »

Groves se racla la gorge et adressa à Van In un signe de tête qui voulait dire qu'il était préférable de partir.

« Il a raison, Pieter. Nous ferions mieux de revenir une autre fois. »

Van In accepta à contrecœur.

Deux minutes plus tard, ils se retrouvaient tous les trois sur le trottoir.

« Je retournerai lui parler demain matin, proposa Groves.

— Vous aurez peut-être plus de chance, répondit Van In.

— Je ne pense pas, malheureusement », commenta Hannelore.

Elle avait lu le doute dans les yeux de Nadine Vermeersch. Cette femme s'était littéralement pétrifiée quand Van In lui avait demandé si Benjamin Vermeersch parlait parfois avec sa mère biologique. Van In poussa un profond soupir et alluma une cigarette. Un jeune touriste, sans doute un Américain, lui lança un regard méprisant.

« Quelqu'un a envie de boire un verre ?

— Je prendrais volontiers une tasse de thé », dit Groves.

Le sympathique superintendant regardait son collègue, la mine rieuse, content de sa petite plaisanterie. Il reconnaissait le malaise qui s'empare de l'enquêteur quand il fait chou blanc alors qu'il se sent à deux doigts d'une découverte susceptible de tout expliquer, et il ressentait de l'empathie pour Van In.

Erwin Nolens rangea sa Mercedes dans son garage de la rue du Trèfle et traversa le Vlamingdam en direction de l'avenue de la Reine-Élisabeth, où il vivait. Il introduisit sa main dans sa poche et vérifia qu'elle contenait toujours l'enveloppe que Vermeersch lui avait donnée. Cent billets de cinq cents euros, excusez du peu ! Il en donnerait bientôt deux, avec grand plaisir, à une call-girl. La vie était belle. Mais comme certains pouvaient se montrer stupides ! Quelle mouche avait donc piqué Vermeersch, de lui confier un secret qui pouvait lui coûter sa tête s'il venait à se répandre ? Il ne fallait pas boire si on ne savait pas tenir sa langue sur des choses aussi importantes ! Certes, ce qui était arrivé à Vermeersch, Nolens ne l'aurait pas souhaité à son pire ennemi. Mais il ne voulait rien avoir avec cette histoire. L'autre avait dû acheter son silence.

Nolens accéléra le pas. La jeune femme était censée arriver dans une demi-heure. Il voulait encore prendre une douche rapide et manger un petit quelque chose. La perspective de faire l'amour à un corps de déesse lui donnait des ailes. Quelle position choisiraient-ils, cette fois ? Quelle fille lui enverrait-on ? Il avait demandé Phaedra, mais le type du bureau d'escort-girls n'avait pas pu la lui promettre.

La salle des Three Tuns était pleine à craquer, mais quand la patronne reconnut Groves, elle leur dénicha une petite table dans un coin.

« Mme Good cache manifestement quelque chose », dit Groves, de plus en plus intrigué depuis que Van In lui avait résumé l'affaire.

Il était bien décidé à aider son collègue flamand. Il avait demandé à deux enquêteurs de fouiller le passé de la femme de l'antiquaire.

« En tout cas, il s'agit de quelque chose qui continue à lui causer des émotions fortes, même après toutes ces années », fit remarquer Hannelore.

Van In but une gorgée de vin et regarda devant lui, plongé dans ses pensées.

Phaedra se déshabilla lentement sous le regard attentif d'Erwin Nolens. Cette fille avait un corps fantastique et remuait les hanches d'une façon qui aurait tourné la tête à n'importe qui. Et puis, elle était vraiment douée…

Elle détacha enfin son soutien-gorge en dentelle et se caressa les seins. Nolens était fou de désir, mais il savait se contenir. Ils avaient toute la nuit, il ne voulait rien rater.

« Tu veux bien commencer par me masser, ma belle ? »

Il ôta son peignoir et s'allongea sur le ventre. Phaedra s'assit à califourchon sur lui. Ses doigts puissants le firent frissonner de plaisir. Qu'est-ce qu'un homme pouvait désirer de plus au monde qu'une femme resplendissante de beauté qui lui obéissait au doigt et à l'œil ?

Le premier appel arriva à la caserne des pompiers à minuit dix. Il fut aussitôt suivi de plusieurs dizaines d'autres. L'officier de garde battit le rappel. Trois minutes plus tard, quatre voitures de pompiers déboulaient toutes sirènes hurlantes vers l'avenue de la Reine-Elisabeth. À bord des véhicules d'intervention, la tension était palpable. Les grands incendies étaient rares, à Bruges, et même si les hommes étaient pleinement conscients du danger, leurs corps étaient parcourus d'une extraordinaire poussée d'adrénaline. Lorsqu'ils arrivèrent sur les lieux de la catastrophe, une meute de curieux s'était déjà amassée sur le trottoir d'en face. Les commentaires fusaient.

« Ils n'arriveront jamais à éteindre un tel feu du diable ! » commenta un homme en pyjama.

Les flammes léchaient déjà les fenêtres rehaussées de stuc du premier étage. La chaleur était épouvantable.

« Là ! Regardez ! cria une femme aux cheveux ramenés en arrière en tendant le doigt vers un homme nu qui tentait de fuir par le toit.

— Et là ! » cria un autre badaud en indiquant une femme dans le plus simple appareil, elle aussi.

Malgré la distance, les formes sculpturales de Phaedra émoustillaient les hommes de l'assistance.

« Mais vous ne voyez donc pas ces deux-là ?! » s'exclama un homme à l'intention d'un inspecteur de police qui regardait la scène d'un peu plus loin. « Ils sont deux, là, sur le toit ! »

Lorsqu'il repéra enfin les deux silhouettes, le

policier réagit au quart de tour. Il traversa la rue et informa le commandant des pompiers en quelques mots. Pour tout remerciement, il se fit copieusement engueuler :

« Vous ne croyez quand même pas qu'on n'avait pas vu ces deux zigotos ?! »

Il avait fallu de longues minutes pour installer la grande échelle dans une position qui permettrait aux pompiers de sauver les personnes qui se trouvaient sur le toit sans prendre trop de risques. Deux soldats du feu en combinaison ignifugée et pourvus d'un masque à oxygène étaient déjà dans la nacelle. Quatre de leurs collègues tentaient de maîtriser l'incendie au rez-de-chaussée à l'aide de puissants jets d'eau. Mais le feu continuait à se propager à une vitesse folle tout en dégageant une fumée considérable.

L'échelle s'éleva lentement dans les airs. Versavel, qui venait d'arriver, observait la scène, le cœur battant. La nacelle mit une éternité avant de parvenir à hauteur du toit.

« Je ne voudrais pas me trouver à leur place. »

Versavel reconnut la voix de Carine. Il se retourna.

« Moi non plus », dit-il.

Comme tous les petits garçons, il avait un jour rêvé de devenir pompier, mais, même s'il ne se laissait pas facilement impressionner, il se félicitait d'avoir choisi un autre métier. Carine lui donna un coup de coude.

« Nolens est amateur de chair fraîche, apparemment ! » commenta-t-elle.

Un pompier aidait Phaedra à entrer dans la nacelle.

Malgré le péril de la situation, il se félicitait, lui, d'avoir endossé l'uniforme bleu marine avec un trait rouge.

Ce fut ensuite au tour de Nolens d'être évacué. Il était moins une. Les flammes arrivaient au deuxième étage et s'approchaient dangereusement de la nacelle. L'homme qui commandait la grande échelle réagit sans une seconde d'hésitation. Il éloigna la nacelle tandis que deux de ses collègues tentaient de l'arroser, ainsi que l'échelle.

Sur le trottoir, la tension était à son comble. Une vieille dame, intoxiquée par la fumée, fut immédiatement évacuée en ambulance. Tout le quartier était sur le pied de guerre. L'avenue de la Reine-Élisabeth était rouge de véhicules de pompiers.

« Il peut s'estimer heureux ! » commenta Versavel.

Il ne fallait pas être expert pour voir qu'un feu qui se répandait avec une telle rapidité était d'origine criminelle.

« Tu ne vas quand même pas l'interroger cette nuit ?!

— Ça dépend », répondit Versavel.

Entre-temps, des pompiers empressés aidaient Phaedra à sortir de la nacelle. Il fallut un temps infini avant que l'un d'eux songe à lui tendre une couverture.

Versavel trouva Nolens au service des urgences de l'hôpital Saint-Jean. Il avait le visage gris et tremblait comme s'il avait quarante de fièvre, mais d'après le médecin qui lui avait procuré les premiers soins, il n'avait rien. Phaedra s'en sortait elle aussi sans la moindre égratignure. Ils s'étaient juste payé la peur de leur vie.

« Bonsoir, monsieur Nolens. »

Nolens leva la tête, mais la laissa immédiatement retomber en reconnaissant Versavel.

« Que venez-vous faire ici ?

— C'est une bonne action, de rendre visite aux malades.

— Je ne suis pas malade.

— Mais vous avez failli mourir.

— Nul n'est jamais à l'abri d'un accident, inspecteur. »

Versavel rapprocha une chaise du lit de Nolens et s'assit. Que ferait Van In à sa place ?

« Je crains qu'il ne s'agisse d'un incendie criminel. Après ce qui s'est passé à Blankenberge, je me pose des questions. »

Un sourire passa sur les lèvres de Nolens.

« Phaedra est une call-girl, inspecteur. Et Katja était une amie. L'un n'a rien à voir avec l'autre, et vice versa. Je suis un homme en bonne santé et je gagne bien ma vie. Je ne fais rien de mal, si ?

— Et pourtant, c'est quand même un hasard extraordinaire que votre immeuble soit touché par un incendie quelques jours à peine après le meurtre de votre amie.

— Je ne crois pas au hasard.

— Moi non plus, répliqua Versavel. C'est justement pour cela que je trouve cette histoire extraordinaire.

— C'est parfaitement votre droit », commenta Nolens avant de bâiller à s'en décrocher la mâchoire, histoire de faire comprendre à ce flic qu'il voulait le voir dégager le plancher.

Il avait besoin de temps pour mettre de l'ordre dans ses idées. Qu'est-ce qui avait bien pu se produire ?

« Vous avez des ennemis ? »

La question classique qui menait généralement à une réponse sans intérêt, mais Versavel se devait de la poser.

« Si j'avais une idée de l'identité du connard qui a mis le feu chez moi, je vous l'aurais dit depuis longtemps, répondit Nolens avec une lassitude feinte.

— Alors, nous sommes au moins d'accord sur une chose, dit Versavel.

— Je ne peux rien vous dire de plus, inspecteur. Je mène une vie tranquille. Mes clients sont des gens charmants. Le seul ennemi que je me connaisse est le fisc. Mais je n'imagine pas que mon inspecteur des impôts puisse me haïr au point de me faire un coup pareil. Le monde est plein de fous qui font des choses insensées. Vous devriez le savoir ! »

Versavel hocha la tête. Il était clair que Nolens voulait se débarrasser de lui. Vu les circonstances, il ne pouvait pas lui en vouloir.

« Nous en reparlerons, dit-il. Quoi qu'il en soit, je vous remercie pour votre aide.

— Pour mon aide ? »

Nolens interrogea Versavel du regard.

« À plus tard, monsieur Nolens. »

Versavel quitta la chambre. L'entretien n'avait

pas été très fructueux, mais Nolens se creuserait les méninges pour savoir quelle faute il avait bien pu commettre.

5

Le *Pride of Bruges* pénétra majestueusement dans le port de Zeebrugge. Assis au bar, Van In et Hannelore suivaient des yeux le vol des mouettes dans le ciel gris. La veille, ils avaient par deux fois essayé d'obtenir une nouvelle conversation avec Nadine Vermeersch, en vain.

Van In boudait, parce que, à nouveau, il n'avait pas pu partager sa couchette avec Hannelore. Il avait passé la nuit à réfléchir à l'assassinat de Katja Geenen. Et si elle avait découvert un secret ? Et si c'était pour cela qu'on l'avait tuée ? À moins qu'elle n'ait été la victime d'une dispute musclée qui aurait dégénéré ?

Non, c'était sur le premier fil qu'il fallait tirer. Mais, dans ce cas, quel était ce fameux secret ? Qu'Annelies Mareel avait fui à York quarante ans plus tôt pour y accoucher et pour confier son bébé à un couple d'inconnus ? Pas très vraisemblable… Le silence obstiné d'Annelies Mareel et de Nadine Vermeersch devait s'expliquer autrement. Sans compter qu'il y avait Luc Catrysse, l'inspecteur en chef de la police de Blankenberge… Van In ne pouvait pas se défaire de l'idée que lui aussi cachait quelque chose.

« Tu veux que j'aille te chercher un café, mon chéri ? »

Contrairement au voyage aller, Hannelore avait merveilleusement bien dormi. Elle était resplendissante dans son jeans délavé et son pull à col roulé.

« Non, c'est bien comme ça. »

Van In alluma une cigarette. La prochaine fois, il y réfléchirait à deux fois avant de prendre le bateau.

« Que penses-tu de l'incendie chez Nolens ?

— Que veux-tu que j'en pense ? » répondit Hannelore en fronçant les sourcils.

Elle savait qu'il était préférable de laisser ruminer Van In quand il avait un accès de pessimisme, mais elle commençait à en avoir marre de devoir le supporter ainsi. Il était temps qu'il comprenne qu'elle n'était pas son souffre-douleur.

« Rappelle-moi, tu as déjà eu combien de fois ta crise de la quarantaine ? Je m'y perds. »

Elle n'avait pas voulu être désagréable, mais le mal était fait. Van In écrasa sa cigarette dans le cendrier et quitta la table d'un air furieux. Hannelore le suivit du regard, pensive.

« Rassurez-vous, il n'ira pas bien loin ! » dit un routier assis à la table voisine.

Hannelore feignit de ne pas avoir entendu. Si Van In revenait sur ses pas et la trouvait en conversation avec un inconnu, ce serait le pompon. Et il reviendrait, il ne pouvait pas faire autrement. Elle avait sa carte d'identité dans son sac à main.

Un quart d'heure s'écoula. Lorsque les passagers furent invités à se préparer à descendre, il n'avait toujours pas réapparu. Elle commença à se faire du souci pour lui.

« Abruti ! » dit-elle lorsqu'elle le vit faire le pied de grue au contrôle des passeports.

Elle lui tendit ses papiers. Les deux inspecteurs de la police fédérale chargés du contrôle des passagers ne purent réprimer un sourire.

« Monsieur essayait de nous faire croire qu'il était commissaire ! dit l'un d'eux.

— Et que vous étiez juge d'instruction ! lâcha l'autre.

— Je vous prie de nous excuser, dit Hannelore. Mon mari a mal dormi, et cela joue sur son humeur.

— Est-ce que c'était vraiment nécessaire ? demanda Van In lorsqu'ils furent loin des deux flics.

— Je voulais te poser la même question, répondit-elle. Monsieur me laisse en plan et puis il faudrait encore que je lui sauve la face ! »

Elle accéléra le pas, si bien que Van In eut du mal à rester à sa hauteur.

Il trottinait à côté d'elle comme un chiot et sentait les regards moqueurs dans son dos. Il la rattrapa et posa une main ferme sur son épaule.

« Tu t'es moquée de moi ! Tu ne faisais jamais ça, avant !

— Avant, c'était avant, Van In. À partir de maintenant, je veux que tu sois un homme, un vrai ! Pas un ado avec un ego de la taille de la cathédrale de York !

— Qu'est-ce que tu veux dire ?

— Que je me suis bien amusée en Angleterre, Pieter, mais qu'il faut que tu apprennes à encaisser une petite remarque anodine sans tout de suite me faire une scène ! »

Versavel l'eut mauvaise quand il vit Van In et Hannelore arriver en se disputant. Qu'est-ce qui se passait ? Encore heureux s'ils ne disaient pas que c'était de sa faute… parce que c'était lui, quand même, qui avait conseillé à Van In de se mettre au vert quelques jours avec Hannelore. Il pesta en son for intérieur, s'attendant au pire. On lui demanderait sans doute de déposer Hannelore au tribunal et Van In à L'Estaminet.

« Tu n'as pas aimé la nourriture ? demanda-t-il quand Van In lui serra la main.

— Ah ! Tu ne vas pas te mettre à râler ! s'exclama Van In.

— Je n'oserais pas, chef ! Tout va bien ?

— Ne t'inquiète pas, Guido. Monsieur est fâché parce qu'il a dû dormir tout seul, dit Hannelore.

— Il a l'habitude, pourtant, non ? »

Ils montèrent dans la voiture, qui était garée devant le hall des arrivées. Jusqu'à Bruges, le silence régna dans l'habitacle.

« Où est-ce que je vous dépose ? demanda Versavel lorsqu'ils arrivèrent à hauteur de la porte des Baudets. Toi au tribunal et Hanne à L'Estaminet ? Ou l'inverse ? »

Hannelore ne put s'empêcher de rire.

« Guido a raison. On se comporte tous les deux comme des enfants. Allons boire un verre tous les trois à L'Estaminet. Je parie que Guido a une foule de choses à nous raconter.

— Une foule de choses, c'est beaucoup dire, répondit Versavel.

— Parle-nous des suites de ce fameux incendie !

— On a rendez-vous à dix heures avec un expert du parquet, dit Versavel en jetant un coup d'œil à sa montre.

— Pas avec cet âne bâté de Raf Herssens, j'espère ? » s'exclama Van In.

Il était loin de porter cet homme dans son cœur.

« Rien ne t'oblige à m'accompagner, dit Versavel. Il était aux anges quand je lui ai appris que c'était Hannelore qui avait la charge de cette affaire.

— Guido ! s'exclama Hannelore en faisant mine de le gronder.

— Et madame trouve ça amusant ! s'indigna Van In.

— Hanne n'y peut rien si cet homme a bon goût !

— J'apprécierais que tu te mêles de tes oignons, Guido ! »

Sans se laisser démonter, Versavel ajouta :

« Herssens m'a dit qu'il brûlait du désir de la revoir.

— N'importe quoi ! » rétorqua Hannelore.

La jalousie est chose étrange. Sans comprendre que les deux autres en rajoutaient, Van In tapa du poing.

« Si ce type ose t'approcher, je l'envoie rouler dans le ruisseau ! Il va voir de quel bois je me chauffe !

— Tu nous accompagnes, alors ? demanda Versavel d'un air innocent.

— Roule, Versavel ! Roule ! Et tais-toi ! »

Une camionnette de pompiers équipée de deux lances à incendie était stationnée devant l'immeuble calciné. Raf Herssens était introuvable.

« La ponctualité n'est pas son point fort », grommela Van In en descendant de la voiture.

Hannelore voulut faire remarquer qu'il n'était encore que dix heures moins cinq, mais elle se ravisa. Il valait mieux ne pas insister, même s'il ne s'était jamais rien passé entre l'expert et elle, si ce n'était qu'il lui avait fait une déclaration d'amour un soir qu'il était saoul, à la dernière réception de Nouvel An du parquet.

« Il vient peut-être en bus parce qu'il n'a pas encore pu s'acheter de nouveaux pneus », lâcha Versavel en se souvenant que Van In avait ensuite lacéré les quatre pneus de l'expert à coups de couteau. Heureusement, Herssens n'avait jamais su qu'il devait cette petite gâterie au commissaire.

« J'aurais dû dépecer sa tire entièrement, dit Van In en allumant une cigarette d'une main tremblante.

— Le voilà ! » dit Hannelore.

L'expert avait garé sa voiture de l'autre côté de l'avenue et s'apprêtait à traverser. Van In foudroya Hannelore du regard.

« Du calme, Van In ! » implora-t-elle.

Raf Herssens portait un costume gris anthracite, des chaussures cirées et des lunettes avec une monture en corne. Un attaché-case pendouillait au bout de sa main gauche.

« On dirait un dératiseur », commenta Van In.

Hannelore recula instinctivement d'un pas et fit signe à Versavel de rester à côté de Van In.

« Madame, messieurs, bonjour ! » dit Herssens en tendant la main.

Van In serra les doigts de l'expert si puissamment que l'alliance de ce dernier dut lui scier l'annulaire. Un petit avertissement ne pouvait pas faire de mal.

« Je suppose que vous avez terminé votre rapport, dit-il.

— En effet, répondit l'expert avant de saluer Versavel et Hannelore d'un signe de la tête.

— Et quelles sont vos conclusions ?

— Je vous laisse regarder ça tout à votre aise, commissaire ! »

Cela faisait longtemps qu'il soupçonnait Van In d'avoir crevé les pneus de sa voiture cette fameuse nuit. Cette poigné de main de malade venait le confirmer.

« Il n'y a plus aucun danger ? demanda Hannelore en voyant Herssens se diriger vers l'entrée du bâtiment.

— Aucun, madame la juge. M. Nolens avait procédé à d'importants travaux de rénovation. Les plafonds et l'escalier sont en béton armé. C'est ce qui explique que l'étage ait été en grande partie épargné par les flammes. Seule la chambre a subi d'importants dommages. »

Ils purent déambuler assez facilement : les pompiers avaient fait le ménage. L'unique chose qui les empêchait de circuler normalement, c'était l'horrible odeur de brûlé qui met parfois des mois avant de disparaître après un incendie.

« Le feu a été allumé à plusieurs endroits, expliqua Herssens. Et on a utilisé des accélérateurs.

— Je vois », dit Van In.

On repère les foyers d'un incendie en cherchant les endroits les plus calcinés. Quant à la présence d'accélérateurs, elle se détecte à l'analyse chimique des matériaux brûlés trouvés dans leurs parages immédiats. Le rez-de-chaussée comptait quatre pièces et une véranda donnant sur un grand jardin. Herssens leur indiqua un foyer d'incendie dans chacune des pièces.

« Ce qui signifie que la personne qui a allumé l'incendie est entrée dans la maison et qu'elle a réussi à en ressortir en passant inaperçue », dit Hannelore, étonnée.

Sa remarque fit apparaître un grand sourire sur le visage de l'expert, ce qui eut le don d'énerver Van In.

« Je peux vous montrer autre chose, madame, dit Herssens sur un ton presque triomphant. Si vous voulez bien m'accompagner jusqu'à la porte d'entrée... »

La porte de chêne massif avait résisté à l'assaut des flammes. Seule la face intérieure présentait des traces de brûlure.

« Qu'en pensez-vous, commissaire ? » demanda Herssens en indiquant la serrure.

À première vue, il n'y avait rien de notable.

« Le pêne est toujours en place, dit Herssens lorsque Van In admit qu'il ne remarquait rien de particulier.

— Ce qui veut dire ? »

Le commissaire comprit trop tard qu'il aurait mieux fait de tenir sa langue.

« Cela signifie que la porte n'était pas fermée à clé quand l'incendie s'est déclaré, dit Herssens. L'auteur du crime disposait probablement de la clé, parce que je n'imagine pas que M. Nolens ait laissé la porte ouverte. Avec autant d'argent chez lui, c'eût été de la folie.

— Parce qu'il y avait de l'argent ?

— Oui, et pas qu'un peu. On a trouvé les restes calcinés de deux grosses liasses de billets de cinq cents euros dans la chambre. »

Nolens avait beau ne pas être dans la misère, peu de gens conservaient une telle somme dans leur chambre à coucher.

« Comment Nolens gagne-t-il sa vie, exactement ? demanda Van In.

— Il est réviseur d'entreprises, répondit Versavel.

— Il fourre son nez dans la comptabilité des grandes entreprises, c'est ça ? commenta Van In, qui ne supportait pas ce genre de profession.

— C'est une façon de présenter les choses », répondit Herssens, presque condescendant.

Il détestait les policiers en général et Van In en particulier. Le premier collégien venu savait ce que faisait un réviseur d'entreprise, quand même, non ?

« Je crois qu'il est temps que nous interrogions M. Nolens, dit Hannelore. Un réviseur d'entreprises qui conserve autant d'argent chez lui est à tout le moins suspect.

— J'ai échangé quelques mots avec lui la nuit dernière, dit Versavel.

— Et alors ?

— Un drôle de coco. Pour quelqu'un qui venait d'échapper à la mort, il n'était pas vraiment en état de choc. Je l'ai même trouvé particulièrement arrogant.

— Il est toujours à l'hôpital ?

— Je l'ignore. Tu veux que j'aille aux nouvelles ?

— Oui, s'il te plaît, Guido. »

Malgré la poignée de main dissuasive de Van In, Herssens avait profité de ce bref échange pour se rapprocher d'Hannelore.

« Je suis particulièrement heureux de voir nos chemins se croiser à nouveau, madame Martens, dit-il. Avec vous, l'enquête est en de bonnes mains. »

Hannelore en eut un coup au cœur. Effrayée, elle recula d'un pas et s'exclama :

« Pieter, M. Herssens a encore quelque chose à te dire !

— C'est vrai ? demanda Van In en les rejoignant en trois enjambées.

— Je voulais savoir si vous aviez encore besoin de moi, commissaire.

— Vous nous avez tout expliqué ?

— Oui, répondit Herssens. Eh bien, au revoir, alors. »

Hannelore était un peu gênée de son effronterie, mais cela lui avait fait du bien de voir Van In tout feu tout flamme pour elle.

« Nolens a quitté l'hôpital ce matin, dit Versavel quand Herssens les eut quittés.

— Tu n'as pas pu le joindre ?

— Il ne répond pas au téléphone. Je lui ai laissé un message.

— Il n'a pas dit où il allait ?

— Non », répondit Versavel.

Van In poussa un soupir. Il était bien sûr tout à fait logique que Nolens ne soit pas rentré avenue de la Reine-Élisabeth et qu'il ait cherché un peu de calme ailleurs. Mais où ?

« Il a peut-être d'autres propriétés, suggéra Hannelore.

— Qui sait ? dit Van In.

— Je vérifie ?

— Oui, Guido », approuva Van In.

Nolens disposait vraisemblablement d'une résidence secondaire, mais s'y sentirait-il en sécurité après tout ce qui s'était passé ? Il pouvait tout aussi bien être allé chercher refuge chez des amis ou dans sa famille. Ou à l'hôtel.

« Viens ! dit-il à Hannelore. Sortons d'ici ! Ça pue ! »

Elle sourit et enroula son bras autour de son épaule. Van In lui pinça les fesses.

« Je t'aime, Hanne. »

La confrontation avec Herssens lui avait fait du bien. Ses idées noires s'étaient envolées. Hannelore ne posa pas de questions. Elle était contente de le voir adopter de nouveau un comportement normal.

« Tu as intérêt, Van In ! » dit-elle en souriant.

Retournés à la voiture, ils trouvèrent Versavel en tête à tête avec la radio.

« Et alors ?

— J'attends une réponse d'un instant à l'autre », dit l'inspecteur en chef.

Elle leur parvint quelques minutes plus tard. Nolens était propriétaire d'un appartement à Blankenberge et d'une petite maison au pays des Collines. Versavel prit note des adresses.

« Alors ? Blankenberge ou le pays des Collines ? » demanda-t-il.

Le concierge de la résidence La Paloma, un homme dans la quarantaine affublé d'une petite moustache noire qui évoquait Hitler, ne fit pas montre d'un enthousiasme immodéré quand Van In lui demanda de le laisser entrer dans l'appartement de Nolens. Tous les dimanches, il regardait la série policière *Flikken*, de sorte qu'il était familier des procédures.

« En l'absence de M. Nolens, je ne peux rien pour vous. À moins que vous ne me montriez un mandat de perquisition, dit-il avec assurance.

— J'ai comme l'impression que vous vous méprenez », répondit Van In en avisant le sourire insolent de son interlocuteur.

Le concierge cligna des yeux. Une semaine plus tôt, il avait lu dans le journal que sa série télé était extrêmement bien documentée. Mais là, il était face à de vrais flics, et ça changeait quand même un peu la donne.

« Vous pouvez le prouver ? » demanda-t-il, un rien moins assuré.

Van In avait jaugé le bonhomme. Il était concierge, de toute façon, ce qui lui permettait de tirer certaines conclusions.

« La loi a changé récemment, dit-il, solidement campé sur ses jambes. Depuis le 1er janvier, la présence d'un juge d'instruction suffit pour mener une perquisition.

— Et comment j'aurais pu le savoir ?

— Tout citoyen est présumé connaître la loi, monsieur. »

Le concierge devenait nerveux. Il tira sur les poils de sa moustache et se frotta les mains sur son pantalon. Van In se tourna vers Hannelore.

« Vous voulez bien présenter votre carte à monsieur, madame la juge ? »

Cinq minutes plus tard, ils pénétraient dans l'appartement de Nolens, qui s'avéra aménagé avec autant de goût que sa maison de l'avenue de la Reine-Élisabeth. Il y avait même un Matisse dans le salon.

« Pas mal, comme résidence secondaire. Tu ne trouves pas ? »

Van In fit coulisser la porte de la terrasse qui donnait sur la mer. Les prix des appartements de ce type atteignaient des sommes astronomiques car un nombre croissant de Belges fortunés venaient s'installer à la côte. Officiellement, pour l'air chargé en iode. Officieusement, parce que le littoral était devenu trop cher pour les immigrés.

« En tout cas, il n'y a pas longtemps qu'il est passé », dit Versavel.

Sur le plan de travail, il avait repéré une bouteille de Coca entamée qui pétilla encore lorsqu'il dévissa le bouchon. Il ouvrit les placards de la cuisine et le frigo. Il suffisait de voir leur contenu pour comprendre que Nolens venait là régulièrement. Il y avait d'ailleurs de nombreuses serviettes dans la salle de bains.

« Tu as jeté un œil au contenu de la penderie ? »

Van In ferma la fenêtre et alluma une cigarette. Une bouteille de Glenfiddich était posée sur la table du salon, mais il n'osa pas y toucher, même si ce n'était pas l'envie qui lui en manquait.

Quand il entendit Hannelore glousser à l'autre bout de l'appartement, il lui cria : « Tu as trouvé quelque chose ?

— Viens voir, Pierrot ! »

Van In sursauta. Elle ne l'appelait jamais ainsi que dans l'intimité. Arrivé dans la chambre, il comprit. Trois vibromasseurs étaient posés au garde-à-vous sur la table de nuit.

« Nolens jouit manifestement d'un grand appétit », commenta Hannelore.

Elle alluma un des trois toys. Le doux vrombissement lui en parut étonnamment familier, même si cela faisait une éternité qu'elle n'avait plus utilisé un tel ustensile.

« Hanne !

— Allez, Pierrot ! C'est rigolo ! »

Elle éteignit l'engin et le replaça parmi les autres. Elle ne comprenait pas pourquoi certains hommes se sentaient blessés quand une femme admettait apprécier ce type d'accessoire.

« Je crois qu'il est passé prendre des vêtements », dit Versavel.

La penderie était quasi vide, à l'exception de deux vestes d'été et de quatre pantalons de lin. La plupart des cintres gisaient sur le lit.

« Alors, ça n'aurait aucun sens d'aller fouiller sa maison au pays des Collines, dit Van In. S'il ne se sent pas en sécurité ici, il n'y a aucune raison que ce soit différent là-bas. »

« Il faut que tu m'aides », Benjamin.

Nolens était assis près de la fenêtre ; de là, il voyait sans le voir le jardin magnifiquement aménagé. Benjamin Vermeersch se tenait derrière le bar en chêne de style malinois qu'il avait acheté dix ans plus tôt pour une bouchée de pain. Il venait de remplir deux verres de Courvoisier.

« Pourquoi t'aiderais-je, Erwin ? J'ai rempli mon contrat, non ? J'ai fini de payer mes dettes.

— Je ne parle pas d'argent ! aboya Nolens. Tu le sais parfaitement. »

Vermeersch prit les verres et marcha jusqu'au canapé. Il avait le visage soucieux.

« Comment va Joris Mareel ?

— Pourquoi me poses-tu cette question ?

— Comme ça. »

Il tendit un verre à son hôte et se laissa tomber sur le canapé. Nolens lui mettait le couteau sous la gorge depuis plusieurs années, et ses exigences étaient de moins en moins raisonnables. Il devenait grand temps de trancher.

« Tu n'es pas du genre à poser des questions sans raison. »

Nolens but une grande gorgée de cognac. L'alcool lui arracha la gorge et le fit tousser. Vermeersch lui jeta un regard amusé.

« C'est peut-être lui qui a mis le feu à ta baraque. Va savoir ce que lui a raconté Katja ! »

Nolens posa son verre sur la table basse et se frotta le menton. Benjamin avait peut-être raison. Il avait appris que Joris Mareel avait été libéré quelques jours plus tôt, faute de preuves. Et Katja avait la clé de sa maison de l'avenue de la Reine-Élisabeth.

« Alors, tu vas m'aider ?

— Seulement si tu me garantis que Mareel tiendra sa langue.

— Tu me laisses réfléchir ? »

Vermeersch hocha la tête.

« Tu as une heure. »

Il régnait un calme bien agréable au café Vlissinghe. La fenêtre laissait passer les maigres rayons d'un soleil blafard. Van In, Versavel et Hannelore étaient assis à une petite table près de l'antique poêle à charbon.

« On est bloqués, là », dit Van In.

Ils avaient consacré la dernière demi-heure à reprendre toute l'affaire. Le meurtre de Katja Geenen, le rôle peu clair que jouaient Joris Mareel et Nolens, le secret d'Annelies Mareel et de Nadine Vermeersch, l'incendie criminel chez Nolens, l'adoption de Benjamin Vermeersch…

« Pourquoi est-ce qu'on n'arrêterait pas Vermeersch ? proposa Versavel. C'est quand même étrange que ce soit justement lui qui ait servi d'alibi à Nolens pour la nuit où la petite Katja a été tuée.

— Je trouve aussi », dit Hannelore.

Van In but une gorgée de Duvel. Il avait envisagé cette possibilité quand il avait compris, à York, qu'Annelies Mareel était la mère biologique de Benjamin Vermeersch.

« Vermeersch n'est pas n'importe qui, dit-il. S'il vient à penser que nous le soupçonnons de quoi que ce soit, il va s'entourer d'une armada d'avocats. Je pense que nous n'avons pas encore assez d'éléments pour bouger.

— Van In qui s'incline devant le grand capital… Où va le monde ? dit Hannelore en soupirant.

— Et pourtant, je maintiens ce que j'ai dit.

— Le contraire m'eût étonné.

— Accorde-moi quarante-huit heures, Hanne.

— Nous ne sommes pas à Hollywood, Van In.

— Vous n'allez quand même pas encore vous disputer ? » lâcha Versavel.

Un groupe de touristes mené par un guide vociférant entra dans le café. Cela avait tout l'air d'une promenade littéraire sur les traces d'un auteur de polars brugeois qui commençait à devenir une petite gloire locale[1]. Van In considéra le groupe composé

1. Pieter Aspe, pour ne pas le nommer.

de femmes au foyer, d'enseignants à la retraite et de pseudo-intellectuels d'un air maussade.

« Si je dois m'engueuler avec quelqu'un, ce sera avec ce type, là ! »

Van In leva la main pour passer une nouvelle commande avant le club de lecture. Grietje, la patronne, hocha la tête. Les touristes prenaient toujours un temps fou avant de choisir leur boisson, quand ils ne changeaient pas d'avis en pleine commande. Elle n'était pas pressée d'aller les servir.

« Qu'est-ce que tu as l'intention de faire, alors ? » demanda Hannelore.

Van In alluma une cigarette et souffla la fumée en direction des touristes qui s'étaient assis à la table voisine, en espérant qu'ils soient tous non fumeurs.

« Je crois qu'il faut chercher la clé de l'énigme à Blankenberge, dit-il.

— Le meurtre de Katja Geenen…

— Oui, Guido. »

Hannelore se mêlait rarement de la manière dont le commissaire menait ses enquêtes, mais cette fois, elle pensait qu'il faisait fausse route.

« On ne pourrait pas plutôt placer Vermeersch sous surveillance ? proposa-t-elle.

— Ce serait plus simple de mettre son téléphone sur écoute, Hanne. Et cette décision, c'est à toi de la prendre. »

Pour surveiller quelqu'un vingt-quatre heures sur vingt-quatre, il fallait mobiliser plusieurs hommes. Or, la moitié du personnel de la cellule de recherche était en congé de maladie ou en vacances. Pour mettre

Vermeersch sur écoute, Hannelore avait besoin d'éléments probants à faire valoir ou à tout le moins d'une lourde présomption. Or, le seul reproche qu'ils pouvaient faire à Vermeersch, pour le moment, c'était d'être un beau salopard.

« Je sais, répondit Hannelore.

— Ce serait moins difficile en tout cas que de faire suivre chacun de ses faits et gestes.

— Ça, ce n'est pas mon problème.

— C'est si agréable quand les gens s'entendent aussi bien que vous deux ! » s'exclama Versavel en souriant.

Il y avait de plus en plus de bruit dans le café. Il en devenait presque impossible d'y avoir une conversation normale.

« Je vais voir ce que je peux faire, dit Van In.

— Dans ce cas, c'est réglé.

— Je n'ai pas dit ça. Je suis en sous-effectifs, et…

— Tu n'as qu'à le surveiller toi-même.

— Non, ce n'est pas possible.

— Je peux savoir pourquoi, s'il te plaît ?

— Parce que je veux m'installer à Blankenberge.

— Quoi ?!

— Je veux vivre quelques jours dans cette ville et voir à quoi y ressemble la vie nocturne. Cela nous donnera peut-être l'occasion de découvrir quelque chose qui nous a échappé. Mais pour cela, il faudra d'abord gagner la confiance des gens du coin. Des petites vacances à la mer, ça te dirait ? »

Hannelore adressa un regard chargé d'amertume au commissaire.

« D'abord, monsieur râle toute la journée parce qu'il a dû passer une petite nuit tout seul, et maintenant…

— Je n'ai pas envie de dormir tout seul, Hanne. Tu viens avec moi. »

6

Qui cherche un appartement à louer à Blankenberge au printemps trouve assez vite son bonheur, à condition de ne pas être très exigeant. Van In installa leurs quartiers rue de l'Yser, à deux minutes à pied du port de plaisance et de la digue. C'était un meublé contenant deux chambres, une salle de bains, un grand séjour et une kitchenette, pour un modique loyer de deux cents euros par semaine.

« Alors, qu'est-ce que vous en dites ? »

L'aménagement était on ne peut plus classique : une table, six chaises et un buffet en chêne datant des années soixante, un canapé revêtu d'un tissu synthétique vert, des fauteuils ornés de pompons dorés, une table de salon en travertin et un lustre en cuivre avec des ampoules en forme de bougie. Sur le buffet, un chandelier en étain et une statue en résine synthétique représentant une déesse grecque.

« Un vrai paradis ! s'exclama Hannelore, faussement enjouée. On parie que la télé ne fonctionne pas ?

— Nous ne sommes pas ici pour regarder la télé. »

Par acquit de conscience, Van In actionna la télécommande. L'appareil fonctionnait, mais l'image était exécrable. L'écran semblait sur le point d'imploser à tout moment.

« Je confirme : un vrai paradis !

— Mais nous sommes à la mer ! plaida Van In.

— Tu appelles ça la mer ?! demanda Hannelore en indiquant l'immeuble gris qu'ils voyaient par la fenêtre.

— Ce n'est que pour quelques jours, Hanne.

— Quelques jours ?! Tu avais promis que tout serait réglé en quarante-huit heures !

— Je vais faire de mon mieux », répondit le commissaire en haussant les épaules d'un air las.

Heureusement, les chambres étaient plus que correctes, avec leurs meubles Ikea et des draps qui sentaient bon le frais. Enfin, la salle de bains était impeccable.

Pendant qu'Hannelore préparait du café, Van In punaisa un plan de Blankenberge au mur.

« Je propose de commencer par aller voir les parents de Katja Geenen, dit-il lorsqu'ils furent attablés tous les trois.

— Catrysse ne l'a pas déjà fait ? » demanda Hannelore, la mine boudeuse.

Il était clair que ce séjour inopiné à Blankenberge ne lui disait rien qui vaille.

« Catrysse n'est passé chez eux que pour leur annoncer la mort de leur fille, Hanne.

— Tu n'en avais pas parlé. »

Van In poussa un soupir. Hannelore avait fini sa plaquette de pilule la veille, ce qui voulait dire qu'elle aurait ses règles dans quelques jours. Il avait intérêt à surveiller la moindre de ses paroles s'il ne voulait pas qu'elle parte en vrille. Pourvu qu'il puisse au moins sauver la prochaine nuit !

« Désolé, ma chérie. J'avais oublié. »

Versavel gara la Renault – ils avaient pris une voiture banalisée pour l'occasion – dans l'avenue des Polders, devant la maison des parents de Katja Geenen.

« Beau quartier, dit Van In.

— Qu'est-ce que tu croyais ? dit Hannelore. On n'est quand même pas en Ouzbékistan ! »

Versavel réprima un soupir. Il aimait beaucoup Hannelore, mais là, il trouvait qu'elle exagérait quand même un peu.

« As-tu averti Catrysse de… euh… nos petites vacances ? demanda-t-il en essayant de changer de sujet.

— Ça ne saurait tarder », répondit le commissaire.

Il sonna. La femme qui leur ouvrit ressemblait à Katja comme deux gouttes d'eau. Elle portait un jeans moulant et un chemisier coloré à longues manches qui lui donnait l'air sans doute plus jeune qu'elle ne l'était en réalité.

« Madame Geenen ? »

Malgré la ressemblance frappante, Van In avait du mal à croire que la personne qui se tenait devant eux était déjà mère d'une jeune femme.

« Oui, répondit-elle d'une voix un peu hésitante. C'est à quel sujet ? »

Van In se présenta et expliqua le motif de leur visite. Lorsqu'il prononça le prénom de Katja, Mme Geenen se mordit la lèvre inférieure.

« La police est déjà passée, dit-elle.

— Je sais, madame. Mais nous vous serions très reconnaissants d'accepter d'échanger quelques mots avec nous. »

Elle hésita.

« Le moindre détail peut s'avérer décisif pour l'avancement de l'enquête, madame, dit Van In. Et il arrive souvent qu'on se souvienne ultérieurement d'éléments auxquels on n'avait pas pensé le jour où… »

Il n'acheva pas sa phrase à dessein. La mère de Katja fit oui de la tête et les laissa entrer.

À l'intérieur, il régnait un joyeux et chaleureux désordre. Partout des livres, des revues, des photos. Une bouteille de vin entamée et une assiette de fromage, sans doute des reliefs du repas de la veille, traînaient sur la table.

« Asseyez-vous. »

La mère de Katja empila rapidement quelques revues pour libérer le canapé. En général, les femmes n'aiment pas recevoir de la visite à l'improviste quand leur maison n'est pas impeccablement rangée, mais elle ne semblait se préoccuper du désordre en aucune manière.

Van In décida d'y aller franco.

« Je vais être obligé de vous poser quelques questions sur la vie privée de votre fille. Vous allez peut-être trouver cela difficile, mais il faut en passer par là. Plus nous en saurons sur elle, plus vite nous attraperons son meurtrier. »

La mère de Katja eut l'air étonné.

« Mais vous l'avez arrêté ! Luc dit que c'est Mareel, le coupable.

— Luc Catrysse ?

— Oui, bien sûr.

— Vous vous connaissez ?

— Tout le monde connaît Luc Catrysse », dit-elle avec l'ombre d'un sourire.

Luc Catrysse était un séducteur, mais de la meilleure espèce : il savait s'occuper des femmes. Cinq ans plus tôt, ils avaient fait l'amour plusieurs fois, et elle avait gardé des souvenirs torrides de leurs ébats.

« Ah ah, dit Van In, qui avait repéré l'éclat dans ses yeux.

— Quelles sont réellement vos relations avec l'inspecteur en chef Catrysse ? » demanda Hannelore, à qui le trouble de la mère de Katja n'avait pas échappé non plus.

En règle générale, elle respectait la vie privée des personnes qui n'étaient pas directement impliquées dans une enquête, mais s'il s'avérait que Catrysse était l'amant de la mère de la victime, l'affaire prenait un autre tour.

« Que voulez-vous dire ? demanda Mme Geenen.

— Vous êtes amants ? »

Hannelore n'appréciait pas de devoir se montrer aussi directe. Elle regretta d'ailleurs immédiatement d'avoir posé sa question ainsi, mais il était trop tard.

« C'est Luc qui vous l'a dit ? »

Hannelore fit non de la tête. Elle était fixée.

La mère de Katja prit un paquet de cigarettes sur la table du salon et en alluma une. Elle se fichait pas mal d'avoir divulgué son secret. Maintenant que Katja était morte, de toute façon, plus rien n'avait d'importance. Cela faisait des années qu'il ne se passait plus rien entre elle et son mari, depuis qu'elle avait compris qu'il emmenait sa secrétaire en voyage d'affaires et qu'ils partageaient la même chambre. Luc était le seul homme qui lui ait jamais procuré un sentiment de sécurité. Pourquoi le cacher ? Et puis, vraiment, plus rien n'avait d'importance. Depuis la mort de Katja, elle n'avait pratiquement plus pu fermer l'œil. Elle était allée des centaines de fois dans la chambre de sa fille avec l'espoir de l'y trouver. Mais son lit était resté vide, désespérément vide. Son parfum flottait certes encore dans la pièce, mais il finirait par disparaître. Katja, morte… C'était une chose qu'elle ne parvenait pas à accepter.

Hannelore la regarda avec sympathie. La pensée que le meurtrier supposé de sa fille avait été arrêté avait sans doute dû lui apporter une légère consolation.

« Joris Mareel a été mis en liberté provisoire, faute de preuves, intervint-elle. Il est très vraisemblable qu'il ne soit pas le coupable que nous cherchons et que le vrai meurtrier courre toujours. Nous devons tout mettre en œuvre pour le trouver. Vous comprenez très certainement, madame Geenen ? »

La mère de Katja hocha la tête. Elle écrasa sa cigarette et en alluma aussitôt une nouvelle.

« Comment est-ce que je peux vous aider ? demanda-t-elle, le regard vide.

— Vous saviez que Katja avait une relation avec un homme plus âgé qu'elle ?

— Vous parlez d'Erwin Nolens ?

— Oui, répondit Hannelore.

— Ce n'est quand même pas lui qui l'a tuée ?

— Probablement pas, mais nous n'excluons pas qu'il soit impliqué d'une manière ou d'une autre dans cette histoire. »

Van In jeta un regard sévère à Hannelore. Elle venait de divulguer un secret de l'enquête. Il trouvait cela pour le moins inacceptable.

« Madame la juge d'instruction veut dire que M. Nolens a probablement aussi été victime du meurtrier de votre fille. Mais nous ignorons pourquoi. Peut-être quelqu'un était-il jaloux de lui, à cause de sa relation avec votre fille.

— Katja adorait les vêtements coûteux, commença Mme Geenen après avoir hésité. Et Erwin a les moyens. Nous en avions souvent parlé, elle et moi, mais… Les enfants grandissent vite. Et de plus en plus de jeunes filles tombent amoureuses d'hommes mûrs. Erwin était très gentil avec elle. Il avait même l'intention de lui offrir un appartement.

— Celui dont il est propriétaire sur la digue ?

— Elle y était déjà presque installée. »

Étrange, se dit Van In. Ils l'avaient fouillé et n'avaient rien trouvé qui indiquait la présence d'une femme, à part les trois vibromasseurs.

« Elle passait parfois quelques jours chez lui, à Bruges. En général quand il n'y était pas. C'était un point de chute génial pour faire du shopping.

— Elle avait donc une clé de la maison ?

— Oui, de la maison et de l'appartement.

— Elles sont ici, ces deux clés ?

— Pourquoi seraient-elles ici ?

— Ah ah », répéta Van In.

Il était maintenant quasi certain que le meurtrier de Katja et l'incendiaire n'était qu'une et même personne. Mais cet homme avait-il assassiné la jeune fille pour se procurer ces clés, ou n'avait-il pris la décision d'incendier la maison de Nolens que dans un second temps, quand il avait trouvé les clés ? Et dans ce cas, pourquoi ?

« Vous avez raconté tout ça à l'inspecteur en chef Catrysse ? » demanda Hannelore.

La mère de Katja écarquilla les yeux.

« Non, il ne m'a pas posé toutes ces questions. »

Luc l'avait prise dans ses bras et l'avait serrée très fort. Ce n'est qu'ensuite qu'il lui avait dit qu'on avait retrouvé le corps sans vie de Katja.

Joris Mareel examina le pistolet qu'il avait acheté dans un magasin de jouets avec ses derniers euros et le soupesa. C'était une imitation parfaite.

Il eut une grimace décidée. Jusqu'à présent, il n'avait pas fait grand-chose de sa vie. Les choses allaient changer ! Nolens et Vermeersch n'échapperaient pas à leur châtiment : Nolens parce qu'il n'avait pas tenu sa langue, et Vermeersch parce qu'il avait tu la vérité.

Mais d'abord, il avait besoin d'argent pour financer son plan. Il était exclu de cambrioler une banque. Les mesures de sécurité y étaient beaucoup trop draconiennes. Et c'était pareil pour les supermarchés. Chez les petits commerçants, la recette ne promettait pas d'être très élevée, sauf à Blankenberge, où beaucoup d'achats se réglaient sans facture et au comptant. C'était un secret de polichinelle : la plupart des commerçants locaux conservaient pas mal d'argent chez eux. Joris avait fait la liste des magasins assez fréquentés où il n'allait que rarement. Une petite épicerie située dans une rue tranquille fut sa première cible.

Dix minutes avant la fermeture, il enfila une cagoule et franchit la porte d'entrée. La femme debout derrière le comptoir voulut s'enfuir par-derrière, mais il fut plus rapide.

« *Ton argent, ou je tire* !* » dit-il en pointant son arme dans sa direction.

La femme demeura pétrifiée. Il fallut qu'il répète son ordre pour qu'elle ouvre le tiroir-caisse et qu'elle lui tende une liasse de billets.

« *Je te donne dix secondes pour aller chercher le reste* !* » dit-il en braquant son pistolet vers la porte de l'arrière-boutique.

La femme fit non de la tête, mais quand Joris

Mareel commença à compter, elle obtempéra. Il la suivit. La pièce était meublée de deux fauteuils d'aspect confortable, d'un frigo sur lequel était posé un percolateur, d'un téléviseur et d'un garde-manger. La commerçante ouvrit la porte d'un placard et en sortit un lourd portefeuille de cuir noir. Joris Mareel le lui arracha des mains et prit ses jambes à son cou.

Il ressentit aussitôt une formidable décharge d'adrénaline. Dans sa poitrine, son cœur battait la chamade. Derrière lui, il entendit la commerçante appeler à l'aide. Sans s'arrêter de courir, il ôta sa cagoule et s'engouffra dans une petite rue. Il prenait d'énormes risques. Si quelqu'un le reconnaissait, il était fait, mais la cagoule le rendait suspect. Heureusement, la rue était déserte, à l'exception d'une voiture qui le dépassa. Il bifurqua dans la première rue latérale et regarda par-dessus son épaule pour s'assurer qu'il n'était pas suivi. Enfin, il se remit à marcher d'un pas normal. Il avait réussi. Deux minutes plus tard, la première sirène retentissait.

« Qu'est-ce que tu prends ? » demanda Van In.

Hannelore étudiait la carte. Elle avait envie de poisson et elle venait de repérer une sole avec une sauce qu'elle n'avait plus mangée depuis des années.

« Et toi ? Tu as choisi ?

— Les travers de porc me tentent, répondit Van In. Et toi, Guido ?

— L'anguille au vert, répondit l'inspecteur en chef.

— Quelle drôle d'idée ! » s'exclama Van In, déçu.

Hannelore sourit.

Les travers de porc ne pouvaient se commander que pour deux personnes, et Van In adorait la viande.

« Je crois que je vais prendre les travers avec toi », dit-elle en souriant.

Le visage de Van In s'éclaira.

« On commande une bouteille de rouge ?

— C'est qu'il a vraiment l'air de se croire en vacances ! » commenta Versavel en souriant.

Le serveur, un homme d'origine turque, apporta la carte des vins. Van In choisit un bourgogne qu'il espérait bien charpenté. Il ne restait plus qu'à prier pour que la cuisson de la viande soit impeccable.

« Tu es déjà venu ici ? demanda Hannelore lorsque le serveur eut pris la commande

— Non. C'est Catrysse qui m'a recommandé l'endroit.

— En tout cas, ce n'est pas très cher, commenta Versavel. Drôle de type, Catrysse, vous ne trouvez pas ? »

Van In alluma une cigarette et allongea les jambes sous la table.

« C'est un homme qui aime les femmes, ça c'est sûr, dit Hannelore pour faire marcher Van In.

— Mais qu'est-ce qu'il a que je n'ai pas ?! fulmina le commissaire en tombant, forcément, dans le panneau.

— Du charme, répondit Hannelore. Et puis, je le trouve mignon. Qu'est-ce que tu en penses, toi, Guido ? »

Versavel joua le jeu.

« Il n'aurait pas à me le demander deux fois, dit-il, sérieux comme un pape.

— Vous êtes vraiment des abrutis ! »

De l'autre côté du port, une voiture de police traversait la ville toutes sirènes hurlantes. Cinq minutes plus tard, le portable de Versavel sonna. C'était l'inspecteur en chef Catrysse.

« Un cambriolage dans une épicerie », répéta-t-il.

Puis :

« Oui, nous sommes toujours à Blankenberge. Dans un restaurant du port. »

Il regarda le menu et ajouta :

« La Regatta. On vient de commander.

— Que se passe-t-il ? demanda Van In lorsque Versavel eut coupé la communication.

— Un jeune a cambriolé une épicerie il y a dix minutes.

— En quoi cela nous concerne-t-il ?

— Aucune idée.

— Pourquoi t'a-t-il demandé si nous étions encore à Blankenberge ?

— Parce qu'il voudrait nous parler ce soir. »

Le serveur turc déboucha la bouteille de bourgogne et demanda en un dialecte gantois à couper au couteau qui voulait goûter.

Carine sortit un sachet de bonbons de son sac à main et en fourra un dans sa bouche. Assis à côté d'elle dans la voiture, Bruynooghe mit la main devant sa bouche et bâilla à s'en décrocher la mâchoire avant de regarder l'heure. Une BMW flambant neuve était garée dans l'allée menant à la villa qu'ils surveillaient. La porte du garage était ouverte.

« Vermeersch n'est pas pressé, on dirait, dit-il.

— Ou alors, il a oublié qu'il avait laissé sa voiture dehors. »

L'administrateur délégué de la BSB était revenu chez lui depuis une heure et demie sans rentrer sa voiture, ce qui laissait supposer qu'il comptait repartir dans le courant de la soirée.

Bruynooghe consulta sa montre pour la énième fois. Il ne s'était écoulé que deux minutes.

« Et si on jouait à un jeu ? proposa-t-il.

— À quel jeu ? » demanda Carine en tournant la tête dans sa direction.

Bruynooghe avait quarante-huit ans, il était marié et père de deux grands enfants. Il passait ses loisirs à regarder la télévision ou à pêcher avec des amis dans l'étang voisin. Elle n'en savait pas beaucoup plus sur sa vie privée, alors qu'ils travaillaient ensemble depuis de nombreuses années.

« On va rester bloqués ici encore deux bonnes heures, soupira Bruynooghe. Et Vermeersch n'a pas l'air d'avoir envie de sortir. Il faudrait trouver à s'occuper.

— J'ai une idée ! dit Carine en reprenant un bonbon et en tendant son sachet à son acolyte.

— C'est parti ! Roulez, jeunesse ! s'écria Bruynooghe, enthousiaste.

— D'abord, tu dois promettre de ne pas tricher.

— D'accord. »

Carine avala son bonbon et regarda Bruynooghe droit dans les yeux.

« On va se poser des questions chacun à notre tour. Le premier qui refuse de répondre a perdu.

— C'est tout ?!

— Attends un peu, tu vas voir ! » dit Carine en riant.

Bruynooghe la regarda d'un air étonné. Il n'avait aucune idée de ce qui pouvait lui trotter dans la tête. Il tomba de haut quand elle ouvrit le feu.

« C'est quoi cette question !!!

— Si tu ne réponds pas, tu perds, Robert. Ce qui est dit est dit.

— Tu veux vraiment savoir combien de fois par semaine je baise avec ma femme ?

— Ben oui. »

Bruynooghe se tordit les mains. Il s'écoulait parfois des semaines entières sans qu'il touche sa femme. Quand ça le prenait, il se soulageait sous la douche. Mais il n'allait quand même pas raconter ça à Carine !

« Ça dépend un peu de mon horaire, dit-il.

— Menteur ! »

Carine avait fait la connaissance de la femme de Bruynooghe à une fête du personnel. Depuis, elle l'avait rebaptisée mentalement le « gros tas ».

« J'ai répondu à la question ! protesta Bruynooghe. Maintenant, c'est mon tour !

— D'accord ! »

Bruynooghe eut un rire salace. Carine avait la réputation d'être une fille facile. Les collègues qui avaient flirté avec elle en racontaient de fameuses.

« Tailler une pipe, tu aimes ça ?
— Bien sûr ! »

Carine vit Bruynooghe rougir jusqu'aux oreilles et n'eut aucun mal à imaginer ce qui lui arrivait.

Le pauvre ne savait plus où se mettre.

« Est-ce que tu l'as déjà fait à trois ? »

Le soir, quand sa femme était couchée, il coupait le son et regardait en cachette « Le Journal du Hard » sur Canal Plus. Il avait souvent pensé entrer dans un bordel pour vivre en vrai les scénarios les plus fous vus à l'écran. Mais ça en était resté là. Carine était-elle en train de le charrier ou… ?

« Et merde !
— Quoi ?
— Vermeersch s'est tiré ! »

Carine se retourna. La porte du garage de la villa était toujours grande ouverte, mais la BMW avait disparu.

Van In ne pouvait plus rien avaler. Il avait ingurgité six travers de porc ainsi qu'une énorme portion de frites.

« Et si je commandais une deuxième bouteille ? proposa Hannelore, qui avait elle aussi mangé beaucoup plus qu'à l'accoutumée.
— Commandes-en deux d'un coup ! » dit Van In en voyant Catrysse pénétrer dans le restaurant.

Le flic accrocha sa veste au portemanteau et vint s'asseoir à leur table.

« Alors, ça, c'est du rapide ! » commenta Van In.

Après un vol à main armée, il y avait toujours

une énorme quantité de paperasserie à abattre. Or, Catrysse n'avait appelé Versavel qu'une petite heure auparavant.

« À la côte, tout va plus vite qu'à l'intérieur des terres, répondit Catrysse.

— Tu veux dire que le voleur est déjà en cellule ?

— Non, mais je suis pratiquement certain qu'il ne faut pas chercher bien loin. Seuls les gens du coin savent que les petits commerçants conservent beaucoup d'argent chez eux. Le type parlait français, mais je pense que c'était une ruse.

— Il a emporté beaucoup d'argent ? »

La victime était d'abord restée très floue sur le sujet, mais Catrysse avait vu clair.

« Au moins douze mille euros, dit-il. Peut-être beaucoup plus.

— Ça arrive souvent ? demanda Hannelore.

— Non, dit Catrysse. Et ça m'inquiète. »

Quelques bandes de gars venant d'Europe de l'Est opéraient sur le littoral, mais ils s'intéressaient surtout aux appartements vides et aux voitures.

« Tu as une description du bonhomme ?

— Un jeune gars, d'allure banale.

— Cagoulé ? »

Catrysse hocha la tête.

Le serveur apporta le vin et un verre supplémentaire.

« L'enquête de voisinage va peut-être donner quelque chose, dit Versavel quand Catrysse leur apprit que le voleur avait pris la fuite à pied.

— C'est possible, répondit Catrysse, un peu absent.

Mais j'en fais mon affaire. En fait, je voulais vous parler de la mère de Katja Geenen. Elle m'a appelé cet après-midi et je l'ai trouvée très inquiète.

— Très inquiète ? » répéta Van In en fronçant les sourcils.

Il trouvait Catrysse sympa, mais il avait horreur des fouineurs.

« Elle est vite à côté de ses pompes, dit Catrysse.

— Ce n'est pas l'impression qu'elle m'a donnée.

— Et elle dit parfois des choses qui…

— Je ne sais pas où tu veux en venir, Catrysse, mais s'il te plaît, arrête de tourner autour du pot ! »

Quand il entendit Van In élever la voix, le serveur sortit de derrière le bar et s'approcha, un torchon à la main.

Catrysse but une grande gorgée de vin et prit une profonde inspiration.

« J'espère que je peux vous faire confiance, dit-il.

— Tu n'as quand même pas couché avec elle ?! s'indigna Van In, pour obtenir une confirmation dont il n'avait en réalité pas besoin.

— Chut ! »

Catrysse baissa la voix et coula un regard oblique en direction du serveur. Celui-ci était en train de mettre le couvert à la table voisine. À Blankenberge, la moindre relation extraconjugale était commentée à l'infini. On n'était nulle part à l'abri des cancans.

« Son mari est du genre jaloux. S'il apprend qu'il y a eu la moindre chose entre elle et moi, je peux faire une croix sur ma carrière.

— Ah ah ! dit Van In en souriant.

— Vous devez savoir qu'André Geenen est copain comme cochon avec le bourgmestre, dont dépend bien sûr ma nomination au grade de commissaire », chuchota Catrysse.

Van In, Hannelore et Versavel éclatèrent de rire.

« Et c'est ça qui te fait peur ?! » demanda Van In.

Catrysse eut l'air stupéfait. Ne comprenaient-ils pas qu'il fallait traiter ces choses-là avec délicatesse ?

« Je ne trouve pas ça marrant du tout », dit-il.

Le serveur disposa encore quelques verres sur la table voisine avant de retourner au bar d'un pas nonchalant. Il en avait assez entendu. Qui aurait jamais osé penser ça ? Catrysse avec la femme d'André Geenen ! Il disparut dans la cuisine armé de son portable en se demandant qui il allait appeler en premier lieu : son frère ou son meilleur ami ?

Van In remplit les verres de vin.

« J'espère que tu ne nous caches rien d'autre. Ça pourrait te coûter beaucoup, beaucoup plus cher. »

Il y eut un long silence qui éveilla la suspicion de Van In.

« Ah… ? Y aurait-il autre chose que tu ne nous aurais pas dit ? »

Catrysse baissa les yeux. Il était un flic de la vieille école. Il avait connu l'époque où les problèmes se réglaient encore à l'amiable. Il arrivait qu'on ferme les yeux sur une petite incartade… ce qui n'était pas le cas ici, bien sûr. Il avait tout de même dissimulé une information essentielle dans une affaire de meurtre ! Et Van In finirait par l'apprendre, surtout qu'il semblait déterminé à tout reprendre depuis le début.

« Joris Mareel et Katja Geenen ont été signalés ensemble dans un autre café plus tard dans la nuit, dit-il d'une voix sourde.

— Et c'est maintenant que tu le dis ?!

— Désolé. Mais je ne peux tout simplement pas croire que Joris ait tué Katja.

— Ton silence aurait pu te coûter bien davantage que ta promotion au grade de commissaire », dit Van In d'une voix sévère.

Il était maintenant convaincu que Catrysse avait voulu protéger Joris Mareel, mais que devait-il faire ? Demander une enquête interne à son encontre, ou décider de fermer les yeux et gagner ainsi sa confiance indéfectible ?

« Tu as raison, Pieter, dit Catrysse. J'ai commis une grave erreur.

— Mmm », dit Van In, prêt à passer l'éponge, mais désireux de ne pas le montrer trop rapidement.

Catrysse était un pion qui pouvait lui être utile : il connaissait les gens du coin.

« Qu'est-ce que vous en pensez, madame le juge d'instruction ? »

Hannelore sursauta. Van In ne s'adressait jamais à elle en ces termes. Versavel, qui croyait deviner ce que manigançait Van In, lui donna un coup de pied sous la table pour l'inviter à jouer le jeu.

« Vous me mettez là en difficulté, commissaire, répondit-elle. J'aurais préféré ne pas entendre cette conversation. L'inspecteur en chef Catrysse a commis une grave erreur. Je ne peux pas laisser passer ça.

— Que celui qui n'a jamais péché lui jette la première pierre, lâcha Van In d'une voix solennelle. Est-ce que tu te souviens… »

Hannelore ne le laissa pas terminer. Il y avait de cela des années, elle et Van In avaient laissé en liberté un couple soupçonné de meurtre lorsqu'il s'était avéré que la victime avait violé la femme pendant de longues années alors que son mari se trouvait en prison.

« J'admets qu'il y a des circonstances atténuantes, dit-elle.

— Très certainement, intervint Versavel.

— N'oublions pas que l'inspecteur en chef Catrysse a mis en œuvre tous les moyens disponibles pour arrêter Joris Mareel », dit-il.

Catrysse les écoutait avec une stupéfaction croissante. Que se passerait-il si ces trois-là apprenaient la nature du secret qu'il continuait à leur cacher !

« Pour une fois, nous pouvons fermer les yeux », proposa Hannelore.

Van In alluma une cigarette et but une gorgée de vin.

« Bon, d'accord. Dis-nous tout ce que tu sais, et on oublie cette histoire. »

Catrysse baissa la tête en signe de soumission.

« Je t'apporte toutes les pièces que j'ai demain matin, dit-il.

— Eh bien voilà ! Affaire enterrée ! s'exclama Van In.

— Merci, Pieter ! Je n'oublierai jamais ce que tu as fait pour moi. »

Van In réprima un bâillement. Il avait vidé presque

deux bouteilles de vin à lui tout seul, et il les sentait. Il commençait à vieillir.

« Quelle heure est-il ?

— Onze heures et quart, répondit Versavel.

— Bon, qu'est-ce qu'on fait, maintenant ? demanda Hannelore.

— Je fatigue un peu, répondit Van In.

— Monsieur veut dormir ? s'enquit-elle d'une voix moqueuse.

— Je n'ai pas le droit ?

— Ça, c'est moi qui décide ! » répondit-elle en adressant un clin d'œil à Versavel.

Hannelore appela le serveur et lui demanda de préparer l'addition.

7

L'isolation laissait à désirer dans l'appartement de la rue de l'Yser : Van In et Hannelore le comprirent au sourire de Versavel lorsqu'ils prirent place à la table du petit déjeuner et à la manière dont il leur demanda s'ils avaient passé une bonne nuit.

« J'ai du mal à dormir dans un lit que je ne connais pas, répondit-il quand Hannelore lui posa la même question. Mais j'emporte toujours un bouquin avec moi.

— Ah ah », répondit Hannelore en se sentant rougir jusqu'à la racine des cheveux.

Ils avaient fait l'amour deux fois, la première dans le silence complet, mais Van In s'était laisser aller la seconde car ils croyaient tous les deux que l'inspecteur en chef dormait sur ses deux oreilles.

« Et qu'est-ce que tu as lu ?

— *Omega mineur* de Paul Verhaeghen, dit Versavel.

— Pas en entier, quand même ? »

C'était un pavé de près de huit cents pages…

« Six chapitres. »

Hannelore hocha la tête. Elle avait eu le livre entre les mains et savait que les pages étaient très denses. Elle calcula mentalement le temps qu'il fallait à un grand lecteur pour en lire une telle quantité. Il les avait donc entendus.

« Et alors ?

— Ça t'absorbe tellement que tu en oublies le monde extérieur », répondit Versavel en souriant.

Ils sirotaient leur café tout en dégustant les petits pains encore chauds que Van In était allé acheter à la boulangerie du coin. Le soleil brillait. Ils se seraient crus en vacances.

« C'est pas tout ça ! On a du boulot, aujourd'hui ! » s'exclama Van In.

Catrysse venait de leur transmettre la liste des clients présents au Parasol le soir où Katja avait été tuée, ainsi que la déposition de l'un d'entre eux qui affirmait y avoir vu Joris Mareel à trois heures du matin. Avant d'interroger chacun de ces témoins potentiels, le commissaire voulait auditionner Joris Mareel. Il vida sa tasse et alluma une cigarette.

« Je me demande ce qu'a donné l'enquête de voisinage avenue de la Reine-Élisabeth, dit-il.

— Tu veux que j'appelle le commissariat ?

— Oui, s'il te plaît, Guido.

— Tu en attends quelque chose de particulier ? »

Van In haussa les épaules. Cette procédure ne produisait généralement aucun élément probant, ou pas beaucoup. Les gens ne se préoccupaient généralement que de leur petite vie. Quant à ceux qui s'intéressaient à ce qui se passait autour d'eux, ils livraient généralement des informations peu fiables ou incorrectes.

« Si quelqu'un avait pu nous décrire l'incendiaire, ça nous aiderait pas mal.

— Franchement, tu crois que c'est Joris Mareel qui a fait le coup ?

— Qui sait ? répondit Van In.

— Déjà, il aurait pu se procurer les clés de Nolens chez Katja.

— Ce qui voudrait dire que ce serait lui aussi qui l'aurait assassinée ?

— Pas forcément, répondit Van In.

— J'ai du mal à croire qu'un jeune gars soit capable de tuer une amie dans un accès de jalousie ou parce qu'il s'est pris une bonne cuite et que, par-dessus le marché, il aille ensuite foutre le feu à la maison de l'amant de sa victime…

— Qu'est-ce qu'on fait si on voit que Joris n'a rien à voir avec cette histoire ?

— Aucune idée », répondit Van In.

À Blankenberge, les intrigues poussaient comme les mauvaises herbes et finissaient par être si emmêlées qu'il était quasi impossible d'y voir clair. Combien d'autres garçons Katja avait-elle éconduits ?

« L'enquête de voisinage n'a rien donné jusqu'à présent, dit Versavel. Le commissaire en chef De Kee propose de lancer un appel à témoins à la télé régionale ce soir. Il se pourrait qu'un automobiliste qui passait par là ait vu quelque chose…

— Et si l'incendiaire s'était enfui par le jardin ? suggéra Hannelore. Est-ce qu'on a cherché de ce côté-là ?

— Bon sang, tu as raison, Hanne ! La faute à ce connard de Herssens, avec sa théorie de la porte ouverte ! »

Hannelore ne put s'empêcher de sourire. Van In n'avait toujours pas digéré cette histoire.

« Admets que tu n'y avais pas pensé ! » dit-elle, taquine.

Il faisait encore très calme rue de la Loi lorsqu'ils sonnèrent au domicile d'Annelies Mareel. À l'exception de quelques fournisseurs, elle était déserte. Maintenant que le carnaval était terminé, Blankenberge replongeait dans son sommeil hivernal jusqu'à Pâques. La vie reprendrait alors subitement sous l'effet du soleil. Annelies Mareel ouvrit la porte en peignoir et en pantoufles. Les cheveux en bataille, elle avait les yeux gonflés.

« Bonjour, madame, dit Van In. Joris est là ?

— Non, mais vous pouvez entrer. »

Ils la suivirent dans le couloir où flottait une odeur de mauvais café.

« Je n'ai pas vu Joris depuis plusieurs jours », insista-t-elle.

Van In l'observa. Il y avait dans une église de Bruges une magnifique statue représentant la Mater Dolorosa. Les yeux d'Annelies Mareel exprimaient la même tristesse que ceux de la Vierge éplorée tenant son fils mort dans ses bras. Qu'est-ce qui faisait donc tant souffrir cette femme ?

« Il ne vous a pas téléphoné ?

— Non. »

Van In s'assit sans en demander l'autorisation et croisa les mains. Il devait tout de même y avoir un moyen de la faire parler !

« Nous sommes allés voir Nadine Vermeersch à York, dit-il. Nous savons que Benjamin Vermeersch est votre fils. »

Annelies Mareel blêmit. Elle ouvrit la bouche, comme pour happer de l'air. Van In la vit tomber, mais il ne parvint pas à la rattraper à temps. Versavel réagit au quart de tour. Il appela le service des urgences tandis qu'Hannelore essayait de réanimer la pauvre femme.

Ils eurent l'impression d'attendre une éternité, mais l'ambulance fut là en moins de cinq minutes.

« Tu t'es surpassé », commenta Hannelore alors que le médecin urgentiste s'affairait autour de la mère de Joris Mareel.

Van In s'était posté à la fenêtre et regardait les façades mornes de l'autre côté de la rue. Mais il ne distinguait pas grand-chose, car il avait la vue brouillée par les larmes. Il songeait à sa mère et à la souffrance qu'il lui avait faite à l'époque. Le sentiment de culpabilité qu'il avait essayé de refouler venait de lui tomber d'un coup sur les épaules.

« Ça va ? »

Versavel n'avait vu pleurer son ami qu'en de très rares occasions. Il ignorait que Van In avait un jour demandé à sa mère si son père était vraiment son père. Hannelore, qui comprenait maintenant, s'approcha dc lui.

« Je suis désolée, Pieter. Mes mots ont dépassé ma pensée. »

Les ambulanciers hissèrent le corps d'Annelies Mareel sur un brancard et entreprirent de descendre les quelques marches.

« D'après le médecin, tout va bien. »

C'était un mensonge pieux. L'urgentiste n'avait rien dit de tel. Versavel essayait seulement de consoler son ami.

« Ne te décarcasse pas comme ça, Guido. C'est entièrement de ma faute. J'aurais dû le savoir. »

Van In pivota et sortit de la maison, les épaules voûtées. Vingt ans plus tôt, à une fête de la Saint-Sylvestre, un de ses oncles avait insinué que sa mère avait laissé s'approcher un ami d'enfance un peu trop près et qu'il était le produit de ces amours illicites. Cela l'avait d'abord fait rire, mais quand l'oncle lui avait montré une photo de cet ami de sa mère, il avait bien dû admettre qu'il y avait une forte ressemblance. Le doute s'était immiscé en lui. Il avait cherché cet homme, et il avait fini par le trouver. Mais il avait nié sur tous les tons être son père. « Ta mère et moi, on était de grands amis, avait-il dit. Et c'est vrai que je l'aimais plus que tout au monde, mais quand elle a fini par choisir ton père, je me suis effacé. Je ne l'ai plus jamais revue. » Après cela, ils étaient allés boire un verre. Mais sa mère n'avait pas du tout réagi de la même façon. Elle l'avait longuement regardé dans les yeux avant de dire quoi que ce soit. Et sa réponse avait été ambiguë. « Tu sais bien que je ne trahirais jamais papa », avait-elle dit. Après cela, Van In avait été hanté par une question lancinante. Pourquoi n'avait-elle pas parlé au passé et dit : « Je n'ai jamais trahi papa » ?

Versavel le tira brusquement de ses pensées.

« Carine vient d'appeler, dit-il. Benjamin Vermeersch a disparu dans la nature hier soir.

— Comment ça, il a disparu dans la nature ?! Il était sous surveillance, non ?

— Apparemment, il y a eu un problème, dit Versavel.

— Vermeersch s'est envolé en hélicoptère, peut-être ?

— Je ne sais pas, Pieter. »

Au téléphone, Carine lui avait expliqué d'une petite voix qu'ils avaient été un moment distraits et que Vermeersch en avait profité pour filer.

« Qui était chargé de la filature de Vermeersch hier soir ?

— Carine et Bruynooghe. »

Van In serra les dents. Il aurait dû remuer ciel et terre pour persuader De Kee de mettre plusieurs équipes sur le coup. Alors que là, il allait se faire engueuler. Et s'il y avait bien quelque chose qu'il détestait, c'était de se tenir au garde-à-vous chez De Kee et d'admettre devant lui qu'il avait commis une erreur.

« Je suppose qu'ils se sont endormis, dit Versavel. Tu sais comme c'est ennuyeux de rester assis des heures dans une voiture à attendre qu'il arrive quelque chose, surtout la nuit. Je me souviens…

— Ça va, Versavel. Mcrci.

— L'erreur est humaine, chef. »

Van In prit une profonde inspiration. L'air de la mer avait un effet positif sur son humeur. Le mal était fait, il ne pouvait rien y changer.

« Est-on certain que Vermeersch a disparu ?

— Sa femme vient d'appeler. Elle se fait un sang d'encre. »

Van In avait beau savoir que les chefs d'entreprise gagnent bien plus que les gens qu'ils emploient, il ne put s'empêcher, en descendant de la voiture devant la villa de Vermeersch, d'avoir une pensée pour Karl Marx. Il était temps que les travailleurs s'unissent contre le capitalisme.

« Mazette ! » s'exclama-t-il.

La villa était large comme un terrain de football. L'architecte qui avait commis ce délit devait sans doute couler des jours heureux aux Seychelles avec les honoraires qu'il en avait tirés. Des statues de sculpteurs connus décoraient le jardin. Le hangar à bateaux, suffisamment grand pour abriter une armada, était impossible à rater.

« Mouais », dit Versavel.

Ils remontèrent un sentier impeccable jusqu'à la porte d'entrée, où les attendait l'épouse Vermeersch. Elle portait un jeans et un chemisier très simple. Seules les nombreuses bagues qu'elle arborait indiquaient qu'elle était la maîtresse des lieux. Une famille aurait pu vivre un an sans souci avec le prix des diamants qui alourdissaient ses doigts.

« Vous voilà enfin ! » dit-elle en soupirant quand Van In se présenta.

Versavel se demanda comment Van In allait réagir, mais le commissaire eut un sourire poli.

« Notre Porsche est en révision, dit-il. Et la Ferrari ne démarrait pas. »

L'épouse Vermeersch était très sotte, ou alors elle n'avait pas le sens de l'humour.

« Ce n'est pas de chance, dit-elle.

— On peut entrer ?

— Mais bien entendu, je vous en prie ! »

Ils parcoururent un couloir en marbre de Carrare aux murs décorés de toiles modernes, avec un gigantesque cactus dans un coin. L'épouse Vermeersch les précéda dans un salon grand comme un hypermarché. Van In repéra un piano à queue, blanc, comme de bien entendu, un canapé pouvant accueillir au bas mot une vingtaine de personnes et une impressionnante table ronde en frêne.

« Vous vivez à deux, ici ? demanda Van In.

— Benjamin aime l'espace. Et puis, il a souvent des invités. Mais asseyez-vous donc ! Que puis-je vous offrir ?

— Rien, dit Van In. Nous n'avons pas beaucoup de temps.

— J'ai mis du Dom Pérignon au frais.

— Une grande cuvée ? »

La question désorienta l'épouse Vermeersch. Quand elle avait rencontré Benjamin, elle travaillait dans un bar où on ne servait qu'un mousseux médiocre. Benjamin lui avait appris beaucoup de choses, notamment à apprécier un bon champagne. Il lui avait aussi dit qu'on ne mange pas le caviar avec une petite cuiller en métal. Et que la *Neuvième* de Beethoven n'était pas une de ses maîtresses.

« Un champagne millésimé ? » reprit Van In.

Elle était maintenant complètement perdue.

« Un moment, je vous prie », dit-elle en s'éclipsant.

Van In aurait bien parié un mois de salaire qu'elle était partie téléphoner à un négociant en vin pour lui demander ce qu'était une grande cuvée.

« Ça va ? Tu t'amuses ? demanda Versavel.

— Cette pétasse ne mérite pas mieux. »

Il avait remarqué que les femmes de riches étaient en général toujours très belles, mais rarement très intelligentes. Pour la simple et bonne raison qu'ils préféraient gérer leurs affaires tout seuls et qu'ils ne toléraient pas que leur chère et tendre veuille s'en mêler.

« Je ferais quand même gaffe, à ta place, dit Versavel.

— Ce que je vois surtout, c'est qu'elle n'a pas l'air particulièrement inquiète de la disparition de son mari ! Tu paries qu'il est simplement chez sa maîtresse ? »

Benjamin Vermeersch s'éveilla d'un sommeil profond. Il se sentait vide et hébété. Il avait froid. Ses muscles étaient douloureux. Les cordes qui lui ligotaient les poignets et les chevilles lui rentraient dans la peau. On lui avait mis un bandeau sur les yeux et on avait scellé sa bouche au ruban adhésif. La pièce dans laquelle il se trouvait sentait la moisissure. Il entendit des pas au-dessus de sa tête. Une porte claqua.

« Voilà ! » dit l'épouse Vermeersch.

Elle remplit les coupes et posa la bouteille de Dom Pérignon millésimé dans un seau à glace. Van In but une gorgée et se demanda s'il pouvait fumer. Il décida que oui.

« Racontez-nous donc ce qui s'est passé, madame Vermeersch. »

Elle s'assit en face d'eux, croisa les jambes et commença à triturer ses bagues.

« Hier soir, vers dix heures, Benjamin a reçu un appel d'une relation d'affaires qui voulait lui parler.

— Vous savez de qui il s'agissait ?

— Non, mais Benjamin m'a promis d'être rentré pour minuit. »

Van In hocha la tête. On fait croire n'importe quoi à une oie blanche.

« Cela arrive souvent qu'on appelle votre mari en soirée ? »

La réponse se fit attendre.

« En fait, non.

— Mais quand ça lui arrive, il rentre à l'heure prévue ?

— Oui.

— Pourquoi ne nous avez-vous pas appelés plus tôt ?

— J'étais très fatiguée hier soir. Je ne l'ai pas attendu.

— Vous aviez fait les courses ? »

L'épouse Vermeersch eut l'air stupéfaite.

« Comment le savez-vous ? » demanda-t-elle naïvement.

Versavel réprima un sourire. Van In commençait à passer les bornes. Cette femme n'était quand même pas débile ! Mais il n'était pas au bout de ses surprises.

« Parce que je n'aurais pas imaginé que vous aviez passé l'après-midi à tondre la pelouse.

— Quelle idée ! Pourquoi aurais-je tondu la pelouse ?! »

Voilà. Van In avait franchi la limite. L'épouse Vermeersch commençait à prendre conscience que Van In se moquait d'elle.

« Cela nous éloigne du sujet, dit Van In. Revenons-en à votre mari. Était-il nerveux quand il est parti ? »

Deux rides profondes apparurent sur le front lifté de son interlocutrice.

« Il n'a pas terminé son cigare », fit-elle remarquer.

Benjamin Vermeersch fumait un Montecristo tous les soirs avant d'aller se coucher. C'était un rituel qu'il ne laissait interrompre par personne.

« Avez-vous déjà reçu la visite de M. Nolens ? »

L'épouse Vermeersch se raidit. Benjamin lui avait à de nombreuses reprises seriné de ne jamais parler de Nolens.

« M. Nolens…, répéta-t-elle.

— Le réviseur d'entreprises de votre mari.

— Excusez-moi, commissaire. Mais je ne m'occupe pas des affaires de mon mari.

— Vous ne le connaissez donc pas ?

— Bien sûr que si que je le connais.

— Vous devez donc savoir qu'il a logé ici, continua Van In. Dans la nuit de dimanche à lundi, pour être précis. »

Elle ne réagit pas immédiatement. Nolens avait appelé le lundi matin. Les deux hommes s'étaient violemment disputés. Après cela, Benjamin était sorti de son bureau furieux et s'était servi un whisky. Lorsqu'elle lui avait demandé ce qui se passait, il s'en était pris à elle.

« Je vous écoute, madame Vermeersch.

— Je crains de ne pas pouvoir vous aider, commissaire. Cela fait des années que nous faisons chambre à part, Benjamin et moi. Et la maison est grande. Je vis à l'étage et lui au rez-de-chaussée. Il arrive que nous ne nous voyions pas pendant des jours entiers.

— Ah ah, dit Van In.

— Si vous ne me croyez pas, je peux vous le prouver, reprit-elle. Venez. »

Ils la suivirent dans l'escalier. Le premier étage se composait de deux salles de bains, quatre chambres et un salon. Partout le contenu des armoires et des penderies indiquait une présence exclusivement féminine.

« Vous me croyez, maintenant ?

— Peut-être », dit Van In.

L'épouse Vermeersch lui jeta un regard courroucé.

« Que faut-il encore que je vous dise ? Que Benjamin est impuissant ? »

Au début de leur relation, ils avaient un peu fait l'amour, mais cela s'était très vite arrêté. Elle avait d'abord pensé qu'il était stressé, mais plus tard elle avait compris qu'il n'en était rien.

« Nous vous croyons, madame », dit Versavel, manifestement gêné, avant de signifier d'un regard à Van In qu'il était temps de partir.

« Une femme qui vous confie que son mari est impuissant ne ment pas. Tu serais heureux si Hannelore allait dire à un étranger que tu…

— Ça va, Guido. Ça va. »

Van In monta dans la voiture et alluma une cigarette. Il voulait bien croire que Vermeersch était impuissant et que lui et sa femme faisaient chambre à part, mais il ne pouvait se départir de l'idée que son épouse leur cachait quelque chose.

« Elle est peut-être la maîtresse de Nolens, dit-il.

— Et elle n'aurait pas envie d'en parler ? compléta Versavel en haussant les épaules. Nolens aime la chair fraîche, tu l'as dit l'autre jour.

— J'ai dit ça, moi ? »

Van In prit une profonde inspiration et regarda devant lui, attendant une réponse qui ne vint pas.

« J'ai envie d'une Duvel, dit-il après un moment.

— Une seule ?

— Eh bien ! On est d'humeur joyeuse aujourd'hui ! »

Van In écrasa sa cigarette à moitié consumée dans le cendrier plein à ras bord. Depuis plusieurs jours, il avait nettement diminué sa consommation d'alcool, mais ça n'était pas encore suffisant. Hannelore continuait à râler, et voilà que Versavel s'y mettait aussi. Qu'est-ce qu'il y avait de mal à boire une petite Duvel ? Il travaillait normalement, non ?

« J'ai envie d'une Duvel, Guido.

— Je ne formulerais pas les choses comme ça, et je te dis ça en ami.

— Tu parles d'un ami !

— Tu es en voie de duvelisation, si tu veux mon avis !

— Qu'est-ce que tu racontes ? »

Un message radio retentit dans l'habitacle. Une patrouille avait retrouvé la voiture de Vermeersch à Meetkerke. Les gars du labo étaient déjà en chemin.

La BMW stationnait sur le bas-côté d'une petite route de campagne, à dix minutes de marche du centre du village. Klaas Vermeulen, le chef du labo, salua Van In d'un signe de tête. Un de ses hommes s'affairait avec un aspirateur, un autre recherchait des empreintes digitales.

« Qu'est-ce que vous en pensez ? »

Van In considéra la voiture. La carrosserie brillait comme un sou neuf. L'intérieur était immaculé.

« On ne me demande pas de penser, Van In, dit Vermeulen.

— Moi, oui. »

Aucune maison à l'horizon… Qu'est-ce que Vermeersch était allé chercher dans cet endroit désert ? Soit on avait volé sa voiture avant de l'abandonner là, soit on avait attiré l'homme d'affaires au milieu de nulle part pour le tuer.

« On ferait mieux de rameuter la cavalerie », dit Van In.

Une demi-heure plus tard, des enquêteurs de la police fédérale passaient les lieux au peigne fin, à la recherche du cadavre de Vermeersch. Van In et Versavel choisirent un café à l'ombre du clocher de l'église pour faire le point.

« Cela fait trois disparitions en trois jours ou à peu près », dit Van In lorsque la patronne, une femme rougeaude affublée d'un tablier à fleurs, leur apporta les boissons.

Une vieille horloge égrenait les secondes au-dessus du bar. Un tracteur passa.

« Il y a Nolens qui manque à l'appel, commença Versavel.

— Avec son boulot de réviseur d'entreprises, pourtant…

— Et maintenant Vermeersch…

— Sans oublier Joris Mareel…

— On est dans le pétrin, Guido. »

Depuis plusieurs jours, Van In échafaudait hypothèse sur hypothèse, mais il ne parvenait à en faire coller aucune avec la réalité.

« Il y a quand même une différence…, tenta Versavel. Nolens et Vermeersch sont pleins aux as, ce qui leur a peut-être permis de se trouver une excellente planque. Mais Mareel tire le diable par la queue ! »

C'était souvent Van In qui marquait les buts, mais

il profitait généralement de ce que Versavel lui préparait le terrain.

« Le vol à l'épicerie de Blankenberge ! s'écria Van In en se claquant la cuisse. Comment n'y ai-je pas pensé plus tôt ?! La mère de Joris Mareel nous a bien dit qu'il n'avait pas d'argent ! Et Catrysse est convaincu que le voleur est quelqu'un de la région ! »

Van In appela la patronne et commanda une deuxième Duvel. Enfin, ils progressaient !

« Il faut le retrouver ! » dit-il.

Le timbre de la clochette placée au-dessus de la porte du café retentit, annonçant un visiteur. Il portait l'uniforme de la police fédérale.

« Commissaire Van In ? » demanda-t-il.

Il était évident que l'homme n'éprouvait pas un respect immodéré pour un collègue qui buvait pendant les heures de service.

« Et vous êtes… ?

— Inspecteur Stevens.

— Asseyez-vous, inspecteur Stevens, dit Van In avec une amabilité excessive. Puis-je vous offrir un verre ?

— Non, répondit Stevens. Je suis là pour vous annoncer qu'on a retrouvé le portable de Vermeersch.

— Avec ou sans sa carte SIM ?

— Sans. »

Van In voulut demander comment ils étaient si sûrs de l'identification de l'appareil, mais il s'abstint. Il fit bien, car l'explication vint d'elle-même.

« Nous avons appelé Mme Vermeersch, dit le flic. La marque et le type de l'appareil correspondent.

— Ah ah, dit Van In. Autre chose ? »

Stevens fit non de la tête et se leva. Van In le rappela.

« Vous n'avez rien oublié, inspecteur Stevens ? »

L'enquêteur le regarda d'un air surpris. Versavel ne put s'empêcher de sourire. Il savait ce qui attendait le pauvre homme.

« Les subalternes doivent saluer leur supérieur, Stevens. Ou c'est trop vous demander ? »

Stevens se mit au garde-à-vous et porta deux doigts à son képi avant de disparaître.

« C'était nécessaire ?

— Non, mais c'était amusant », répondit Van In.

Il alluma une cigarette et aspira goulument la fumée amère.

« Quel calme, dans ce village, hein ?! »

Cela faisait plus d'une heure qu'ils buvaient leur verre dans ce petit café, et ils n'avaient vu personne, hormis un fermier juché sur son tracteur et un cycliste en danseuse sur son vélo.

« Si j'avais un peu d'argent, je m'achèterais une fermette dans les environs, dit Versavel. Loin de l'agitation de la ville. »

C'était une idée qui revenait souvent dans ses conversations avec Frank, mais ils n'avaient pas les moyens de s'offrir ce modeste rêve.

« Une voiture comme celle de Vermeersch se remarque beaucoup plus ici qu'à Knokke, fit Van In. Et les villageois ne doivent pas avoir grand-chose d'autre à faire que de regarder par la fenêtre, ajouta-t-il en indiquant la patronne, assise avec son ouvrage derrière la vitre.

— On peut toujours essayer, dit Versavel en comprenant Van In à demi-mot. Madame ? »

La patronne leva les yeux de sa broderie. Van In commanda deux nouveaux verres et proposa à la patronne de s'asseoir un moment à leur table.

« Je n'ai pas fait attention, dit-elle quand Van In lui eut demandé si elle avait vu passer une BMW bleu marine. Si quelqu'un l'a remarquée, c'est la Germaine, en face ! Depuis son opération de la hanche, elle a fait installer un lit dans le salon. À ce qu'elle dit, elle ne ferme pas l'œil de la nuit. »

Van In remercia la patronne et paya. Ils traversèrent la rue et sonnèrent chez ladite Germaine. Après un temps infini, une petite vieille aux cheveux blancs clairsemés vint leur ouvrir.

« Nous venons d'en face, dit Van In en indiquant le café.

— Je sais, je vous ai vus.

— On peut vous poser quelques questions, madame ? »

La vieille Germaine avait connu l'époque où la police imposait naturellement le respect. Il ne lui vint même pas à l'idée de demander leur carte aux policiers. L'un d'eux portait un uniforme, cela lui suffit pour les laisser entrer.

« Je ne peux pas rester longtemps debout, dit-elle.

— Je sais », répondit Van In en souriant.

Ils emboîtèrent le pas à la vieille dame, qui les précéda dans son salon à une allure d'escargot. L'intérieur avait des airs de musée de la vie rurale. Des outils agricoles et des tableaux représentant des fermes basses dans les champs étaient accrochés aux murs. Une cruche à lait et un rouet occupaient un coin de la pièce. Il n'y avait qu'un anachronisme, mais il était de taille : le lit d'hôpital qui trônait près de la fenêtre.

« Asseyez-vous, messieurs », dit Germaine en indiquant la robuste table en chêne qui occupait le milieu de la salle à manger et en s'asseyant sur le bord de son lit.

Le soleil venant de la fenêtre dessinait comme une auréole au-dessus de sa tête.

« Je ne marche plus aussi bien depuis que j'ai été opérée », dit-elle.

Deux jambons emballés dans un sac de toile à petits carreaux blancs et rouges étaient suspendus au-dessus d'elle. Van In avait gardé d'excellents souvenirs des vacances qu'il avait passées à la ferme dans son enfance. Rien que de repenser aux épaisses tranches de viande qu'on lui servait alors chaque jour, il en avait l'eau à la bouche.

« La patronne du café d'en face nous l'a expliqué, dit-il.

— Madeleine est une brave femme. Elle vient me donner un coup de main de temps en temps. Sans elle, je n'aurais pas pu rester chez moi. »

Van In avait l'impression d'être en visite chez sa grand-mère. Il y avait passé d'innombrables heures à l'écouter raconter ce qui se passait « dans le temps ». Il n'osa pas interrompre la vieille Germaine, mais l'écouta poliment parler de sa chute et de la longue période de convalescence qui l'avait forcée à négliger son potager. Ensuite, seulement, il lui demanda si elle avait vu passer une grande voiture bleu marine durant la nuit.

« Une grande voiture bleu marine… », répéta-t-elle.

Karel Mestdagh, un célibataire qui vivait au bas de la rue et à qui il arrivait de rentrer tard, avait une grande voiture. Seppen, le boucher, aussi. Celle de Karel Mestdagh était grise ; celle de Seppen était verte.

« Non, répondit-elle après un moment. Je n'ai pas vu de grande voiture bleu marine. »

Van In regarda Versavel d'un air qui voulait dire : c'était couru d'avance.

« Vous en êtes certaine, madame ?

— Tout à fait certaine ! Je n'ai pas vu de grande voiture bleue. Par contre, j'ai remarqué un jeune homme qui n'est pas du coin. Je sortais juste de la toilette quand il est passé devant. »

Van In se leva et gratifia Germaine d'une bise sonore.

« Vous êtes un amour, Germaine !

— Je ne savais pas que vous aviez le droit de donner des baisers pendant les heures de service ! » s'exclama-t-elle.

8

« Miss Marple existe et elle vit à Meetkerke ! » s'exclama Van In joyeusement.

Lui et Versavel avaient retrouvé leur place au café du village, en attendant qu'un collègue leur apporte de Bruges une photo de Joris Mareel.

« Il y a pas mal de chances que son témoignage soit fiable. »

La description qu'avait donnée la vieille Germaine du passant nocturne correspondait à la physionomie de Joris Mareel, ce qui accroissait fortement les présomptions qu'il soit lié à la disparition de Benjamin Vermeersch. L'officier chargé de la recherche d'indices sur l'homme d'affaires disparu avait en conséquence décidé d'élargir le périmètre d'enquête.

« Tu crois qu'ils vont le retrouver ?

— Non, dit Van In, sûr de lui. Faudrait vraiment être con pour abandonner un cadavre dans les polders ! Et Mareel est loin d'être stupide, sinon il n'aurait pas pensé à retirer la carte SIM du téléphone de Vermeersch avant de s'en débarrasser, par exemple. Je te parie même que Vermeulen ne trouvera aucune empreinte digitale dans la bagnole !

— Il aurait pu le tuer ailleurs et laisser la voiture ici, pour brouiller les pistes.

— Oui, c'est possible, répliqua Van In. Cela expliquerait pourquoi il a braqué une épicerie. Avec douze mille euros, tu as de quoi t'organiser… À moins que… ? »

Van In alluma une cigarette et souffla la fumée devant lui en réfléchissant.

« Imagine que Mareel ait en effet tué Vermeersch et qu'il ait le projet de s'enfuir à l'étranger…, reprit-il. Dans ce cas, pourquoi avoir abandonné sa tire dans ce trou perdu ? Moi, j'ai plutôt l'impression qu'il n'a pas d'autre moyen de transport. Et ça fait une fameuse trotte, à pied, d'ici à Blankenberge ou à Bruges !

— Il ne faut pas exagérer, ce n'est pas si loin que ça. Pas pour un jeune gaillard comme Mareel, répondit Versavel. Et puis, c'était la nuit, et il avait tout son temps. Si je ne m'abuse, le premier train quitte Bruges à cinq heures et demie.

— Tu crois qu'il a pris un train ?

— Cela me semble le plus facile, oui.

— Hum », dit Van In.

L'hypothèse de Versavel se tenait. Si Mareel avait pris le train, c'était certainement à Bruges, où il courait moins le risque d'être reconnu que dans sa ville, à Blankenberge.

« Appelle Carine et Bruynooghe et demande-leur de faire une petite enquête à la gare de Bruges. La plupart des gens qui prennent le train tôt le matin ont un abonnement. Si Mareel a acheté un ticket, il y a au moins un guichetier qui se souviendra de lui. »

Benjamin Vermeersch avait lutté plusieurs heures pour se libérer de son bandeau sur les yeux. À force de se frotter la tête contre le mur et de se contorsionner, il avait réussi à le déplacer de quelques centimètres et à recouvrer la vue. Il se trouvait dans une vieille cave voûtée à peine suffisamment haute pour qu'un homme puisse s'y tenir debout et de moins de deux mètres de large. Ce réduit était plongé dans l'obscurité, hormis un rai de lumière qui traversait une fente dans une trappe en bois, au-dessus de sa tête. Où donc se trouvait-il ? Il pensa à la nouvelle *Le Puits et le Pendule* d'Edgar Allan Poe et à l'angoisse du narrateur à l'idée d'être enterré vivant dans l'obscurité la plus complète. Mais ce rai de lumière changeait beaucoup de choses.

Le propriétaire de l'hôtel Firian à Anvers attendait patiemment l'arrivée du dernier client dans la salle du petit déjeuner. Enfin ! se dit-il en voyant s'ouvrir la porte de l'ascenseur à onze heures moins cinq.

« Bonjour, monsieur Nolens. Vous avez bien dormi ?

— Oui, je vous remercie », répondit l'autre en essayant en vain de sourire.

Il s'était tourné et retourné toute la nuit dans son lit et ne s'était endormi qu'au petit matin.

« Souhaitez-vous un œuf à la coque ?

— Non, un café, rien d'autre. »

Nolens prit place à une petite table près de la fenêtre. En d'autres circonstances, il aurait apprécié le luxe suranné de l'endroit dans son cadre Art déco, mais il ne parvenait pas à apaiser l'angoisse qui le tenaillait depuis plusieurs jours.

« Un journal, monsieur ?

— Vous avez le *Tijd* ? »

Le directeur de l'établissement hocha la tête et partit chercher le quotidien. Entre-temps, Nolens avait pris son portable et composé un numéro.

« Allô, dit la voix de Catherine Vermeersch.

— Est-ce que Benjamin est là ?

— Qui est l'appareil ?

— Erwin Nolens.

— Erwin, où es-tu ? demanda Catherine d'une voix où il crut entendre quelque chose comme du désespoir.

— Dans un hôtel.

— Je voudrais te voir le plus vite possible. La police est venue. Ils m'ont posé un tas de questions sur toi et sur Benjamin, dit-elle en entortillant le cordon du téléphone autour de son index.

— La police ? dit Nolens en baissant la voix car le directeur de l'hôtel revenait avec le journal.

— Tu ne sais pas ce qui est arrivé ? Benjamin a

disparu depuis hier ! La police a retrouvé sa voiture et son téléphone il y a quelques heures en rase campagne, dans les environs de Meetkerke.

— Merde !

— J'ai besoin de toi, Erwin ! »

Catherine lâcha le cordon du téléphone et se caressa doucement les seins. Depuis combien de temps n'avaient-ils plus fait l'amour ? Ah ! Comme elle se languissait de ses doigts puissants et de ses coups de butoir impétueux !

« J'arrive ! » dit-il.

Germaine examina la photo de Joris Mareel que lui tendait Van In et hocha la tête.

« Oui, c'est lui. »

Van In fronça les sourcils. Ce n'était peut-être que la troisième ou la quatrième fois de sa carrière qu'un témoin identifiait un suspect qu'il n'avait vu que quelques secondes, et à la lumière d'un réverbère de plus.

« Vous êtes douée, madame », dit-il.

Germaine rit. Il y avait plus de soixante ans de cela, son instituteur lui avait fait le même compliment quand elle avait récité par cœur – et sans se tromper – le contenu d'un petit livre qu'elle n'avait lu qu'une seule fois. Mais ses parents, des paysans durs à la tâche, avaient déjà tracé tout son avenir : après l'école primaire, elle était restée à la ferme pour leur prêter main-forte.

« Je reconnaissais chacune de nos vaches ! » s'exclama-t-elle avec fierté.

Van In et Versavel rirent de bon cœur ; elle aussi. La présence des deux hommes lui faisait du bien.

« Et si je préparais du café ? » proposa-t-elle, une petite étincelle dans les yeux.

Van In consulta l'antique horloge. Il était seize heures, et dehors il commençait à pleuviner.

« Bah ! Pourquoi pas ?! » dit-il.

Un quart d'heure plus tard, ils avaient pris place tous les trois à la table en chêne autour d'une cafetière fumante, d'un pain tranché à la main, d'un pot de saindoux et de tranches de jambon épaisses comme le pouce. Les deux hommes mangeaient avec appétit, pour le plus grand plaisir de Germaine.

« J'ai remarqué autre chose ! dit-elle subitement. Il portait un sac en plastique rouge avec une inscription.

— Vous êtes incroyable ! s'exclama Van In entre deux bouchées.

— Oui, c'était quelque chose avec "Ma"…

— Ma…, répéta Van In.

— Ma… blablabla », dit Germaine.

Van In adressa un clin d'œil à Versavel, qui sauta sur son calepin et son bic et prit note.

« Ça ne va sans doute jamais vous servir, dit Germaine, mais on ne sait jamais…

— En effet, répéta Van In en souriant. On ne sait jamais. »

Il reprit une tartine et l'enduisit d'une royale couche de saindoux. Il ne s'était plus régalé ainsi depuis une éternité.

Erwin Nolens n'eut pas le temps d'ôter sa veste. Catherine se jeta sur lui comme un animal sauvage et entreprit de l'embrasser et de le lécher partout.

« J'ai envie de toi ! Maintenant ! »

Elle déboutonna sa veste et sa chemise et les jeta au loin. Sans attendre, elle s'agenouilla devant lui et lui ôta ses chaussures et son pantalon. Nolens la laissait faire en poussant de petits gémissements de désir. Catherine était un peu trop vieille pour lui, mais elle compensait magnifiquement ce léger handicap par sa grande expérience. Et puis, elle était d'une souplesse extraordinaire.

« On monte ?

— Non, allons dans son bureau ! » dit Catherine.

Elle ouvrit son chemisier et dégrafa son soutien-gorge.

« Tu retireras le reste. Viens ! dit-elle en lui prenant la main et en le guidant vers la pièce de travail de Benjamin.

— Sur la table ! » proposa Nolens.

L'imposante table de réunion en merisier poli luisait à la lumière dorée qui filtrait à travers les vitraux.

« Comme tu veux, mais fort !

— Le plus fort que je peux », répondit Nolens en lui arrachant sa culotte.

Joris Mareel considéra la moto d'un air de connaisseur. Elle n'avait pas plus d'un an et était magnifiquement entretenue.

« Combien ? demanda-t-il.

— Trois cent cinquante.

— Deux cent cinquante.

— Trois cent cinquante. »

Il fit non de la tête.

« Trois cents, avec le casque.

— Pas question.

— Je sais où tu t'approvisionnes, Max. »

La remise contenait douze motos et plusieurs vélos. Tous volés. Max n'avait jamais été pris la main dans le sac, grâce à son extrême prudence. Il se procurait la marchandise à Bruxelles et à Anvers et l'écoulait rarement aux gens du quartier, mais il faisait une exception pour Joris car celui-ci l'avait jadis aidé pour deux ou trois bricoles. Officiellement, il tenait un magasin d'antiquités et de brocante.

« Trois cent dix. Je ne monterai pas plus haut.

— C'est d'accord. »

Joris sortit une liasse de billets de sa poche et paya.

« On dirait que tu as dévalisé une banque !

— Non, j'ai fait un héritage.

— À d'autres ! dit Max en ricanant. Ça fait des lustres que ton vieux est mort ! »

Ils éclatèrent de rire. Max tapa amicalement sur l'épaule de Joris en se demandant comment ce bon à rien avait trouvé tout cet argent et pourquoi il avait tant besoin d'une moto.

« Viens ! dit-il. On va fêter ça ! »

Ils allèrent au fond de la remise où Max avait aménagé un petit salon avec deux fauteuils dépareillés. Il sortit une bouteille de genièvre du frigo.

« Les affaires marchent bien, apparemment ? »

Joris prit le verre que lui tendait son ami et but une

gorgée. L'alcool lui arracha le gosier. Il avait beaucoup réfléchi à la manière de mettre son plan à exécution, pour chaque fois aboutir à la conclusion qu'il ne s'en sortirait pas sans aide.

« J'ai peut-être un truc pour toi, dit-il d'un air mystérieux.

— Qu'est-ce que tu mijotes ? »

Max rapprocha son fauteuil. Ses petites affaires marchaient bien et il avait su se constituer un petit pactole au fil des ans. Un jour, il réaliserait son rêve : il achèterait une maison en Turquie et il lancerait une entreprise de location de motos. Un petit extra était toujours le bienvenu.

« Tu as encore besoin de combien ? demanda Joris.

— Pour… ?

— Pour réaliser ton rêve.

— Je t'en ai parlé ?

— Les ivrognes ne savent pas tenir leur langue. »

Max prit une mine grave. Dix mille euros, cela l'aiderait considérablement, mais quel montant Joris avait-il en tête ? Et que lui demanderait-il en échange ?

« Ça te dérangerait d'être un peu plus précis ? »

Joris avait perçu le regard avide du receleur. S'il faisait une proposition, Max ferait monter les enchères, quoi qu'il dise.

« Tu dois encore faire des économies pendant combien d'années ?

— Une éternité, avec des clients comme toi.

— Je n'ai pas le temps de rire, Max.

— Cinq ans ? »

Joris s'esclaffa. Max le considéra d'un air songeur. Quel coup foireux était-il en train de préparer ?

« Qu'est-ce qui te fait rire ?

— Les brochures, Max », dit Joris.

Il se leva et prit les dépliants posés sur le frigo. Il s'agissait de brochures d'agences immobilières opérant en Turquie.

« Ne me dis pas que tu penses déjà à la maison de tes rêves alors que tu en as encore pour cinq ans à faire des économies ! Les prix montent vite, là-bas ! Tout le monde veut acheter !

— T'es qu'un connard, Mareel.

— Un connard ne paierait pas vingt-cinq mille euros pour un service qui ne te prendra que quelques jours.

— Monte à trente mille, et je suis ton homme », dit Max, les yeux exorbités, la langue pendante.

S'il ajoutait trente mille euros à ce qu'il avait déjà amassé, il pouvait s'offrir une villa avec piscine. Pour ça, il irait jusqu'à accepter de dégommer quelqu'un si Mareel le lui demandait.

« N'exagère pas, Max. Vingt-cinq mille euros. Pas un de plus !

— OK, OK, ça marche ! Mais j'ai besoin d'une avance.

— Deux mille, dit Joris.

— Cinq », répondit Max.

Joris se leva, enfonça la main dans sa poche et en sortit une nouvelle liasse.

« Trois. »

Il compta les billets jusqu'à trois mille. Max vérifia le compte en silence en se pourléchant presque les babines. Pour une bonne journée, c'était une bonne journée. Il s'empara des billets que Joris avait posés sur la table, ouvrit la fermeture de sa salopette et les glissa dans sa poche intérieure.

« C'est un plaisir de faire affaire avec toi, dit-il. Maintenant, tu veux quoi, au juste ?

— Que tu me procures une valise sécurisée, dit Joris.

— Une valise sécurisée…, répéta Max, s'étonnant d'avoir entendu cette expression quelques jours plus tôt à la télé. Tu veux dire une valise qui détruit son contenu si on essaie de l'ouvrir ?

— Tu as tout compris. »

Max se gratta derrière l'oreille.

« Où veux-tu que je trouve ça, moi ?

— C'est ton problème.

— Une valise sécurisée… », répéta Max pour la deuxième fois.

Il avait un réseau étendu de fournisseurs, mais une valise sécurisée, c'était une autre affaire qu'une moto volée ! Il passa mentalement en revue les personnes à qui il pourrait faire appel.

« Si tu le sens pas, c'est simple, dit Joris. Rends-moi mon argent et on n'en parle plus.

— Non, laisse. Je vais me débrouiller.

— Et j'ai besoin d'autre chose, ajouta Joris.

— Quoi encore ? La clé de la Banque nationale ?

— Un mobile. »

Le visage de Max s'éclaira.

« Ça, je peux t'en vendre un tout de suite. Vingcinq mille euros, ça te va ?

— Va te faire foutre ! Et rends-moi mon argent ! Je me débrouillerai autrement ! » dit Joris, faisant mine de se lever.

Max le retint :

« Je blaguais ! »

Il empoigna la bouteille de genièvre et remplit les verres. Si sa mémoire était bonne, le Grand Michel avait fait plusieurs années de taule pour une histoire d'attaque de transport de fonds avant de se convertir dans la vente de motos. Il avait peut-être gardé des potes dans le milieu.

« Ça fait combien de temps qu'il est à l'intérieur ? demanda Van In à l'inspecteur chargé de la surveillance de la villa de Vermeersch

— Une demi-heure.

— Et tu es certain que c'était Nolens ?

— C'est sa plaque d'immatriculation, en tout cas.

— Bien. »

Van In alluma une cigarette. Il se passait enfin quelque chose, et ça lui procurait une agréable sensation. Il était maintenant pratiquement certain que Nolens et Catherine Vermeersch en savaient davantage qu'ils ne le prétendaient.

« Qu'est-ce qu'on fait si elle ne nous laisse pas entrer ? » demanda Versavel en sonnant.

Van In haussa les épaules.

« Un brin d'optimisme n'est pas interdit, Guido. »

Nolens venait de jouir pour la deuxième fois et reprenait son souffle quand la sonnette retentit. Catherine se releva en quatrième vitesse et s'empressa de se rhabiller.

« Tu ne vas quand même pas ouvrir ? »

Elle regarda Nolens d'un air stupéfait.

« Pourquoi ?

— Parce que tu ne sais pas qui sonne à la porte !

— Il y a un vidéophone, Erwin ! »

Elle se rechaussa et courut dans le hall où elle avait laissé son soutien-gorge et son chemisier.

Nolens la suivit en jurant.

« C'est Van In ! dit Catherine. Qu'est-ce qu'on fait ? »

On sonna une deuxième fois.

Catherine acheva de se rhabiller. En chaussettes et en slip, Erwin luttait avec son pantalon.

« Les flics ne doivent pas savoir que je suis là, Cat. Tu comprends ça ?! »

Elle le regarda avec une moue rieuse.

« Ta voiture est dans l'allée ! Ils ne sont pas débiles, quand même. Pourquoi leur cacher que nous sommes amants ? J'ai dit à Van In que Benjamin était impuissant. Je n'ai pas le droit de m'envoyer en l'air de temps en temps ? »

Nolens reboutonnait sa chemise. Cat avait raison. De toute façon, les flics n'avaient rien à lui reprocher.

« Donne-moi trente secondes ! » plaida-t-il.

« Bonjour, commissaire. Que me vaut l'honneur de votre visite ? » demanda Catherine en arborant un sourire radieux.

Elle n'avait pas reboutonné entièrement son chemisier, à dessein.

« Nous voudrions parler à M. Nolens, dit Van In en essayant de ne pas plonger les yeux dans son décolleté.

— Vous tombez bien, nous venons de finir. Il arrive.

— Eh bien… »

Van In en avait déjà vu des vertes et des pas mûres, mais c'était quand même la première fois qu'il entendait une chose pareille. Catherine se rendit compte que sa réponse avait désarçonné le commissaire.

« J'étais certaine que vous alliez poser la question. J'ai préféré prendre les devants. Je vous choque ?

— M. Nolens est votre amant depuis longtemps ?

— Et si nous parlions de tout cela à l'intérieur, commissaire ? dit une voix depuis le hall.

— Bien sûr, dit Catherine. Entrez, messieurs. »

Ils traversèrent le couloir en silence.

« Puis-je vous offrir quelque chose ? demanda Catherine lorsqu'ils se furent tous installés au salon. Un Dom Pérignon millésimé ?

— Ce n'est jamais de refus », répondit Van In.

Catherine Vermeersch disparut en direction de la cuisine en se déhanchant exagérément. Deux hommes la suivirent des yeux, Versavel étant absorbé dans la contemplation d'une toile de Doken, un artiste ostendais qui peignait des personnages de Disney et qui commençait à être coté sur le marché international.

« Benjamin Vermeersch est-il au courant de votre relation ? demanda Van In.

— Une relation, c'est un bien grand mot, répondit Nolens. Cat m'appelle de temps en temps, et je viens la voir quelques heures. »

Van In hocha la tête. Certains hommes étaient mieux lotis que d'autres.

« Vous avez une vie sexuelle bien remplie, commenta-t-il. Katja Geenen à Blankenberge, une call-girl à Bruges, sans compter une partie de jambes en l'air épisodique avec la femme de votre grand ami Benjamin Vermeersch ! Mais je ne suis peut-être pas au courant de tout, il se peut que j'oublie quelqu'un…

— Rassurez-vous, commissaire. Je ne suis pas un surhomme !

— Ne sois pas si modeste, Erwin. »

Catherine entrait dans le salon avec une bouteille de Dom Pérignon et quatre coupes sur un plateau.

« Deux fois en moins d'une demi-heure, c'est pas mal, pour un homme de son âge, non ?

— Cat, s'il te plaît ! Arrête !

— Je n'exagère pas, si ? »

Catherine Vermeersch posa le plateau sur la table basse et tendit la bouteille de champagne à Nolens.

« Et il est très doué avec sa langue…

— Maintenant, ça suffit, Cat ! »

Catherine Vermeersch s'assit et croisa les jambes. Le commissaire ne parvenait pas à détacher les yeux de ses cuisses. Était-elle aussi impudique quand elle faisait l'amour ?

« Le commissaire en a certainement entendu d'autres, dit-elle en riant. Si je suis bien dans ma peau, il n'y a pas de mal à le dire, non ? »

Le bouchon alla percuter le plafond et le champagne jaillit en fontaine. Nolens sauta sur ses pieds, mais il ne fut pas assez rapide. Le Dom Pérignon lui éclaboussa l'entrejambe.

« Ça me rappelle un film, dit Catherine Vermeersch en riant. Il va de nouveau devoir retirer son pantalon ! »

Versavel tira sur les poils de sa moustache, un geste qu'il ne faisait que lorsqu'il était nerveux. Leur hôtesse retourna à la cuisine pour y chercher un torchon.

« C'est vraiment dommage que Mme la juge d'instruction ne puisse pas assister à cette charmante scène », lâcha Versavel en voyant Van In la suivre des yeux.

Un grand silence tomba et ne se dissipa pas lorsque Catherine Vermeersch revint et entreprit de frotter le pantalon de Nolens.

« Vous n'avez toujours pas répondu à ma question, monsieur Nolens. Benjamin Vermeersch est-il au courant de votre relation ?

— Bien sûr qu'il est au courant !

— Ah », commenta Van In.

Vermeersch avait fourni un alibi à Nolens la nuit où Katja Geenen avait été assassinée. Cet alibi gagnait encore en crédibilité si l'homme d'affaires était au courant que sa femme et son ami étaient amants.

« Si je comprends bien, il arrive qu'Erwin Nolens passe la nuit avec vous, même quand votre mari est à la maison ? »

Nolens plissa les yeux et serra les dents, mais il était trop tard.

« Là, vous allez un peu trop loin, commissaire. Benjamin est tolérant, mais il reste un homme », dit son épouse, indignée.

Il est toujours préférable d'achever rapidement un animal blessé. Cette phrase de Catherine Vermeersch contredisait totalement la position défendue par Nolens, mais combien de temps faudrait-il pour qu'elle s'en rende compte et qu'elle se dédise ? Van In décida de ne pas prendre de risques et de lui donner le coup de grâce.

« Puis-je vous demander où vous avez passé la nuit de dimanche à lundi ? »

Si elle répondait qu'elle avait dormi chez elle, elle pouvait difficilement nier avoir vu Nolens. Si elle répondait qu'elle avait passé la nuit à l'extérieur, elle devrait dire où elle était, ce qu'un coup de téléphone devrait permettre de vérifier.

« Ici, bien sûr.

— Pendant que M. Nolens bavardait tranquillement avec votre mari ? »

Catherine Vermeersch fut stupéfaite.

« Tu étais là dimanche soir, Erwin ?

— Oui. Il fallait que je parle de certaines choses avec Benjamin.

— M. Nolens affirme même être resté toute la nuit, dit Van In.

— Il avait trop bu ? »

Van In sentit qu'il était en train de perdre la partie.

Catherine Vermeersch était soit sincère, soit vraiment stupide.

« Tu sais comment ça se passe, Cat, dit Nolens, visiblement soulagé. Benjamin aime boire, et il nous avait sorti un vin particulièrement bon…

— Tu dis ça à chaque fois, dit-elle avec amertume.

— Il n'y a pas de plus belle nuit que celle passée en tête à tête avec un grand vin, reprit Nolens en souriant. Et puis, j'adore dormir ici bien au chaud en sachant que tu es toute seule dans ton lit juste au-dessus de moi. »

Il avait remporté la manche. Van In ne s'avoua pourtant pas vaincu.

« Pourquoi avez-vous pris la fuite quand vous avez quitté l'hôpital ?

— Parce que j'avais peur, bien sûr, dit Nolens, indigné. Comment vous sentiriez-vous si quelqu'un avait mis le feu chez vous ?

— Vous êtes propriétaire d'un appartement à Blankenberge et d'une petite maison au pays des Collines. Pourquoi n'êtes-vous pas allé dans l'une de ces deux propriétés ?

— Parce que je ne m'y serais pas senti en sécurité, commissaire. Si Cat ne m'avait pas téléphoné, je serais sans doute encore resté à Anvers quelques jours.

— Nous avons essayé de vous appeler, mais vous n'avez manifestement pas pris la peine de nous répondre. »

Le visage de Nolens se contracta.

« Suis-je une victime ou un suspect ? demanda-t-il, en colère.

— Je ne sais pas encore très bien.

— Dans ce cas, puis-je vous demander de ne pas nous importuner davantage et de ne revenir que quand vous aurez des certitudes ? »

Van In hocha la tête. Il bouillonnait intérieurement, mais il parvint à se contenir.

« Vous pouvez y compter, monsieur Nolens. »

Il posa sa coupe de champagne sur la table basse, se leva et fit signe à Versavel de l'accompagner. La défaite lui laissait un goût amer.

Joris était transi de froid sur sa moto. Le vent lui avait rougi le visage et il avait les doigts gourds, à la fin de ce long trajet, mais il était content de lui. Dans sa sacoche, une vieille machine à écrire électrique qu'il avait achetée pour une bouchée de pain au marché aux puces de la place du Jeu-de-Balles à Bruxelles. Une seule pensée l'obsédait : se venger de l'injustice qui leur avait été faite, à lui et à sa mère. Il descendit de l'autoroute à Oostkamp et s'arrêta quelque part pour prendre un café.

Van In monta dans la Golf et claqua la portière de toutes ses forces. Nolens avait joué au plus fin avec lui, et cela ne lui plaisait pas. Mais, jusqu'à présent, il n'avait rien contre le bonhomme, à part le vague soupçon qu'il était impliqué dans cette affaire d'une manière ou d'une autre.

« Maison ou commissariat ? demanda Versavel en remontant l'allée.

— Aucune idée. »

Van In alluma avidement une cigarette. Versavel haussa les épaules et mit les gaz avec plus de vigueur qu'à l'accoutumée.

« Qu'est-ce qu'on sait de Benjamin Vermeersch, en fait ?

— Qu'il est riche et puissant, répondit Versavel. Et respecté, pour ces deux raisons.

— Ça ne nous avance pas beaucoup, Guido.

— Tu avais suggéré de le laisser tranquille un moment. Ce n'est pas toi qui avais dit que si on s'en occupait trop tôt, il risquait de convoquer une armada d'avocats ?

— Ah non, tu ne vas pas recommencer !

— On ferait peut-être mieux d'aller boire un verre, dit Versavel, conciliant.

— J'ai une meilleure idée. Allons au restaurant tous les trois ce soir.

— Si tu veux... »

Joris Mareel rentra la moto dans la remise de Max et sortit la machine à écrire de la sacoche. Elle pesait une tonne, mais c'était exactement ce qu'il lui fallait. Les experts pourraient découvrir la marque et le type de la machine à écrire, mais jamais ils ne remonteraient jusqu'à lui. Il marcha jusqu'au frigo et se servit un verre de genièvre. Quand la nuit serait tombée et les rues de la ville désertes, il apporterait à Vermeersch de quoi manger et de quoi boire, et quelques couvertures, car il faisait froid dans la cave. Mais il allait d'abord laisser ce trou du cul gamberger à tout le malheur qu'il avait causé.

La porte de la remise s'ouvrit en craquant. Max apparut. Il souriait.

« Je t'ai vu arriver, dit-il. Et j'ai quelque chose à t'annoncer. »

Il entra. Il avait passé l'après-midi à téléphoner à gauche et à droite, jusqu'au moment où il avait fini par trouver quelqu'un qui affirmait pouvoir lui livrer une valise sécurisée. Il y avait juste un petit problème : le prix.

« Voilà une bonne nouvelle, Max.

— Le prix est de deux mille euros.

— Deux mille euros ?! »

Joris n'avait aucune idée de la valeur de ce qu'il recherchait. Deux mille euros, c'était beaucoup d'argent, mais c'était un miracle que Max ait trouvé si vite un fournisseur.

« Je suppose que tu as négocié ?

— Au départ, il en voulait le double.

— Alors, c'est d'accord », dit Joris.

Max haussa les sourcils. En fait, le prix qu'on lui avait demandé était un peu inférieur. Il avait proposé deux mille euros parce qu'il était persuadé que Joris voudrait marchander.

« Pourquoi est-ce que tu as besoin de ce truc ?

— Ce ne sont pas tes oignons. »

Max se servit un verre lui aussi. Il était clair que Joris préparait un gros coup et que les vingt-cinq mille euros qu'il recevrait pour sa participation ne représenteraient rien de plus pour lui qu'un pourboire. À quoi allait donc lui servir cette machine à écrire ?

« Tu ne vas quand même pas te mettre à écrire un livre ? lâcha-t-il tout à trac.

— Un jour, peut-être. »

« Le policier anglais a appelé, dit Carine lorsque Van In et Versavel entrèrent au 204. Au sujet de Nadine Vermeersch.

— Groves ?

— Oui, dit Carine en tendant une feuille de papier à Van In. J'ai tout noté. »

Le compliment qu'elle attendait ne vint pas. Van In alla s'asseoir à son bureau. Heureusement, Carine avait une écriture très nette. En trente secondes, Van In avait fini sa lecture.

« Alors ? demanda Versavel.

— Nadine Vermeersch a adopté Benjamin avant d'épouser Richard Good. C'est pour cela qu'il porte son nom de jeune fille. »

Après ses études d'histoire de l'art à l'université de Gand, elle avait reçu une bourse pour Oxford, où elle avait écrit une thèse sur Thomas Harper King, un architecte anglais qui avait beaucoup fait pour l'introduction du néogothique en Grande-Bretagne comme en Flandre et à propos duquel il n'existait pratiquement aucune données biographiques. Les travaux de Nadine Vermeersch avaient fait excellente impression, de sorte qu'elle était restée à Oxford, où elle avait rencontré son futur mari quelques années plus tard. Celui-ci avait accepté son enfant sans problème.

« Étonnant ! commenta Versavel.

— Groves a découvert autre chose. Nadine Vermeersch était stérile.

— Ce qui explique beaucoup de choses, dit Versavel.

— Oui, confirma Van In. Mais pas pourquoi elle s'est tue avec une telle obstination quand nous l'avons interrogée.

— Et c'est pareil pour Annelies Mareel.

— Tiens, on a des nouvelles d'elle ?

— J'appelle l'hôpital ? » proposa Carine.

Elle eut du mal à obtenir au bout du fil quelqu'un qui connaissait l'état de santé d'Annelies Mareel. Elle finit par apprendre qu'il était satisfaisant, mais que les visites étaient malgré tout prématurées. Il faudrait attendre.

9

L'inspecteur en chef Catrysse considéra avec méfiance l'enveloppe qu'un collègue avait trouvée le matin même dans sa boîte aux lettres. Elle n'avait pas été distribuée par le facteur, car elle n'avait pas été timbrée. « POUR LA POLICE » était-il dactylographié en lettres noires. Il arrivait souvent qu'un citoyen frustré leur communique ses griefs dans une lettre anonyme. En général, il s'agissait de banalités : une amende injustifiée, un voisin bruyant, un homme politique local qui aurait bénéficié d'un traitement de faveur…

Catrysse déchira l'enveloppe en espérant secrètement qu'il ne s'agissait pas d'une nouvelle alerte à la bombe, comme quelques semaines auparavant. Un inconnu avait alors menacé de faire sauter la jetée de Blankenberge parce qu'il estimait que la rénovation avait coûté trop d'argent.

Il glissa sa main dans l'enveloppe. Il en sortit un

unique feuillet et chaussa ses lunettes de lecture. Quelqu'un menaçait de laisser Vermeersch mourir de faim si on ne répondait pas à ses exigences. Catrysse jura dans sa barbe et appela aussitôt Van In.

« Sept cent cinquante mille euros, c'est un fameux paquet d'argent ! » commenta Van In en tendant la lettre anonyme à Versavel, qui était assis en face de lui à la table du petit déjeuner.

L'enlèvement n'était pas forcément la manière la plus intelligente de gagner de l'argent. Les truands professionnels ne recouraient plus que rarement à la méthode. Trop de risques. Surtout au moment de la remise de la rançon.

Et puis, il y avait autre chose. La menace de laisser mourir de faim la victime si la transaction ne se faisait pas était pour le moins inhabituelle.

« Qu'est-ce que tu en penses ? »

Versavel haussa les épaules.

« J'ai l'impression qu'il y a un autre enjeu. Ce n'est pas seulement une histoire d'argent.

— Nous sommes bien d'accord. »

Van In but une gorgée de café. Le ravisseur donnait quarante-huit heures à Catherine Vermeersch et à la Société ferroviaire brugeoise pour rassembler l'argent. Cela aussi, c'était bizarre. Vermeersch avait beau être administrateur délégué de la SFB, il y avait peu de chances qu'elle accepte d'allonger de l'argent pour sa libération. Cette précision ne pouvait s'expliquer que si le ravisseur savait que Catherine Vermeersch n'avait pas les moyens de payer seule la rançon.

« Cela sent l'amateur à plein nez, dit Hannelore quand elle eut lu la lettre à son tour.

— Il ne faut pas la prendre au sérieux ?

— Bien sûr que si ! » répondit Van In.

La première phrase de la lettre continuait à lui trotter dans la tête. Laisser quelqu'un mourir de faim, c'était un acte barbare qui ne correspondait pas au *modus operandi* du ou des ravisseurs. Il était tout aussi étonnant que la lettre de revendication ait été adressée à la police, et non à l'épouse de l'homme d'affaires enlevé.

« Où a-t-on trouvé cette lettre ? Dans la boîte du commissariat ? »

Catrysse fit non de la tête. Une caméra de surveillance avait été placée à la porte d'entrée. C'était à croire que le ravisseur le savait.

« Non, dit-il. Dans celle d'un collègue, chez lui.

— Tu crois que Joris Mareel pourrait être derrière cette histoire ?

— Possible, dit Catrysse en soupirant.

— Ce jeune homme commence à me courir sur le haricot ! dit Van In.

— Si c'est lui, il ne faut pas chercher son mobile bien loin. Il est jaloux de la réussite de son demi-frère.

— Hanne a sans doute raison, dit Versavel. Imaginez que Katja Geenen ait appris via Nolens que Vermeersch et Joris Mareel étaient demi-frères… Les histoires de ce genre remontent toujours à la surface à l'époque du carnaval. Le reste est facile à deviner.

Joris Mareel se met en colère. Il tue Katja dans un accès de rage. Puis, il décide de se venger de Nolens et de Vermeersch.

— En enlevant son demi-frère ? »

Van In interrogea Catrysse du regard.

« Tu le connais bien. Ça te semble plausible ? »

L'inspecteur en chef prit une profonde inspiration.

« Joris ignore que Vermeersch est son demi-frère. Annelies ne le lui a jamais dit. Elle avait peur qu'il le fasse chanter. »

Van In poussa un juron.

« Merde, à la fin ! Qu'est-ce que tu sais encore que nous ne savons pas ?! » pesta-t-il.

Catrysse baissa les paupières. Il avait fait de son mieux. Il ne pouvait pas couvrir Joris davantage.

« Il croit que je suis son père, murmura-t-il.

— Et ce n'est pas vrai ? dit Van In en regardant Catrysse droit dans les yeux.

— Non, ce n'est pas vrai.

— Qui est-ce, alors ?

— Je l'ignore. À l'époque, Annelies voyait beaucoup de monde.

— Qu'est-ce que tu veux dire ? Qu'elle se prostituait ?

— Se prostituer, c'est un bien grand mot. Mais pas mal d'hommes savaient, euh, qu'elle était accessible. Surtout pendant le carnaval. Demande donc aux Tireurs de mules !

— Aux Tireurs de mules ?!

— Une société de carnavaleux à laquelle Annelies appartenait. Elle s'occupait des costumes.

— Est-ce que Joris le sait ?

— Aucune idée. »

Catrysse était au bord des larmes. Hannelore éprouvait de la compassion pour lui. Elle s'empara de son sac, en sortit un paquet de mouchoirs en papier et lui en tendit un.

« Laisse-le un peu respirer, Van In. »

Cinq minutes plus tard, Catrysse déballait toute l'histoire et dressait la liste des hommes qui rendaient régulièrement visite à Annelies Mareel vingt ans plus tôt. Il y avait parmi eux un certain Yvan Degieter, un ingénieur haut placé à la Société ferroviaire brugeoise, l'entreprise dont Benjamin était administrateur délégué.

« Comme par hasard ! » s'exclama Van In.

Catrysse avait posé les coudes sur la table et s'était pris la tête dans les mains. Il venait de dire adieu à ses chances de devenir commissaire un jour.

« J'aurais dû vous raconter tout ça dès le début, dit-il entre deux hoquets. Mais j'avais peur qu'Annelies s'effondre si Joris apprenait par la presse comment elle avait gagné sa vie dans sa jeunesse. »

Van In voulut objecter quelque chose, mais Hannelore lui cloua le bec d'un regard.

« Tu as dû vraiment beaucoup l'aimer », dit-elle.

Des sanglots soulevaient les épaules de Catrysse. Une larme roula entre ses doigts et descendit le long de sa main.

« Laissez-moi seule avec lui, dit Hannelore. Je m'en occupe. »

Les bâtiments de la SFB s'étendaient sur plus de trois hectares. Versavel gara la Golf sur le parking réservé à la direction. Il n'y avait pas besoin de lire le panneau pour en être averti : il suffisait de regarder les voitures qui y étaient stationnées.

Ils avaient rendez-vous avec l'ingénieur Yvan Degieter.

« Belle entreprise ! » dit Van In alors qu'ils pénétraient dans le hall.

Deux charmantes jeunes filles vêtues d'un tailleur impeccable travaillaient au guichet de la réception. L'une était en train de téléphoner ; l'autre fixait l'écran de son ordinateur en plissant les yeux. Deux canapés hors de prix occupaient l'espace, surmontés d'une énorme toile aux couleurs vives qui avait dû coûter une petite fortune. Le sol brillait comme un miroir. Van In et Versavel firent quelques pas. La réceptionniste occupée à son ordinateur les accueillit aussitôt.

« Nous avons rendez-vous avec M. Degieter », dit Van In.

La jeune femme hocha la tête et consulta l'agenda d'Yvan Degieter.

« M. Degieter est encore en rendez-vous. Voulez-vous prendre la peine de l'attendre un peu ? » dit-elle en indiquant les canapés et en adressant aux deux hommes un sourire désarmant.

Van In détestait attendre, mais que n'aurait-il accepté d'un si joli minois ?

« Drôle d'histoire ! » dit-il en s'asseyant.

Tous les hommes qui avaient eu des rapports avec

Annelies Mareel à l'époque avaient un élément en commun : ils faisaient partie de la même société de carnaval.

« Je me demande pourquoi Catrysse a gardé le silence si longtemps, dit Versavel. À l'entendre, la confiance est une denrée rare, à Blankenberge !

— C'est peut-être l'air de la mer », commenta Van In évasivement.

Catrysse leur avait glissé que Jacques Brel avait eu une maîtresse dans la petite station balnéaire et qu'il avait été de temps à autre signalé à bord d'un yacht princier dans le port de plaisance.

« Quand je serai à la retraite, c'est décidé, je viens vivre à Blankenberge ! décréta Van In.

— Voilà qui va plaire à Hannelore ! »

Degieter les laissa poireauter une bonne demi-heure, mais une des réceptionnistes leur donna enfin le signal : ils étaient attendus. Ils prirent l'ascenseur pour le troisième étage où ils furent accueillis par un collaborateur de Degieter.

« Vous permettez encore un instant ? demanda l'homme d'un air charmant. M. Degieter est à vous tout de suite ! » dit-il en les guidant vers une petite salle d'attente et en leur proposant une boisson.

« Allô. Ici Degieter. Je peux parler ?

— Bien sûr.

— On a les flics sur le dos. Ils m'attendent dans la pièce à côté. Qu'est-ce que je dois faire, bon sang ? S'ils demandent à voir la comptabilité, on est perdus.

— Du calme, Yvan. Du calme !

— Comment veux-tu que je reste calme ?! »

Degieter était en nage. Son cœur battait la chamade.

« Si tu montres que tu es nerveux, c'est sûr qu'on est dans la merde. »

Erwin Nolens poussa un profond soupir. Degieter était un trouillard. Si les flics lui mettaient la pression, il essaierait de sauver sa peau, point barre.

« Ils ont dit pourquoi ils voulaient te voir ? Tu as peut-être oublié de payer une amende de stationnement ? »

Degieter partit d'un rire hystérique.

« Une amende de stationnement ! Parce que tu crois qu'ils envoient un commissaire et un inspecteur en chef pour ça ?!

— Le commissaire Van In ?

— Tu le connais ? »

Nolens respirait. Van In ne s'occupait pas de la fraude. Son truc, c'était les crimes.

« Te fais pas de bile, Yvan. Van In vient t'interroger en lien avec la disparition de Vermeersch.

— Mais je n'ai rien à voir avec cette histoire !

— Non, tu n'as rien à voir avec cette histoire. »

Degieter avait raison. Et pourtant, Nolens ne pouvait s'empêcher de penser que Van In ignorait tout de la commission que l'Union Rail avait reçue en échange d'une fausse adjudication qui lui avait fait remporter une commande de plusieurs dizaines de millions.

« Qu'est-ce que je dois faire ?

— Tu leur en racontes le moins possible et tu me rappelles dès qu'ils sont partis. Et de grâce, reste calme ! Van In est un chasseur. Ce type flaire la peur comme pas deux ! »

« M. Degieter va vous recevoir, dit le collaborateur qui les avait accueillis à leur sortie de l'ascenseur.

— Eh bien ! Pas trop tôt ! » grommela Van In.

L'employé frappa à une porte et la leur ouvrit.

« Entrez, messieurs ! »

Degieter trônait derrière un imposant bureau en noyer massif. Un volumineux dossier était posé devant lui. Il était clair que la SFB ne ménageait pas sa peine pour plaire à ses cadres supérieurs. Les fauteuils portaient la signature d'un créateur célèbre et un écran à plasma ultrafin était accroché au mur.

« Puis-je vous offrir à boire ? proposa Degieter.

— Non merci, dit Van In sèchement. Depuis une demi-heure qu'on attend, la soif nous a passé. »

Degieter pâlit, mais réussit à cacher son trouble.

« Mais je vous en prie, asseyez-vous ! dit l'ingénieur en leur indiquant un siège. En quoi puis-je vous être utile ? »

Le tremblement dans sa voix n'avait pas échappé à Van In. Il décida de tourner un peu autour du pot, juste pour le plaisir.

« C'est une bien belle entreprise que vous avez là, monsieur Degieter. Je ne savais pas que c'était si grand !

— Nous avons fait de gros travaux d'extension l'année dernière, répondit Degieter.

— Les affaires marchent bien, alors ! »

Degieter cligna des yeux. Nolens avait mal évalué

la situation. Van In savait que la SFB était dans les ennuis jusqu'au cou.

« On ne peut pas se plaindre, commissaire. »

Van In allongea les jambes et nota mentalement que Degieter était assis sur le bord de son fauteuil, le dos bien droit. Il avait l'air d'un petit employé qui vient solliciter une augmentation.

« Vous avez combien de salariés ? demanda Van In.

— Je ne connais pas le chiffre exact.

— À la louche, alors !

— Entre huit et neuf cents. »

Degieter songea aux deux cent cinquante mille euros qu'il avait fait transiter en douce dans une banque étrangère. Cela ne dura que quelques secondes, mais il eut une sorte de vision. Les billets dans un coffre sombre... Le visage de Van In qui apparaissait... Il ouvrait le coffre... Il le vidait et mettait les billets dans un énorme sac de toile. Son corps fut parcouru d'un frisson. Il revint à lui.

« Puis-je vous demander votre fonction ?

— Je suis ingénieur, dit-il en bégayant presque.

— Je sais, dit Van In. Mais que faites-vous exactement dans la société ?

— Je suis responsable des adjudications.

— Ah. »

Van In savait d'expérience que les gens devenaient nerveux quand on les plongeait dans le doute. Mais il ne comprenait pas pourquoi Degieter était si mal à l'aise. Cet homme avait de grandes responsabilités. À son niveau, on savait faire face au stress.

« Si vous désirez en savoir plus sur notre entreprise, je peux vous faire parvenir de la documentation », dit Degieter, plus assuré, comme s'il avait lu dans ses pensées.

Van In sourit et coula un regard en direction de Versavel qui n'avait pas lâché Degieter des yeux.

« Excusez-moi de vous ennuyer avec des questions aussi triviales, dit-il. Mais il m'arrive rarement d'être en contact avec un haut responsable d'une entreprise d'une telle importance.

— Je comprends », dit Degieter.

Il s'assit dans le fond de son siège et croisa les jambes. Nolens avait peut-être raison. La visite du commissaire Van In n'avait apparemment rien à voir avec les délits d'initiés.

« Je suis ici pour vous parler de deux choses, commença Van In. La disparition de Benjamin Vermeersch et votre relation avec Annelies Mareel.

— Annelies Mareel ?

— En effet, répondit Van In. Vous ne niez pas avoir eu des rapports avec elle ?

— C'était il y a vingt ans, commissaire.

— Je sais. Et, tout comme moi vous n'ignorez pas que vous n'étiez pas le seul ?

— C'est possible.

— Vous étiez au courant ou non, monsieur Degieter ? »

En temps normal, Degieter se serait fâché et aurait dit à Van In que cela ne le regardait pas.

« C'est vrai qu'Annelies avait souvent des visites, dit-il, un peu penaud.

— Des hommes qui se connaissaient entre eux. Si je ne m'abuse… » Van In sortit la liste de sa poche et commença à énumérer les noms. « Si je ne m'abuse, vous étiez tous membres de la même société de carnaval.

— C'est un crime ? demanda Degieter d'une façon un peu trop appuyée.

— Vous êtes encore membre de cette société ?

— Bien sûr.

— Vous avez fêté le carnaval de Blankenberge, la semaine dernière ?

— Oui, comme tous les ans depuis vingt ans.

— Connaissez-vous Erwin Nolens ?

— C'est notre réviseur d'entreprises.

— Vous avez fêté le carnaval ensemble ?

— À ma connaissance, Erwin ne fête pas le carnaval.

— Mais il réside régulièrement à Blankenberge ? »

Van In n'accordait pas grand crédit à l'histoire que lui avait racontée Nolens. Il continuait à se demander pourquoi il ne s'était pas installé dans son appartement de la digue après l'incendie de sa maison. À moins qu'il n'ait eu peur que Joris vienne l'y chercher ?

« Avant, Nolens vivait à Blankenberge. L'appartement est celui de ses parents.

— C'était à quelle époque ? Il y a une vingtaine d'années ?

— À peu près, oui. »

Les pièces du puzzle commençaient à s'emboîter. La plupart des personnes concernées par cette affaire avaient un lien avec Blankenberge et avec le carnaval. Van In alluma une cigarette sans en demander l'autorisation. La fumée lui piqua les yeux.

« Vous connaissiez Katja Geenen ?

— J'ai lu ce qui lui est arrivé dans les journaux.

— Vous ne répondez pas à ma question. »

Degieter humecta sa lèvre supérieure. Il se faisait l'impression d'une mouche qui vient de se poser sur une toile d'araignée. Que savait Van In, précisément ?

« Nolens aime les petites jeunes, dit-il.

— Seulement les petites jeunes ?

— Il faut le lui demander. »

La sonnerie du téléphone retentit. Degieter décrocha.

« Dites-lui que je le rappelle dans un quart d'heure ! » dit-il d'une voix nerveuse.

Il raccrocha. Il avait les traits tendus et clignait des yeux comme un malade. La Justice était généralement clémente avec les repentis. Il avait peut-être intérêt à tout avouer. Avec de la chance, il s'en sortirait avec une peine avec sursis. Si le conseil d'administration de la SFB annonçait prochainement qu'elle était dans l'obligation de faire des économies, et donc de licencier des centaines de membres de son personnel, il était évident qu'une enquête externe serait ordonnée. La fraude viendrait forcément au jour.

« Il y a autre chose, dit Van In. Benjamin Vermeersch a été enlevé. La rançon demandée s'élève à sept cent cinquante mille euros. »

L'Union Rail avait payé sept cent cinquante mille

euros de pot-de-vin pour qu'il maquille l'offre de la SFB. Degieter se prit le front dans les mains.

« Ce n'est pas vrai !

— Je n'ai pas fini, poursuivit Van In. Le ou les ravisseurs partent du principe que la SFB va financer une partie de la rançon. Ils menacent de laisser mourir Vermeersch si l'argent demandé ne leur est pas livré dans les quarante-huit heures.

— Je ne peux pas prendre cette décision, dit Degieter. C'est du ressort du conseil d'administration.

— Il vous faut combien de temps pour convoquer un CA en urgence ?

— Ça dépend.

— De quoi ? »

Degieter expliqua qu'il n'était pas si facile de convoquer un conseil d'administration dans un si court délai. Les administrateurs étaient des gens très occupés, et beaucoup résidaient à l'étranger. En outre, il n'était pas certain qu'ils se sentent forcément concernés par la question. Van In l'écoutait avec une consternation croissante. En réalité, il sentait monter en lui une colère terrible à l'idée que, comme Degieter en évoquait la possibilité, les membres du conseil d'administration puissent vouloir prendre leurs distances avec cette affaire.

« Si la presse a vent de cela, elle ne sera pas tendre pour la SFB », dit-il, peu amène.

Degieter se reprit instantanément. Telles que les affaires se présentaient pour le moment – l'entreprise se préparait à une vaste restructuration –, toute publicité négative était à éviter à tout prix.

« Je vais voir ce que je peux faire, dit-il. Mais ce ne sera de toute façon pas avant demain.

— Appelez-moi dès que possible. »

Degieter regarda Van In d'un air incrédule.

« Le conseil d'administration siège à huis clos, commissaire. Vous ne pensez tout de même pas que…

— Ce que je pense n'a pas d'importance, monsieur Degieter. En revanche, je suis curieux de ce que penseront les gens quand ils apprendront que la SFB refuse de collaborer avec la police. »

Degieter n'osa pas dire à Van In que Benjamin Vermeersch était assis sur un siège éjectable à son poste d'administrateur délégué et que cela faisait déjà un certain temps que des bruits couraient disant que le conseil d'administration se cherchait un manager de crise pour sortir l'entreprise du rouge.

« Je vais faire de mon mieux pour les convaincre, dit-il. Je vous contacte dès que j'ai du nouveau. »

Hannelore remonta le col de sa veste et laissa errer ses yeux sur la masse grise des vagues. L'inspecteur en chef Catrysse marchait à côté d'elle, les mains dans les poches. L'air frais lui faisait du bien. Il était content d'avoir accepté de faire une balade sur la digue avec la juge d'instruction.

« Joris est comme un fils pour moi, dit-il. Je n'arrive pas à croire qu'il envisage de laisser quelqu'un mourir de faim.

— Mais tu crois comme nous qu'il est lié à toute l'affaire ? » demanda Hannelore.

Une bande de mouettes les survola en les frôlant

presque, à la recherche de nourriture. Deux chiens gambadaient sur la plage. Un vieux couple regardait la mer depuis un banc. Au loin, la jetée semblait enjamber l'eau tel un insecte géant.

« Oui, répondit Catrysse. Je ne peux pas dire le contraire.

— Mais est-ce que tu l'imagines concocter un plan pareil ?

— Quand un animal se sent pris en chasse, il devient capable de tout.

— Qui l'a pris en chasse, Luc ? »

C'était la première fois que Hannelore appelait Catrysse par son prénom. Elle éprouvait de la compassion pour lui, et elle avait l'intuition qu'il était le seul à comprendre réellement ce qui se passait.

« Il est arrivé quelque chose au carnaval qui l'a bouleversé, dit Catrysse. Quelqu'un l'a brusquement confronté à son passé, et il a pété un câble.

— Cela concernerait son père ?

— Ou sa mère. »

La voix chaude de la juge d'instruction lui faisait du bien. Il appréciait sa présence.

« Pourquoi Benjamin Vermeersch ne les a-t-il jamais soutenus financièrement ?

— Vermeersch est un égoïste qui a renié ses origines et qui n'a jamais compris que sa vraie mère avait continué à l'aimer. Du haut de son poste d'administrateur délégué d'une grande entreprise, il peut difficilement admettre que sa mère a vendu son corps pour offrir une éducation plus ou moins décente à son demi-frère !

— Tu as peut-être raison, dit Hannelore. Mais cela n'explique pas pourquoi il aurait voulu se venger de Nolens. »

Catrysse s'immobilisa.

« Je ne sais pas, dit-il.

— Tu en es certain, Luc ? » demanda Hannelore en posant une main sur son épaule et en le regardant avec empathie.

Les hommes doux la rendaient mélancolique. Catrysse lui rappelait Alain, un homme plus âgé avec qui elle avait eu une brève relation avant de rencontrer Van In. Les deux hommes se ressemblaient : ils avaient la même âme torturée.

Catherine Vermeersch réagit avec froideur à la nouvelle que son mari avait été enlevé, mais quand Van In lui communiqua le montant de la rançon, elle éclata d'un rire hystérique.

« Sept cent cinquante mille euros ! Ces hommes sont fous ?! »

Elle se laissa tomber sur son canapé et regarda Van In et Versavel d'un air désespéré.

« C'est en effet une énorme somme d'argent, madame, dit Versavel. Mais… »

Il regarda autour de lui d'un air entendu.

« Mais quoi ? dit Catherine Vermeersch.

— La maison les vaut largement. Aucun banquier n'hésiterait à l'hypothéquer pour vous accorder un emprunt. »

Catherine Vermeersch éclata de rire une deuxième fois.

« La maison et les meubles appartiennent à la société. Nous y logeons gratuitement, mais c'est considéré comme un avantage en nature qui est déduit du salaire de Benjamin. C'est pareil pour la BMW. Et maintenant, vous allez sans doute me dire qu'avec son énorme salaire, un administrateur délégué d'une entreprise comme la SFB a sûrement gardé une poire pour sa soif, mais là aussi je vais vous décevoir. Plus de la moitié de son salaire est composé d'actions de l'entreprise, et elle connaît pour le moment des difficultés en Bourse. Une bonne part des deux cent mille euros annuels restants va au fisc. Les gens croient que nous sommes riches, mais ils oublient que le mandat de Benjamin à la tête de la SFB n'est que de trois ans et que nous sommes contraints de maintenir un certain standing. »

Van In était tenté de la croire : cela paraissait logique. L'homme de la rue était souvent aveuglé par les hauts salaires, oubliant qu'ils étaient exprimés en brut, pas en net.

« Combien d'argent pourriez-vous rassembler, madame ? »

La question était indiscrète, mais Catherine Vermeersch ne s'en formalisa pas.

Elle prit une mine grave et passa mentalement en revue le solde de ses comptes.

« Cent cinquante mille, peut-être deux cent mille, dit-elle après un moment. Mais il faudrait que la banque soit compréhensive.

— Comment ça ?

— Je n'ai pas procuration sur tous les comptes,

répondit-elle. Benjamin est particulièrement méfiant dès qu'il s'agit d'argent. Je reçois une somme mensuelle, et j'ai une petite épargne. Le reste est à son nom. »

Elle avait maintenant l'air très triste. Moins parce qu'une mort certaine attendait son mari si la rançon ne parvenait pas à être payée que parce qu'elle se rendait subitement compte que l'argent qu'elle hériterait de lui ne la mettrait pas à l'abri du besoin, même en tenant compte de l'assurance-vie que la société avait contractée au nom de Benjamin.

« Qu'est-ce que je dois faire, commissaire ? demanda-t-elle en se mettant à arpenter la pièce comme un lion en cage.

— Nolens ne peut pas vous aider ? » tenta Versavel.

Elle s'immobilisa comme frappée par la foudre.

« Nolens ne donnerait pas cent euros pour aider sa mère ! dit-elle.

— De la famille ? Des amis ?

— Ses parents vivent dans la misère. Et Benjamin n'a pas d'amis. Il n'aime que son travail.

— Mouais », dit Van In.

En général, la famille et les amis se mobilisaient pour rassembler le montant de la rançon, tandis que la police se concentrait sur la recherche des ravisseurs. Là, elle devait s'occuper des deux, ce qui n'était pas banal.

« Vous êtes certain qu'il a été enlevé ?

— Pourquoi cette question, madame ? »

Catherine Vermeersch sourit.

« Benjamin est capable de tout pour gagner de l'argent.

— Vous voulez dire que…

— Cela ne m'étonnerait pas qu'il table sur le fait que ce soit la SFB qui paie. Pourquoi n'ai-je pas reçu la demande de rançon ? »

La question était pertinente, et Van In y avait déjà beaucoup réfléchi. Mais il n'avait pas imaginé un instant que l'homme d'affaires ait lui-même monté toute cette histoire. Mais en effet, cela se tenait… En envoyant la demande de rançon à la police, il s'assurait qu'elle serait prise en compte.

« Cela nous surprend aussi », dit-il.

Van In alluma distraitement une cigarette. Des volutes bleues s'élevèrent en direction du plafond.

« Vous avez une piste, au sujet des ravisseurs ?

— Nous disposons de quelques indices », dit Van In en hochant la tête.

Il fut à deux doigts de communiquer ce qu'il savait à Catherine Vermeersch et de lui demander si elle connaissait Joris Mareel, mais il se ravisa. C'était peut-être prématuré.

« Nous vous tiendrons informée de la décision du conseil d'administration, dit-il. À part cela, nous ne pouvons rien faire d'autre qu'attendre que les ravisseurs reprennent contact.

— Merci, commissaire ! » dit Catherine en se précipitant sur Van In pour lui faire la bise.

Versavel regarda ailleurs. Hannelore avait eu une excellente idée de rester à Blankenberge.

Il faisait bien chaud à La Regatta. Les tables étaient décorées de petites bougies allumées et les haut-parleurs diffusaient une agréable musique d'ambiance. Les mâts dansaient dans le port de plaisance. Le serveur d'origine turque affublé d'un horrible accent gantois les salua chaleureusement et prit leur vestiaire.

Van In s'assit à côté d'Hannelore et posa une main sur sa cuisse.

« Comment s'est passée ta journée ? demanda-t-il.

— J'ai faim ! répondit-elle.

— Ça doit être le bon air de la mer ! dit Versavel en souriant.

— Est-ce que Catrysse a lâché quelque chose ? »

Van In alluma une cigarette et inspira profondément la fumée. L'air de la mer n'affûtait pas seulement l'appétit, il purifiait aussi les poumons.

« Il a soulagé son cœur… »

Durant la longue marche qu'ils avaient faite l'après-midi, Catrysse avait confié à Hannelore que son mariage battait de l'aile depuis plusieurs années. Et elle lui avait dit des choses sur Van In qu'elle aurait mieux fait de garder pour elle. Chemin faisant, ils avaient apprécié la beauté des dunes, la fraîcheur de la brise et le soleil chiche qui avait de temps en temps transpercé les nuages.

« À propos de sa romance avec Annelies Mareel ?

— Pas vraiment », dit Hannelore, rêveuse.

Le serveur leur apporta la carte et prit la commande des boissons. Van In demanda une bouteille de bourgogne. Versavel et Hannelore s'en tinrent à de l'eau minérale.

« Qu'est-ce que vous voulez manger ?

— Faisons comme la dernière fois, proposa Hannelore.

— Alors, je prends des huîtres en entrée. Vous aussi ? »

Versavel fit non de la tête. Il pensait à Frank, qui était seul chez eux.

« On va rester combien de temps ici ?

— Tu n'as quand même pas envie de rentrer chez toi ! s'exclama Van In.

— Mais laisse-le tranquille ! dit Hannelore.

— Je me demande comment tu te sentirais si tu devais dormir tout seul dans un lit qui n'est pas le tien.

— Je ne commanderais pas des huîtres, en tout cas, dit Van In en souriant.

— Abruti ! »

Hannelore passa un bras autour des épaules de Versavel et l'attira contre elle en passant une main dans ses cheveux.

« Si tu n'étais pas homo, je dormirais avec toi cette nuit, dit-elle d'une voix douce.

— Et si mon oncle avait des seins, on l'appellerait ma tante.

— Arrête avec tes blagues stupides, Van In. »

Hannelore caressa le dos de Versavel avec amour en se demandant combien de temps Van In allait tenir sans faire la moindre remarque.

10

En grand romantique, le procureur Beekman aimait un bon bourgogne, les auteurs du dix-neuvième siècle et un intérieur confortable. Il avait banni de son bureau les armoires à archives métalliques et les meubles fonctionnels pour n'y accueillir que le mobilier hérité de ses grands-parents. Quand il voulait discuter de quelque chose, c'était toujours au fond d'un fauteuil confortable, autour de la table basse. La pièce était d'autant plus chaleureuse qu'elle était envahie de plantes en pot qu'il bichonnait. Elles étaient sa fierté.

Lorsque Hannelore et Van In frappèrent à sa porte, il était occupé à donner de l'engrais à un luxuriant ficus. Il posa l'arrosoir sur l'appui de fenêtre et alla ouvrir à contrecœur.

« Bonjour, Jozef ! »

Quand il vit Hannelore, le visage de Beekman s'éclaircit. S'il appréciait le confort, il aimait plus encore les jolies femmes. Il lui fit la bise. Van In dut se contenter d'une furtive poignée de main.

« Quel bon vent vous amène de si grand matin ? demanda-t-il.

— Van In est attendu à dix heures à une réunion spéciale du conseil d'administration de la SFB, expliqua Hannelore. En lien avec l'enlèvement de Vermeersch.

— L'enquête progresse ?

— Pas vraiment », répondit Van In.

Le procureur hocha la tête, une habitude héritée de l'époque où il était encore substitut et où il menait quotidiennement des interrogatoires.

« Nous avons besoin de plus de moyens, Jozef », dit Hannelore en le regardant comme le font les femmes lorsqu'elles désirent vraiment quelque chose : en tentant de l'hypnotiser avec ses grands yeux gris.

« Plus de moyens, répéta Beekman. Nous allons discuter tout à notre aise. »

Il appela sa secrétaire et lui demanda de leur apporter du café.

« Voilà ! dit-il. Une affaire de réglée ! »

Ils prirent place dans les fauteuils de velours. Beekman sortit ses cigarettes de la poche de son pantalon et en offrit une à Van In. Il était bien interdit de fumer, mais qui s'en souciait ? Les plaintes finissaient par aboutir sur le bureau du procureur, non ?

« Nous sommes pratiquement certains que Joris Mareel est derrière l'enlèvement de Vermeersch, commença Van In. Et il nous semble très vraisemblable qu'il ait trouvé une planque à Blankenberge ou dans les environs. Nous avons distribué sa photo à tous les hommes disponibles, mais cela n'a pour le moment rien donné.

— Tu veux des renforts, c'est ça ?

— Oui, mais pas seulement », répondit Van In.

Beekman fronça les sourcils. Ce n'était pas la première fois que Van In menait une enquête d'une façon plutôt personnelle et qu'il se montrait gourmand.

« Je ne peux pas, hélas, te procurer un satellite espion, Van In.

— Vous n'êtes pas loin, en fait, monsieur le procureur. »

On frappa à la porte. Une jeune femme en tailleur entra avec le café et un assortiment de biscuits et de pralines[1]. Beekman la remercia d'un sourire et la complimenta sur sa mise.

« Une fois de plus, tu es ravissante, aujourd'hui, Ingrid ! »

La jeune femme remercia d'un timide signe de la tête et s'éclipsa.

« Que disais-tu, Van In ? Tu veux bien répéter ?

— Je disais que vous n'étiez pas loin, monsieur le procureur.

— Mais je te redis que je n'ai pas les moyens de t'offrir un satellite espion, même à basse altitude.

— Ce n'est pas grave, répondit Van In. Je me contenterai de cinquante caméras de surveillance. »

Beekman s'enfonça dans son fauteuil, croisa les jambes et posa une main sur l'autre.

1. Des chocolats, spécialité belge, comme on sait.

« Il n'a quand même pas bu ? demanda-t-il à l'adresse d'Hannelore.

— Non, Jozef. Il lui arrive, en effet, de prendre un verre ou deux, mais là, non. Il est on ne peut plus sérieux.

— Où veux-tu que j'aille chercher cinquante caméras de surveillance ?

— Là où il n'y a rien à surveiller, répondit Van In, laconique.

— Je le préfère quand il a bu, commenta Beekman avec un clin d'œil à Hannelore.

— Ce n'est pas tout, Jozef », dit-elle.

Beekman prit une praline, la fourra dans sa bouche et alluma une cigarette, histoire d'accuser le coup.

« Et deux ou trois hélicoptères ? proposa-t-il. Tu y as pensé ?

— Pas encore, répondit Van In. En fait, je me contenterais de cinq chiens pisteurs.

— Si je t'en mets dix, c'est bon aussi ?

— Plus vous m'en donnerez, mieux ce sera, monsieur le procureur. »

Beekman enfourna une seconde praline. Si Van In continuait sur cette voie, il faudrait bientôt qu'il consulte son dentiste.

« Nous disposons d'un seul chien pisteur, Van In. Tu sais combien ça coûte ?

— On peut en emprunter aux corps de police avec qui nous sommes en bons termes, non ?

— De mieux en mieux, intervint Hannelore, stupéfaite que Beekman reste aussi calme alors qu'au parquet tout le monde savait qu'il avait horreur qu'on lui force ainsi la main.

— Puis-je me permettre d'ajouter, monsieur le procureur, que j'ai besoin de tout cela très rapidement ? Dans les vingt-quatre heures, si possible. »

Tant va la cruche à l'eau qu'elle se casse. Beekman prit une profonde inspiration avant d'expirer longuement.

« En admettant que j'accepte, il me faudrait au bas mot une semaine, dit-il.

— Benjamin Vermeersch est un homme important, répondit Van In, imperturbable. Et vous avez suffisamment d'entregent pour persuader certaines personnes de prendre la décision *ad hoc*, monsieur le procureur. »

Beekman était à tu et à toi avec le ministre de l'Intérieur – ils déjeunaient ensemble régulièrement. C'était aussi un grand ami du chef de la Sûreté de l'État.

« Peut-être, souffla Beekman. Mais je ne suis pas le Christ-Sauveur, non plus.

— Deux petits miracles me suffiraient pour croire en toi, saint Jozef, dit Hannelore en riant.

— Cinquante caméras et cinq chiens pisteurs, répéta Beekman en soupirant.

— Je me contenterais de quarante-neuf, monsieur le procureur.

— Tu veux bien arrêter de m'appeler comme ça, Van In ! Je vais faire mon possible. Mais je ne peux rien te promettre.

— Je n'en attendais pas davantage, monsieur le procureur. »

Van In s'octroya une praline. Il voulait savourer sa victoire.

La réunion exceptionnelle du conseil d'administration commença à dix heures pétantes. Van In arriva avec deux minutes de retard, ce qui lui valut de nombreux regards courroucés. Henri Kervyn de la Veilleuze, le président du conseil d'administration, exprima la désapprobation générale.

« Nous n'avons pas toute la journée devant nous ! »

Van In s'excusa et prit place sur l'unique chaise libre. Le conseil d'administration comptait sept membres, en y incluant le président. Il s'agissait sans exception d'hommes âgés aux cheveux gris ramenés en arrière et au teint hâlé portant un costume impeccable, une cravate en soie et des chaussures de confection anglaise ayant coûté une petite fortune.

« Je déclare la réunion ouverte ! » dit Kervyn de la Veilleuze.

Il parlait le néerlandais avec un accent français. Van In aurait parié son budget vacances que les réunions se tenaient normalement dans la langue de Molière.

« Il n'y a qu'un seul point à l'ordre du jour, poursuivit le président. Le paiement éventuel ou l'avance du montant de la rançon exigé par les ravisseurs de notre très estimé administrateur délégué pour sa libération. »

L'aristo se serait sans doute étranglé s'il avait précisé la somme demandée.

« Si je peux me permettre, je vous propose de commencer par écouter le commissaire Van In de la cellule d'enquête spéciale. Il nous expliquera comment… enfin, il va nous exposer les tenants et les aboutissants de cette affaire. Vous avez la parole, commissaire. »

Van In ne savait pas très bien comment procéder. Devait-il se lever ou pouvait-il rester assis ? Et puis, allait-il leur raconter toute l'histoire, ou s'en tenir aux détails liés à la rançon ?

Il prit le parti de rester assis.

« Les ravisseurs exigent une rançon de sept cent cinquante mille euros et menacent de laisser M. Vermeersch mourir de faim s'ils n'obtiennent pas satisfaction. »

Un brouhaha s'éleva aussitôt, sans que Van In comprenne si l'assistance s'esclaffait à propos du montant de la somme ou si elle s'inquiétait du sort réservé à Vermeersch.

« Êtes-vous certain que Benjamin soit toujours en vie ? demanda un petit homme affublé d'un grand nez et d'un regard d'aigle.

— Non, répondit Van In. Jusqu'à présent, nous ne disposons que de la lettre des ravisseurs, rien de plus. »

Le brouhaha reprit de plus belle. Van In crut comprendre que le soulagement dominait. Si Vermeersch était mort, il ne faudrait pas payer.

« Il faut plus que quelques jours, à mon avis, pour faire mourir quelqu'un de faim », dit un autre.

Le ton était donné. Les honorables membres du conseil d'administration disposaient d'ores et déjà de deux arguments pour ne pas payer la rançon. Une troisième personne prit la parole :

« La presse est-elle au courant ?

— Vous n'êtes pas sans savoir qu'il existe dans ce pays le principe du secret de l'instruction. Il n'empêche : certaines personnes se poseront des questions si elles venaient à apprendre que la rançon n'a pas été payée », répondit adroitement le commissaire.

Plusieurs administrateurs, qui avaient une expérience de la presse, manifestèrent leur accord car ils étaient bien placés pour savoir quels dégâts les médias pouvaient occasionner à la réputation d'une entreprise. Ils se souvenaient particulièrement bien de la débâcle de Lernout et Hauspie.

« Je suis d'accord avec le commissaire, dit un mince quinquagénaire au nœud papillon flamboyant. Nous ne pouvons pas risquer d'entacher la bonne réputation de notre entreprise pour épargner une somme qui ne représente qu'une partie infime de notre budget publicitaire annuel. En intervenant, nous pouvons, en revanche, marquer des points auprès des consommateurs. »

Les autres membres du conseil d'administration ricanèrent, ce qui présentait l'avantage d'être clair. La SFB fabriquait des trains et des trams pour de grandes entreprises de transport privées et l'État. Les seuls critères qui les intéressaient étaient le prix et la qualité de leurs produits.

« Je pense que l'enlèvement de Benjamin Vermeersch n'intéressera que la presse nationale, dit le président. Et, pour autant que je sache, cela fait longtemps que l'État ne nous a plus passé aucune commande.

— Excusez-moi de vous contredire, protesta l'homme au nœud papillon. Mais nous avons raté une commande de l'État pas plus tard qu'il y a trois mois.

— Parce que l'offre de l'Union Rail était meilleur marché, répliqua l'homme au regard d'aigle.

— J'ai étudié cette offre, répliqua l'homme au nœud papillon. Elle était parfaite.

— Messieurs, messieurs ! susurra le président. Nous ne sommes pas ici pour parler d'une commande manquée, mais de l'enlèvement de notre très estimé administrateur délégué.

— Il n'en reste pas moins que je maintiens que cette offre était parfaite ! répéta l'homme au nœud papillon.

— Et moi, je vous dis, mon cher Vincent, que notre réunion ne porte pas sur cette offre, répéta le président en indiquant d'un signe du menton la présence d'un étranger. Je suis certain que le commissaire ne s'intéresse aucunement à ce qui nous préoccupe au quotidien, ajouta-t-il presque aimablement. Revenons-en à l'ordre du jour. Qui vote pour le paiement de la rançon ? »

Deux mains se levèrent. Une troisième personne hésita.

« Madame Vermeersch peut apporter deux cent mille euros », dit Van In, tentant d'inverser la tournure de la réunion.

Une troisième main se leva. La décision était désormais du ressort du président du conseil d'administration. Henri Kervyn de la Veilleuze se frotta les joues, qu'il avait rasées de près. Cinq cent cinquante mille euros, c'était une paille pour une entreprise comme la SFB, et il s'agissait d'une somme fiscalement déductible. Mais il nc fallait pas donner de mauvaises idées à d'autres ravisseurs éventuels.

Il avait eu une éducation catholique stricte ; son père lui avait inculqué de ne jamais céder au chantage. Vermeersch n'était pas indispensable. La décision de le remplacer avait même été prise depuis un moment. Mais il n'avait pas envie d'avoir une mort sur la conscience.

« Il faudrait combien de temps pour dégager cette somme, Vincent ?

— Une heure ou deux, monsieur le président, dit l'homme au nœud papillon.

— Et de combien de temps disposons-nous encore, commissaire ?

— Jusqu'à demain matin. À condition que les ravisseurs tiennent parole.

— Dans ce cas, je propose de réfléchir calmement à la situation et de prendre notre décision cet après-midi à quinze heures. Cela vous agrée-t-il, commissaire ? »

Il y eut des hochements de tête. Van In répondit par l'affirmative.

« Alors, je déclare clos ce conseil d'administration exceptionnel », dit le président.

« Et alors ? Tu en sais davantage ? »

Hannelore accueillit Van In avec un baiser et ne protesta pas quand il lui pinça les seins.

« Si j'ai bien suivi, il y a eu un problème avec une offre, dit-il.

— Quel est le rapport avec l'enlèvement de Vermeersch ? »

Van In expliqua qu'il avait cru comprendre que la SFB avait perdu un marché important à cause d'une offre trop élevée. Aux mines qu'il avait observées, la société avait du mal à se relever de ce coup dur.

« Il ne faut pas exclure la possibilité que Vermeersch ait mis son enlèvement en scène. Je ne sais pas ce qui me fait dire ça, mais imagine qu'il ait bidouillé cette offre et qu'il ait ensuite conçu tout un plan pour détourner l'attention et se faire bien voir par-dessus le marché !

— Tu ne vas pas chercher un peu trop loin ?

— Je ne néglige aucune piste, Hanne.

— Quel serait le rôle de Joris Mareel dans ton scénario ?

— Aucune idée ! »

Van In alluma une cigarette et baissa sa vitre. Hannelore démarra et quitta le parking de la SFB.

« Est-ce que Beekman connaît quelqu'un au ministère des Transports ?

— Ça ne m'étonnerait pas, répondit Hannelore.

— Alors, tu veux bien lui couler ton regard de braise et lui demander de se procurer cette fameuse offre ?

— Tu pourrais aussi passer par la voie officielle.

— En effet, répondit Van In. Mais ça n'irait pas aussi vite.

— Jozef ne va pas trouver ça drôle.

— Alors, je ne sais pas, moi ! Chatouille-le sous les bras !

— Comment sais-tu qu'il est particulièrement sensible à cet endroit ? demanda Hannelore en lui lançant un regard de défi.

— Cette fois, je ne tomberai pas dans le panneau, Hanne.

— Même si je te dis où…

— Je ne veux rien savoir, Hanne !

— Mais j'ai le droit de chatouiller le procureur si monsieur a besoin de quelque chose ! »

Van In haussa les épaules.

Benjamin Vermeersch respirait difficilement. Il avait le nez bouché et toussait sans discontinuer. Ses pieds avaient perdu toute sensibilité, son dos lui faisait atrocement mal et ses poignets étaient couverts de plaies à vif car il les avait frottés contre les pierres rêches sans discontinuer, dans une vaine tentative de se libérer de ses menottes. Un rai de lumière perçait dans la trappe au-dessus de sa tête, ce qui signifiait qu'il faisait jour. Il se tourna avec difficulté, à la recherche d'une position plus confortable.

« Qu'ai-je donc fait pour mériter un tel traitement ?! » marmonna-t-il pour la centième fois.

Tout avait commencé lorsqu'un inconnu l'avait appelé, quelques jours auparavant, en lui disant qu'il disposait d'un document prouvant que lui et Nolens avaient trafiqué une offre de prix et reçu en contrepartie la bagatelle de sept cent cinquante mille euros de commission. Ils étaient convenus d'un rendez-vous pour clarifier les choses et c'est à partir de là que tout avait dérapé. Sous la menace d'un pistolet, l'inconnu l'avait fait rouler jusqu'à Blankenberge, où il l'avait poussé à l'intérieur d'une maison. Là, il l'avait forcé à avaler un somnifère.

Qui était cet inconnu ? Pourquoi l'avait-il enfermé dans ce cachot avec moins d'égards qu'on en aurait pour un chien ? Deux nuits déjà étaient passées, et il n'avait rien reçu, ni à boire, ni à manger. On ne l'avait donc pas enlevé pour de l'argent ; le mobile devait être ailleurs.

Benjamin Vermeersch gémit. Combien de temps un être humain pouvait-il tenir dans ces conditions ? Mourir lentement et dans la souffrance, c'était le pire qu'il puisse imaginer. Il avait mis l'énergie du désespoir à se libérer de l'adhésif qui obturait sa bouche, après quoi il avait appelé à l'aide pendant des heures. Personne n'était venu.

Van In et Versavel déambulaient rue de la Loi ; les trottoirs étaient encore recouverts de confettis. Ils avaient rendez-vous avec Norbert Langendries à midi à La Romana, un restaurant italien de la rue des Pêcheurs. Langendries présidait depuis de nombreuses années la société des Tireurs de mules, et il figurait sur la liste de Catrysse.

« J'ai très envie de manger des pâtes ! se réjouit Versavel.

— Ça ne me dit rien du tout », lâcha Van In en lançant une cigarette à moitié fumée dans le caniveau.

Il ne comprenait pas l'engouement général pour les

spaghettis et la pizza et le dédain des plats flamands traditionnels.

« T'inquiète, tu trouveras quelque chose à ton goût ! » répondit Versavel en riant.

Il ouvrit la porte du restaurant et s'effaça pour laisser passer Van In. L'homme à la moustache grise qui se tenait derrière le bar avait dans les quarante-cinq ans. Il s'appelait Vittorio et était originaire de la banlieue de Rome. Il était arrivé en Flandre très jeune, pour travailler dans le restaurant d'un compatriote. Il avait repris l'affaire quand celui-ci était parti à la retraite.

« On voudrait s'installer à une table où il est possible de bavarder tranquillement, dit Van In.

— *Prego !* » répondit Vittorio en balayant la salle vide d'un sourire triste.

Ils s'installèrent non loin de la cuisine. Le chef était en train de travailler de la pâte à pizza.

Le patron présenta la carte des vins à Van In et attendit patiemment qu'il ait choisi. Lorsque le commissaire se décida pour une bouteille de La Segreta, il hocha la tête. Il aimait les clients qui acceptaient de mettre le prix pour déguster un bon vin.

« Langendries est en retard.

— Il n'est que midi dix, Pieter.

— Je déteste les gens qui arrivent en retard », rétorqua Van In en allumant une cigarette.

Il balaya la salle du regard. C'était tout un bric-à-brac de souvenirs d'Italie, complété par des cruches en terre cuite accrochées aux poutres du plafond.

« À mon avis, le voilà qui arrive ! » dit Versavel en

voyant entrer un homme rougeaud affublé d'un ventre énorme surmontant de courtes jambes.

« Monsieur Langendries ? »

L'homme hocha la tête et s'approcha de leur table.

« Veuillez excuser mon retard, dit l'homme, tout essoufflé. Je n'arrivais pas à trouver une place pour ma voiture.

— Cela peut arriver à tout le monde, dit Versavel alors que Van In, silencieux, se demandait si Beekman parviendrait à se procurer une copie de l'offre.

— Qui goûte le vin ? » demanda Vittorio, qui avait déjà humé le bouchon discrètement.

Van In hocha la tête pour signifier qu'il lui faisait confiance. Le calme fut rompu par l'irruption d'un groupe de touristes criards que Vittorio dirigea immédiatement vers une table près de la fenêtre. Versavel s'empara de la carte. Son choix fut vite fait.

« Je prends un osso-buco, dit-il.

— Ils servent aussi des frites ? » demanda Van In.

Versavel fit oui de la tête.

« Alors, pour moi, un osso-buco avec des frites », dit Van In.

Langendries lui jeta un regard stupéfait.

« Vous ne prenez pas d'entrée ?

— Non », dit Van In.

Il but une gorgée de vin. Il était vraiment sublime. L'expérience lui avait appris qu'au restaurant, la qualité du vin annonçait celle de la cuisine. Et puis, il trouvait que le moustachu avait une bonne bouille. Il coula un regard en direction de la cuisine. Le chef faisait tournoyer une pâte à pizza sur le sommet de ses doigts.

« Depuis combien de temps êtes-vous le président des Tireurs de mules, monsieur Langendries ?

— Laissez-moi réfléchir… »

Langendries entreprit de compter sur ses doigts en plissant les yeux.

« Ça doit faire depuis 1982.

— Depuis vingt-trois ans, donc ! » s'exclama Van In.

Il détestait les retardataires et les personnes qui s'avéraient incapables de répondre à une question simple. Mais Langendries était fonctionnaire, ce qui bien sûr expliquait beaucoup de choses.

« Combien de temps avez-vous entretenu une relation avec Annelies Mareel ? »

Langendries rentra subitement le cou entre les épaules, comme au contact d'une anguille électrique.

« Commissaire ! s'exclama-t-il. Ne pourrions-nous pas parler de cela ailleurs ?

— Comme vous voulez, répondit Van In. Allons nous asseoir à une autre table.

— Ce n'est pas ce que je veux dire.

— Moi non plus. Si vous préférez être convoqué au commissariat, pas de problème ! Mais dans ce cas, vous recevrez un courrier de la police, et la curiosité de Mme Langendries sera peut-être éveillée… »

Langendries était rouge pivoine.

« Je n'ai vu cette femme que quelques fois.

— C'est-à-dire ?

— Cinq ou six.

— Et quand ? »

Langendries recommença à compter sur ses doigts.

« En 1983, finit-il par préciser.

— Vous étiez le seul à la voir ?

— Je ne pense pas. »

Van In tira la liste de noms de sa poche, lissa la feuille de papier et la tendit au fonctionnaire.

« Combien d'autres ? demanda-t-il d'une voix pressante.

— Cinq ou six, je crois.

— Vous croyez ?

— Nous étions six. »

La sueur perlait sur son visage. Il avait peur. Van In le tenait.

« Y a-t-il dans cette liste des hommes avec qui vous avez fêté le carnaval la semaine dernière ? »

Langendries indiqua deux noms d'un doigt tremblant : Nolens et Degieter.

« Avez-vous vu Erwin Nolens dans la nuit de dimanche à lundi ?

— Oui.

— Quelle heure était-il ?

— Environ une heure du matin.

— Où était-ce ?

— Au Parasol.

— Katja Geenen était-elle là, elle aussi ?

— Je ne sais pas.

— Mais vous êtes certain qu'Erwin Nolens y était ?

— Je savais quel déguisement il portait. »

Nolens avait donc menti et Vermeersch lui avait fourni un alibi. Étaient-ils impliqués dans le meurtre de Katja Geenen ? La jeune fille avait-elle appris quelque chose qui aurait pu leur nuire ? Quelque chose qui aurait également eu pour effet de faire sortir Joris Mareel de ses gonds ?

Van In alluma pensivement une cigarette, mais il l'écrasa presque aussitôt, car un serveur apportait l'osso-buco. Langendries semblait avoir perdu tout appétit. Il mangea comme un oiseau avant de reposer ses couverts. Van In et Versavel, eux, faisaient honneur au plat.

« Vous avez encore besoin de moi ? » demanda Langendries après une pause.

Van In ferma les yeux et tendit la main vers la bouteille de vin. Dans son assiette, un reste de moelle nageait dans la sauce tomate. Il remplit son verre et étala la moelle sur un morceau de pain qui sortait du four.

« Pour le moment, non. »

Langendries n'avait pas touché à sa moelle. Van In la regardait avec convoitise.

« Vous voudrez bien m'excuser, alors, commissaire ? »

Langendries se leva, paya l'addition au bar et se dépêcha vers la sortie. Il n'avait pas encore fermé la porte derrière lui que Van In s'emparait du contenu de son assiette. Vittorio eut un hochement de tête approbateur.

Joris Mareel releva la visière de son casque et scruta la résidence où Nolens avait un appartement. Malgré la présence policière, il était passé inaperçu. Dans son sac en toile, des menottes, un rouleau d'adhésif, un couteau bien aiguisé, du désinfectant et du sparadrap. Il monta par l'escalier, histoire de prendre moins de risques. Une fois dans l'appartement, il déposa son sac dans la cuisine et s'installa sur le canapé. Si Nolens tenait parole, et il tiendrait parole, ils se verraient d'ici un quart d'heure.

Mareel sortit le faux pistolet de sa poche et le posa sur la table du salon. Les événements des derniers jours l'avaient métamorphosé. Le garçon timide et introverti d'autrefois avait cédé la place à un homme froid et calculateur mû par une obsession unique : se venger de Nolens et de Vermeersch. C'était de la haine, désormais, qui coulait dans ses veines. Elle avait émoussé ses sentiments, affûté sa lucidité et annihilé en lui toute forme de compassion ou d'empathie. Il avait cessé d'avoir peur. Il exécutait chaque phase de son plan dans le mépris le plus total de la mort.

Enfin, il entendit l'ascenseur monter et s'arrêter à son étage. D'un bond, il fut à la porte d'entrée, son pistolet à la main. La porte s'ouvrit. Nolens entra.

« Marche jusqu'au milieu du salon, les mains sur la tête ! » aboya-t-il.

Nolens obéit lorsque le pistolet entra dans son champ de vision.

« Je croyais que vous vouliez me parler ? dit-il.

— Il n'y a rien à dire, trou du cul !

— Pourquoi m'avez-vous demandé de venir, alors ? On peut s'entraider… »

Joris prit le sac qu'il avait laissé dans la cuisine, en sortit les menottes et les jeta à Nolens.

« Menotte-toi et allonge-toi !

— Mais qu'est-ce que vous avez l'intention de faire ? Si vous voulez de l'argent, dites-le ! »

Nolens s'était plusieurs fois sorti de situations extrêmement délicates par la seule vertu de son bagout.

« L'argent ne m'intéresse pas.

— Que voulez-vous, alors ? »

Nolens se menotta les poignets et s'allongea sur le sol.

« Sur le ventre, trou du cul ! »

Joris menotta les chevilles de Nolens. Le réviseur d'entreprises réfléchissait à toute vitesse. Que lui voulait ce type ? Au téléphone, il lui avait demandé très poliment s'ils pouvaient parler de Katja Geenen. Dans un premier temps, Nolens avait eu peur. Il s'était demandé ce que son interlocuteur pouvait bien avoir de si important à lui dire, mais il n'avait pas obtenu de réponse à cette question quand il l'avait posée. « Je ne peux vous le dire qu'entre quatre-z-yeux, lui avait répondu l'autre. Et je vous assure, monsieur, que c'est important », avait-il ajouté.

« Répondez-moi ! Que voulez-vous ?

— Que justice soit faite.

— Que justice soit faite ? Mais pourquoi ?

— Parce que tu as tué Katja, trou du cul ! »

Joris accompagna cette dernière tirade d'un magistral coup de pied dans les côtes de Nolens. L'homme étouffa un juron mais ne put s'empêcher de gémir.

Joris n'avait aucun souci à se faire concernant les voisins : l'appartement du dessous était inoccupé.

« Elle m'a raconté toutes vos petites affaires et tu l'as sans doute appris. Ou alors je me trompe ? »

Joris sortit son couteau de son sac et s'agenouilla sur les poignets menottés de Nolens.

« En fait, personne n'a besoin de ses dix doigts, dit-il. Neuf, ça suffit amplement. »

Nolens sentit la pointe du couteau sur son auriculaire.

« Non ! supplia-t-il.

— De ses deux yeux non plus, ajouta-t-il. Je connais des aveugles qui se débrouillent très bien dans la vie. »

Nolens commença à transpirer à grosses gouttes. Son estomac se retourna et il fut pris d'une terrible nausée.

« Qu'est-ce que tu préfères, Nolens ? Quelques doigts ou un œil ? »

Joris se releva et tourna Nolens sur le dos. La terreur qu'il lut dans les yeux de sa victime lui procura une jouissance extrême.

« Que voulez-vous savoir ? » demanda Nolens.

Il tremblait de tout son corps, mais il savait qu'il devait garder les yeux ouverts.

« Tout ! » déclara Mareel, ivre de pouvoir.

Jamais personne ne lui avait accordé la moindre attention. On l'avait toujours évité, on ne l'avait jamais écouté, ou que d'une oreille. Un homme puissant comme Nolens ne se serait jamais soucié de lui, mais maintenant, c'était lui qui menait la danse ! L'autre était sous sa coupe. Il allait le faire payer !

« Katja a entendu une conversation confidentielle, balbutia Nolens. Je lui ai fait jurer de n'en parler à personne, mais quand elle m'a appelé lundi à une heure du matin, elle était complètement saoule. Elle m'a dit qu'elle avait perdu ses clés. On s'est disputés. Elle a commencé à m'engueuler. Elle m'a dit que tout était permis au carnaval et qu'elle n'avait pas su tenir sa langue quand elle vous avait rencontré.

— Je lui ai piqué ses clés au Parasol quand elle est partie aux toilettes, dit Joris en souriant. Mais c'est un détail. Continue ! »

Nolens hésita. Il avait peur de la réaction de Joris s'il lui confiait le reste. Il se remit à parler quand il vit le couteau se rapprocher dangereusement.

« Katja ne s'intéressait absolument pas à vous. Elle voulait juste vous faire marcher un peu.

— C'est pour ça que tu l'as tuée ? »

Nolens fit non de la tête.

« Elle avait entendu des infos importantes, reprit Mareel. Les sept cent cinquante mille euros de commission que vous avez reçus de l'Union Rail, par exemple.

— Elle t'a raconté ça aussi ?

— En effet, Nolens. Elle m'a raconté ça aussi. Elle était sans doute déjà saoule quand elle m'a traité de minable et qu'elle s'est vantée que tu allais lui offrir une BMW si elle tenait sa langue. »

Nolens sentit renaître l'espoir.

« Je peux vous en donner une, si vous voulez.

Libérez-moi et allons dans un show-room. Vous pourrez choisir le modèle.

— Je ne suis pas une pute comme Katja, Nolens. Qu'est-ce qui permet à des gars comme toi de penser que tous les gens peuvent s'acheter ?

— Réfléchissez, Jo… »

Nolens ne put achever sa phrase. Une douleur insupportable lui arracha un cri de douleur. Joris Mareel venait de lui asséner un nouveau coup de pied dans les côtes.

« Assez parlé ! »

Mareel s'empara de l'adhésif et bâillonna Nolens. Pour faire bonne mesure, il le gratifia d'un troisième coup de pied.

11

« Beekman aura bien mérité son bisou ! dit Van In quand Hannelore l'appela sur le coup de treize heures pour lui annoncer que des techniciens étaient occupés à installer des caméras de surveillance à Blankenberge et qu'on lui avait faxé l'offre de la SFB.

— Et j'ai pris rendez-vous avec maître Dufait, un spécialiste du droit des affaires, pour qu'il analyse le document. On vous attend d'ici une demi-heure à son cabinet, chemin du Chasseur.

— Tu es un amour, Hanne.

— Je sais.

— Et les chiens ? On a du neuf de ce côté-là ?

— Ça a l'air un brin plus compliqué, mais Jozef fait de son mieux.

— Transmets-lui mes amitiés ! »

Versavel consulta sa montre.

« On ferait mieux de se dépêcher, dit-il à Van In.

Le chemin du Chasseur se trouve à l'entrée de Varsenare. »

Van In hocha la tête et mit fin à la communication en embrassant son portable. C'était un festival de bonnes nouvelles. Il était particulièrement content pour les caméras. Dès qu'elles seraient opérationnelles, ils repéreraient beaucoup plus facilement Joris Mareel dans la petite station balnéaire. À moins qu'il ne reste terré quelque part et qu'il fasse agir des complices à sa place.

« On fait quoi, avec Nolens ? demanda Versavel alors qu'ils montaient dans la Golf.

— Tu as son numéro de téléphone avec toi ?

— Je l'ai mémorisé », répondit Versavel.

Ils roulèrent en direction du boulevard De-Smet-de-Naeyer. Aux feux, à hauteur de l'église Saint-Antoine, ils tournèrent à droite en direction de Bruges. Une fois qu'ils furent sortis de la ville, Versavel actionna le gyrophare et la sirène.

« Il a éteint son portable », dit Van In qui avait entretemps essayé d'appeler Nolens plusieurs fois.

Maître Dufait avait son cabinet dans une opulente villa située au milieu du bois. Court sur pattes, il cultivait une barbe fournie, ce qui le faisait ressembler à un nain. Mais les apparences sont trompeuses. C'était un éminent juriste à la mémoire encyclopédique et à l'esprit analytique particulièrement vif. Il gratifia Van In et Versavel d'une solide poignée de main et d'un franc sourire.

« Entrez, messieurs ! »

Il précéda les deux hommes dans son bureau, une pièce sobre et bien éclairée dont un mur entier était occupé par une bibliothèque d'ouvrages juridiques aux reliures de cuir. Un portrait à l'huile accroché entre les deux fenêtres le représentait en toge d'avocat. Au-dessus d'un dressoir, trois ou quatre photos de famille dans leur cadre. Hannelore était assise au bureau, une enveloppe brune posée devant elle.

« Je viens d'arriver ! » dit-elle quand Van In lui fit la bise.

Il s'assit à côté d'elle tandis que maître Dufait allait chercher une chaise supplémentaire pour Versavel.

« Voilà ! »

Hannelore ouvrit l'enveloppe et en sortit deux dossiers. Le premier contenait l'offre approuvée par le conseil d'administration de la SFB ; le second, celui qui avait été envoyé au ministère des Transports. Les documents étaient identiques à première vue. La seule différence notable se trouvait au niveau des prix annoncés, et elle était considérable. Maître Dufait posa les deux dossiers côte à côte et en entreprit la lecture. Avisant un cendrier, Van In alluma une cigarette. La première lecture dura vingt bonnes minutes, au cours desquelles maître Dufait hocha la tête plusieurs fois, sans que ses visiteurs n'osent l'interroger. À sa deuxième lecture, il repassa très lentement sur certaines rubriques, comparant les deux versions mot à mot. Van In en était à sa quatrième cigarette quand un sourire diabolique apparut sur le visage du juriste.

« Les personnes intelligentes commettent généralement des erreurs stupides, dit-il. Regardez ça ! ajouta-t-il en tendant à Van In deux feuilles couvertes de formules complexes et de longs calculs. Qu'en dites-vous ?! »

Van In ne tenta même pas d'y jeter un coup d'œil. Il les refit glisser sur le bureau vers maître Dufait.

« Je ne comprends rien à tout ça, de toute façon, dit-il.

— Et pourtant, c'est simple comme bonjour ! Si mes calculs sont bons, le poids des wagons est 12 % plus élevé ici que là, ce qui a des répercussions énormes sur les coûts quand on connaît le prix de l'acier. Mais j'ai trouvé d'autres anomalies… »

Il s'empara d'une feuille vierge et prit des notes rapides de sa petite écriture soignée. Une demi-heure plus tard, il parvenait à la conclusion que l'offre avait été manipulée sur onze points.

« Ce sont des pratiques fréquentes dans les grandes entreprises, dit-il. La main gauche ignore ce que fait la main droite, et vice versa. Le conseil d'administration laisse la manœuvre à la direction et n'intervient que si les actionnaires se montrent mécontents. On voit ça aussi dans les banques, où des sommes astronomiques transitent d'ici à là en un rien de temps. Je me souviens d'une affaire… »

L'expert tint le crachoir pendant une demi-heure, bien déterminé à leur montrer comment il avait réussi à démasquer un fraudeur notoire.

« Si un jour vous vous retrouvez sans travail, vous êtes le bienvenu chez nous ! » lui dit Van In lorsqu'il eut terminé.

Il pleuvait. Les gens couraient se mettre à l'abri ou luttaient contre leur parapluie. Van In prit une profonde inspiration et ramena en arrière une mèche mouillée.

« J'ai envie d'une Duvel ! » s'exclama-t-il.

Après l'entretien avec maître Dufait, ils avaient roulé jusqu'à Bruges, mais au lieu de s'arrêter au commissariat, Van In avait pour une fois demandé à Versavel de se garer devant L'Estaminet. L'endroit était tellement bondé qu'ils avaient pris la décision de marcher jusqu'au Vlissinghe.

« Et pour vous, ce sera… ? demanda Grietje, la patronne.

— Un thé, s'il vous plaît, dit Hannelore.

— Et moi, un café ! dit Versavel en posant sa casquette sur une chaise tout en en essuyant la visière. Je me demande où se cache Nolens. »

Ils avaient encore essayé de l'appeler plusieurs fois, sans succès.

« Il s'est sans doute planqué quelque part, dit Hannelore. Vous voulez que je lance un avis de recherche ?

— Ça ne me paraît pas une mauvaise idée », répondit Van In en allumant une cigarette et en réceptionnant la Duvel qu'apportait Grietje.

Maintenant qu'il était avéré que l'offre de la SFB avait été maquillée, l'affaire prenait un autre tour. Mais pourquoi Nolens avait-il disparu dans la nature ? Craignait-il d'être arrêté en raison du rôle qu'il avait joué à ce niveau ? Ou sa fuite était-elle liée au meurtre de Katja Geenen ?

« Nous pouvons tracer son mobile, proposa Versavel.

— Excellente idée ! »

Van In but une gorgée de Duvel et claqua la langue.

« Toujours rien de neuf du côté des chiens ? »

Hannelore haussa les épaules.

« Jozef dit que ce serait plus facile de mettre la main sur un hélicoptère. »

Quatre petits vieux jouaient aux cartes dans la salle. Dans un coin, près de la fenêtre, un couple d'amoureux se mangeait des yeux. Hannelore but une gorgée de thé et observa Van In discrètement en pensant aux regards qu'ils s'échangeaient les premiers mois de leur relation. Il était parfois si abattu qu'elle commençait à penser qu'il avait donné tout ce qu'il avait à donner. Ils en avaient parlé une semaine plus tôt, et Van In n'avait pas nié qu'il avait besoin d'un nouveau défi. Elle aussi, elle avait admis qu'elle désirait un changement. Sa carrière au parquet menait à l'impasse. Les hommes montaient, les femmes stagnaient.

« J'ai rencontré une copine du temps de mes études de droit, dit-elle. Devinez ce qu'elle fait aujourd'hui ! »

Van In et Versavel tournèrent la tête vers elle en même temps.

« Qu'est-ce qui te prend ? demanda Van In, stupéfait.

— Allez ! Devinez ! répéta Hannelore, obstinée.

— On a peut-être mieux à faire que de jouer aux devinettes…

— Je vais vous donner un indice. »

Van In ravala sa phrase. Il n'était pas né celui qui réussirait à faire changer d'avis Hannelore.

« Exploratrice !

— Non, répondit Hannelore, étonnée. Mais tu brûles. C'est ton tour, Guido. »

Versavel fronça les sourcils et se tritura pensivement la moustache.

« Elle a ouvert une location de vélos.

— Quel est le rapport ? demanda Hannelore.

— À cet âge-là, les femmes font les choses les plus folles.

— Reinhilde a tout juste un an de plus que moi.

— C'est bien ce que je dis », répondit Versavel avec aplomb.

Van In lui avait parlé des interrogations d'Hannelore et, même s'il avait beaucoup d'amitié pour elle, cette fois, il donnait raison à Van In. Ils avaient mieux à faire que de deviner à quoi cette Reinhilde consacrait sa vie. Mais Hannelore ne se laissait pas démonter.

« À toi, Pieter !

— C'est vraiment nécessaire ?

— À toi de voir, mon chéri. Mais si tu veux ton câlin ce soir, je te conseille de jouer le jeu. »

L'argument, bien sûr, était imparable.

« Elle fait de la voile, tenta Van In.

— Raté.

— Mais cela a un rapport avec les voyages ? demanda Versavel.

— En effet.

— Elle travaille dans une agence de voyages.

— Mieux ! s'exclama Hannelore. Elle en a créé une ! Qu'est-ce que vous dites de ça ? »

Van In était à deux doigts de lui répondre qu'il n'en avait vraiment rien à cirer, mais étant donné la menace qu'elle venait de proférer, il dit avec le maximum de conviction dont il était capable qu'il admirait les femmes qui avaient le sens de l'initiative.

Il aurait mieux fait de tourner sa langue sept fois dans sa bouche. Hannelore bondit de sa chaise et passa un bras autour de ses épaules.

« Tu dis ça sérieusement ? »

Van In était tombé dans le piège. Il n'y avait aucune issue possible.

« Bien sûr, mon amour. »

Elle l'embrassa et se blottit contre lui.

« Alors, je peux parler. J'ai l'intention de reprendre des études ! annonça-t-elle, enthousiaste.

— Comment ça, reprendre des études ?

— Eh bien… reprendre des études.

— Mais en as-tu vraiment le temps ? Tu te plains constamment de crouler sous le travail…

— C'est pour ça que je veux démissionner. »

Pour Van In, ce fut comme si le ciel lui tombait sur la tête. Il gagnait bien sa vie et la maison était presque payée, mais, si elle avait le nez dans ses cahiers, qui s'occuperait des enfants, qui ferait les courses, qui cuisinerait ? Et le soir ? Il serait obligé de rester tout seul ?!

« Je peux te demander ce que tu comptes étudier ? demanda Versavel, curieux.

— La criminologie, répondit-elle fièrement.

— À l'université de Gand ou à celle de Louvain ?

— Je ne sais pas encore, répondit Hannelore en levant la main pour appeler la patronne. Ça s'arrose ! C'est moi qui régale ! »

Van In se cacha le visage dans les mains. Il imaginait la même scène, dans un café d'étudiants, avec elle entourée d'une cour de jeunes types en rut.

Le président du conseil d'administration de la SFB inaugura la seconde réunion exceptionnelle d'un signe de la tête. Il savait que les avis étaient partagés, et lui-même avait fait son choix. La séance serait brève.

« Je suppose que vous avez réfléchi au problème auquel nous sommes confrontés et que vous avez pris votre décision en âme et conscience. Avant de passer au vote, je voudrais préciser deux ou trois points. »

Les administrateurs approuvèrent en silence.

« Nous ne devons pas oublier qu'une vie humaine est en jeu. Par ailleurs, cinq cent cinquante mille euros, c'est loin d'être une petite somme. Mais gardons à l'esprit aussi que nous avons ici à faire à des criminels qui n'hésiteront pas à frapper de nouveau si nous cédons à leurs exigences. »

Le président ne faisait que répéter ce qu'il avait dit le matin même, mais personne ne lui en fit la remarque.

« En outre, la police met tout en œuvre pour arrêter les ravisseurs. Il semble que les enlèvements ont généralement une issue favorable, même en l'absence de paiement d'une rançon. C'est pourquoi je suis d'avis que nous reportions notre décision définitive afin de donner à la police le temps de négocier avec les ravisseurs. »

Les administrateurs continuaient à le regarder d'un air approbateur.

« Je n'ai pas besoin de vous dire que notre entreprise connaît des jours difficiles. Nous allons bientôt devoir nous résoudre à des mesures d'économie draconiennes, lesquelles sont généralement mal perçues par le grand public. C'est la raison pour laquelle il ne me paraît pas mal avisé de prévenir les médias de la tempête que nous traversons et d'utiliser cet enlèvement comme catalyseur. »

Habitués à la langue de bois, les administrateurs hochèrent la tête pour la troisième fois.

Cinq minutes plus tard, la réunion était ajournée, après un vote à l'unanimité.

« On a un gros problème, dit Van In. Le président du conseil d'administration de la SFB vient de m'appeler. Il demande un délai.

— Voilà qui ne va pas faire plaisir à Catherine Vermeersch ! dit Versavel.

— Je n'en suis pas si certain.

— Tu l'as déjà informée ?

— Pas encore. »

La salle de réunion du commissariat était envahie par les écrans d'ordinateurs. Cinq inspecteurs surveillaient attentivement les images qui défilaient en continu. On les relayait toutes les deux heures, afin que leur attention soit toujours maximale.

« Tu crois que Joris Mareel accepterait de négocier ? demanda Versavel.

— Qui sait ? Et si oui, comment ?

— Et si on tentait quelque chose par l'intermédiaire des médias ? »

Versavel n'avait pas achevé sa phrase que le téléphone sonnait. L'inspecteur en chef Catrysse décrocha. Sa mine s'assombrit. Il se tourna vers Van In.

« C'est un journaliste de la télé privée, dit-il, une main sur le combiné. Il demande si nous avons des commentaires à faire au sujet de l'enlèvement de Benjamin Vermeersch. Ils ont déjà envoyé une équipe de cameramen et une voiture satellite. Qu'est-ce que je dis ?

— Demande-leur qui leur a donné l'info !

— Le président du conseil d'administration de la SFB.

— Et merde ! »

Une heure plus tard, la voiture satellite s'arrêtait devant le commissariat et un technicien installait l'antenne. Van In n'eut même pas le temps de se recoiffer. Rayonnant, le rédacteur en chef avait un mot pour chacun des membres de la régie. Une édition spéciale du journal interrompit les programmes. Van In admit au micro que Benjamin Vermeersch avait été enlevé et qu'une rançon avait été réclamée. Il lança un appel aux ravisseurs, leur enjoignant de prendre contact avec la police. Il répondit ensuite laconiquement à toutes les questions sur le déroulement de l'enquête : « Pas de commentaires ! »

Deux minutes plus tard, le téléphone commença à

crépiter. Tous les journaux flamands et belges dépêchaient un journaliste et un photographe à Blankenberge.

« La question est de savoir si Mareel osera encore nous appeler, dit Van In lorsqu'il put enfin prendre un peu de répit.

— Il est obligé, s'il veut son argent.

— Je te rappelle que nous ne l'avons toujours pas, cet argent ! » dit Van In.

Il alluma une cigarette et se servit une tasse de café. Pourquoi Mareel, s'il était bien le ravisseur, avait-il enlevé Vermeersch ? Était-ce vraiment une question d'argent ?

« Commissaire Van In ?

— Oui.

— La police fédérale vient de localiser le portable de Nolens.

— Et ?

— Ils ont arrêté le type qui l'avait en sa possession. »

Giovanni Coens avait vingt-deux ans et travaillait dans une ferblanterie. Célibataire, il vivait encore chez ses parents. La police fédérale l'avait arrêté vingt minutes plus tôt à son café habituel, où il buvait une Pils. Il se trouvait maintenant dans la salle d'interrogatoire du commissariat, menottes aux poignets. Pourquoi les flics ne voulaient-ils pas le croire quand il affirmait avoir trouvé ce portable entre deux voitures en stationnement, la veille au soir, en promenant son chien ?

« Vous maintenez que vous ne connaissez pas Joris Mareel ? demanda Van In.

— Je vous l'ai déjà dit plusieurs fois. »

Van In regarda Versavel, adossé contre la porte. Il avait tendance à croire Coens, mais il ne pouvait pas le laisser filer comme ça. Versavel était apparemment de son avis.

« Vous avez fait la fête, au carnaval ? »

Coens fronça les sourcils.

« Bien sûr, que j'ai fait la fête. Mais je ne vois pas le rapport.

— Où étiez-vous dans la nuit de dimanche à lundi ?

— Au Mer du Nord, avec des amis.

— Au café Mer du Nord ?

— Puisque je vous le dis !

— À votre place, je la jouerais un ton plus bas, mon ami. Complicité de meurtre, ça peut aller chercher loin… »

Van In était presque certain que Coens n'était impliqué ni de près ni de loin dans l'assassinat de Katja Geenen, mais pourquoi ne pas s'amuser à l'intimider un peu ? En le vulnérabilisant, il obtiendrait peut-être des informations qu'il aurait autrement gardées pour lui. Et Giovanni Coens n'avait pas vraiment l'air d'un dur à cuire. Van In lisait la peur dans ses yeux.

« Une petite nuit en cellule vous remettra sans doute les idées en place », dit le commissaire d'un air menaçant.

Coens regarda autour de lui comme un animal sauvage pris au collet. Il bondit de sa chaise, poussa Van

In et se jeta comme un forcené sur Versavel, lequel l'immobilisa d'une main.

« On se calme, mon gaillard ! » dit-il, sur un ton presque paternel.

Giovanni Coens se mit à sangloter avant de hurler qu'il était claustrophobe. Il deviendrait fou si on l'enfermait dans une cellule. Van In souffrait, lui, du vertige, et il se sentait déjà très mal quand il voyait un laveur de vitres au sommet d'une échelle.

« Vous allez nous raconter votre histoire une dernière fois », dit-il.

Coens ne protesta pas. Il se rassit bien sagement et déballa une fois de plus tout ce qu'il savait, c'est-à-dire pas grand-chose. Sa version ne varia pas d'un iota, et Van In eut la confirmation que l'homme n'avait absolument rien sur la conscience.

« C'est bon, dit-il. Rentrez chez vous ! Et la prochaine fois, réfléchissez-y à deux fois avant de ramasser quelque chose qui ne vous appartient pas. »

Giovanni Coens quitta la pièce sans demander son reste. Van In s'empara du téléphone de Nolens et l'examina attentivement, comme si l'appareil pouvait répondre à ses questions.

« Qu'est-ce qui a bien pu arriver à Nolens ? » demanda-t-il après un moment.

Versavel prit une chaise et s'assit à côté du commissaire. Il tenta de repousser l'idée saugrenue que Nolens avait lui aussi été enlevé.

« Il a peut-être simplement perdu son téléphone, dit-il. Ou il s'en est débarrassé. De toute façon, il est venu à Blankenberge très récemment.

— Ou alors il a été enlevé.

– Non, je ne pense pas. Le portable de Vermeersch a été retrouvé sans sa carte SIM. Pourquoi le ravisseur aurait-il changé de *modus operandi* ?

— Tôt ou tard les truands commettent des erreurs, Guido », répliqua Van In, sans conviction.

Quand on faisait attention à ce type de détail, on ne commettait pas une erreur pareille.

« À moins qu'il ne l'ait fait exprès.

— Qui ?

— Eh bien, Nolens. »

Il y eut un silence. Nolens était un homme intelligent. Il savait, bien entendu, que la police avait les moyens de retrouver un portable. S'il l'avait abandonné à dessein sur la grand-place, il fallait peut-être y lire un appel au secours.

« Nous ferions mieux d'aller jeter un œil dans son appartement de la digue, dit Van In. Nous y trouverons peut-être un indice. »

Il se leva et alla chercher sa veste au portemanteau. Malgré la pluie et le vent cinglant, ils décidèrent d'y aller à pied. Un peu d'air frais ne pouvait pas leur faire de mal. Ils prirent par la rue de l'Église. Il y avait peu de trafic et, à part une petite vieille qui promenait son chien, ils ne croisèrent personne.

« Qu'est-ce que tu penses du projet d'Hannelore de reprendre des études ?

— Les femmes ont parfois de drôles de lubies, répondit Versavel.

— C'est vrai que tu es un expert.

— Pourquoi me demandes-tu mon avis, alors ?

— Parce que tu es mon ami, Guido. Et parce que je ne sais pas moi-même quoi en penser. D'un côté, je suis fier d'elle. J'aimerais être aussi couillu pour prendre une telle décision. De l'autre, je trouve qu'elle me place dans une situation inconfortable.

— Tu veux dire que tu en as marre d'être dans la police ?

— Marre, non, mais…

— Mais quoi ? »

Van In soupira et tenta d'allumer une cigarette. Elle fut aussitôt trempée.

« Je pensais qu'on pouvait lancer notre petite entreprise, dit-il.

— Et me laisser tomber ?

— Tous les trois, je voulais dire. »

Versavel tourna la tête un quart de seconde et jeta un regard stupéfait à son ami. Cela faisait plusieurs mois que Van In laissait entendre qu'il caressait d'autres ambitions, mais il n'avait jamais dit qu'il avait envie de l'y impliquer, lui.

« Qu'est-ce que tu avais en tête ? Tu voulais qu'on ouvre une papeterie ? Ce serait d'un passionnant ! »

La digue offrait un spectacle de désolation. La plupart des appartements étaient vides à cette époque de l'année ; les rideaux étaient tirés sur presque toutes les fenêtres. Les vagues se fracassaient sur le sable dans une explosion d'écume, les lampadaires craquaient sous les assauts du vent et un lambeau de voile en plastique accroché à une protubérance, au pignon d'un immeuble, claquait par-dessus le tumulte.

« Les cambriolages doivent être fréquents dans le coin, dit Van In.

— Tu n'as quand même pas l'intention de te recycler dans les systèmes d'alarme ?

— Et pourquoi pas ?! »

Versavel secoua la tête. Cela n'avait aucun sens. Ni lui ni Van In ne s'y connaissaient en électronique, et Hannelore avait le projet d'étudier la criminologie.

« Tu es fou, Pieter.

— C'est ce qu'on a dit à propos de Bill Gates quand il s'est mis à triturer des ordinateurs dans le garage de ses parents.

— On n'est pas aux États-Unis ! » trancha Versavel.

À l'appartement du rez-de-chaussée de la résidence La Paloma, les rideaux n'étaient pas tirés. Van In sonna. Le concierge ouvrit en peignoir et pantoufles usées jusqu'à la corde. Derrière son épaule, Van In aperçut un écran de télé allumé.

« Avez-vous vu M. Nolens récemment ? » demanda Van In.

Le concierge répondit que cela faisait un certain temps. Mais il ne surveillait pas les allées et venues des habitants : ce n'était pas ses oignons. On lui demandait juste de remplacer rapidement les ampoulés usagées et de sortir les sacs poubelle à temps.

« Vous nous reconnaissez ? demanda Van In.

— Oui.

— Alors, vous pouvez nous confier la clé de l'appartement de M. Nolens ? »

Le concierge obtempéra sans protester.

« Je vous les rapporte tout de suite », dit Van In.

Le concierge hocha la tête.

« Vous pouvez aussi les glisser dans ma boîte aux lettres, commissaire. »

L'ascenseur emmena les deux hommes dans un bruit de câbles et de poulies. Van In ouvrit la porte et alluma la lumière du hall. Une odeur de cigare flottait dans l'air, insolite. Une boîte et une bouteille de lait entamée étaient posées sur la table basse.

« Vraisemblablement, il est passé il n'y a pas longtemps », dit Van In en s'avançant vers la table.

Une feuille de papier était posée sur la boîte. Deux mots y étaient écrits en lettres capitales : « OUVREZ-MOI. »

« Et merde ! » s'exclama Van In.

Instinctivement, il avait ouvert la boîte. Elle contenait un pouce humain soigneusement sectionné.

« Qu'est-ce qu'il y a ? demanda Versavel en voyant Van In pâlir.

— Regarde ! »

« Je n'aurais pas fait mieux, dit Zlotkrychbrto en examinant d'un œil critique la partie sectionnée.

— Nous n'avons pas le temps de rigoler, Zlot, intervint Van In. Est-ce que tu peux me dire de quand date… »

La nausée l'empêcha de terminer sa phrase.

« La couleur est encore bonne, répondit Zlotkrychbrto. C'est tout frais.

— Tu daterais ça en heures ou en jours ?

— En jours, certainement pas. »

Van In se détourna et alluma une cigarette. Il ne comprenait pas. Le ravisseur de Vermeersch avait demandé une rançon. Et voilà que Nolens disparaissait sans la moindre revendication ou exigence et qu'on retrouvait son pouce !

« Il n'y a qu'un malade qui puisse imaginer un montage pareil.

— Je ne vois vraiment pas Joris Mareel sur ce coup-là.

— Il n'est peut-être qu'un exécutant pour le cerveau de l'enlèvement. De toute façon, la seule chose que nous ayons contre lui, c'est qu'il n'était pas loin de Katja Geenen quand elle a été tuée et qu'une vieille dame pense l'avoir vu passer devant sa fenêtre à proximité de l'endroit où on a retrouvé la voiture de Vermeersch. »

Van In essayait de réfléchir posément. Il était clair que le ravisseur avait voulu les attirer dans l'appartement de Nolens en abandonnant son portable sur la grand-place. Enfin, peut-être pas. C'était quand même compter sur une fameuse suite de hasards…

« Ou alors il joue au chat et à la souris ? proposa-t-il.

— Comment ça ? demanda Versavel, qui pataugeait.

— C'est peut-être simplement un test. Je n'y comprends rien !

— Mais…, tenta Versavel, est-on sûr qu'il s'agisse du pouce de Nolens ?

— Une analyse ADN peut le prouver facilement, intervint Zlotkrychbrto.

— Ça prendrait trop de temps, Zlot. Et puis, il nous faudrait un matériau génétique de comparaison.

— Il suffirait de trouver un cheveu, Pieter. Tu le sais parfaitement.

— En effet, je le sais, mais je te répète que nous n'avons pas le temps ! »

Van In faisait maintenant les cent pas dans la pièce, tout en prenant soin d'éviter l'endroit où Zlotkrychbrto avait déposé le pouce sectionné.

« Quelle est la probabilité que Vermeersch et Nolens aient le même groupe sanguin ?

— Hou là ! Ça dépend du groupe sanguin, ça, répondit Zlotkrychbrto. Le O négatif est beaucoup plus rare que le O positif.

— Tentons le coup. Guido, essaie de joindre le généraliste de Vermeersch ou un hôpital où il aurait déjà été soigné. Pendant ce temps-là, Zlot fais analyser le sang du pouce à l'hôpital de Blankenberge ! »

Joris Mareel gara sa moto à côté de la maison Majutte, rue Breydel, et releva la visière de son casque. La rue était déserte ; même en plein jour, les passants étaient rares. La plupart des maisons étaient inhabitées ou en ruine. Il n'en avait pas toujours été ainsi. Il existait encore des habitants de Blankenberge qui se souvenaient de ce quartier pittoresque du port, avec ses maisonnettes chaulées de blanc et ses courettes intérieures. Contrairement à Bruges, où l'habitat traditionnel avait été en grande partie préservé par manque de fonds pour construire du neuf, on avait beaucoup détruit à Blankenberge. Seule la maison Majutte, authentique maisonnette de pêcheurs datant de 1775, avait échappé au carnage. Le propriétaire actuel, un poète local, l'avait fait rénover avec beaucoup d'amour et venait régulièrement y chercher l'inspiration, même s'il passait tous les hivers dans le sud de l'Espagne.

Joris Mareel ouvrit la porte avec un passe-partout fabriqué par ses soins et se glissa à l'intérieur. Le sac de toile qu'il portait en bandoulière contenait une couverture, une bouteille d'eau et deux grands sachets de chips au paprika. Il alluma une lampe de poche et marcha jusqu'à la pièce de derrière, où se trouvait l'accès à la cave : une trappe maintenue fermée par un pieu coincé à la verticale et allant se caller contre le plafond. Il donna un coup de pied dans la poutre amovible, ouvrit la trappe et braqua le faisceau de sa lampe vers la cave. Une puanteur d'urine et de déjections le frappa au visage. Les deux hommes allongés dans la cave tentèrent de se redresser en gémissant.

« À boire, s'il vous plaît ! À boire ! » murmura Nolens.

Le pansement qui entourait sa main droite était trempé de sang. Ses lèvres étaient couvertes de croûtes.

« Pourquoi je vous donnerais à boire, salopards ? »

Joris ouvrit la bouteille d'eau qu'il avait apportée et but une longue rasade.

« Vous n'avez pas faim ? »

Vermeersch leva les mains dans un geste de supplique. Il avait le visage creusé et les yeux exorbités. Le fier administrateur délégué d'antan n'était plus qu'une épave. Il était à bout.

« Laissez-nous sortir, s'il vous plaît ! implora-t-il.

— Vous devez d'abord demander pardon ! ordonna Mareel.

— Nous dirons tout ce que vous voudrez ! supplia Nolens.

— Nous dirons tout ce que vous voudrez, sales fils de putes ! » dit Mareel, imitant la voix geignarde de Nolens d'un ton moqueur.

Il balança la bouteille au-dessus de l'ouverture. Il jouissait de chaque instant. Les deux hommes qu'il haïssait le plus au monde étaient totalement à sa merci.

« Nous dirons tout ce que vous voudrez, monsieur ! murmura Vermeersch. Mais donnez-nous à boire, s'il vous plaît !

— Répétez après moi ! ordonna Mareel. Nous sommes des salopards et nous méritons d'être punis. »

Nolens et Vermeersch répétèrent.

« Et nous demandons pardon pour nos péchés.

— Et nous demandons pardon pour nos péchés.

— Et pour tout ce que nous vous avons fait de mal. »

Ils répétèrent tout mot pour mot. Ces aveux extorqués durèrent cinq longues minutes. Lorsque ce fut fini, Mareel ouvrit sa braguette et pissa dans l'ouverture de la trappe. Puis il jeta la bouteille à ses deux prisonniers.

« Et maintenant, videz-moi ça ! »

Nolens mit un certain temps avant de réussir à ouvrir la bouteille, mais lorsqu'il y parvint enfin, Mareel l'entendit boire goulûment. Il passa la bouteille à Vermeersch, qui avala jusqu'à la dernière goutte.

« Et maintenant, j'ai unc surprise pour vous ! »

Mareel sortit la couverture et les sachets de chips de son sac, et les jeta à travers la trappe.

« Bon appétit, bande de trous du cul ! Et profitez-en bien ! C'est la dernière fois de votre vie que vous bouffez ! »

Il passa une main dans ses cheveux en bataille et partit d'un rire hystérique en les entendant ouvrir les sachets de chips. Vermeersch et Nolens savaient qu'ils souffriraient bientôt d'une soif inextinguible, mais la faim était la plus forte. Ils mangèrent jusqu'à la dernière miette. Ensuite, Mareel referma la trappe, la barra avec le pieu de bois et regarda au-dehors à travers une fente entre les rideaux. Les flics resserraient leur étau. Heureusement, il connaissait la ville comme sa poche et Max lui avait communiqué la localisation des caméras.

12

Blankenberge se réveilla sous un ciel gris plomb. L'inspecteur en chef Catrysse se traîna comme un zombie jusqu'aux toilettes. Il avait passé la nuit au commissariat à fixer les images diffusées par les caméras de surveillance. Vers une heure du matin, il avait tiré l'alarme quand il avait repéré un type ressemblant étrangement à Joris Mareel qui traversait la place Manitoba. Il avait immédiatement fait intervenir deux patrouilles, lesquelles avaient interpellé le suspect au croisement de la rue du Moulin et de la rue de l'Église. Il s'était avéré qu'il s'agissait d'un Limbourgeois qui rentrait à l'hôtel après avoir un peu trop regardé le fond de son verre. L'idée du commissaire Van In de faire installer des caméras de surveillance n'était pas mauvaise en soi, mais Catrysse nourrissait de gros doutes quant à son efficacité.

Il se frotta les yeux et s'aspergea le visage à la fontaine du commissariat. L'heure de l'ultimatum avait sonné. Si le ravisseur tenait parole, il reprendrait contact aujourd'hui. La question était de savoir s'il le ferait en personne. L'installation des caméras et la médiatisation de l'enlèvement l'avaient peut-être refroidi. Mareel se terrait peut-être quelque part.

Catrysse retourna à la salle de réunion, plongé dans ses pensées. La veille, il avait appelé l'hôpital pour prendre des nouvelles d'Annelies. D'après le médecin, elle se rétablissait bien et était désormais en mesure de recevoir des visites. La tentation était grande d'aller la voir et de tout lui raconter. Il pourrait peut-être la convaincre de faire une déposition.

« Bonjour, Catrysse, dit Van In en entrant, un large sourire aux lèvres, suivi par Versavel, toujours tiré à quatre épingles.

— Et alors ? Il y a du neuf ? »

Catrysse fit son rapport sur l'intervention nocturne, mais ne dit rien de l'amélioration de l'état d'Annelies Mareel. Van In l'écouta d'une oreille, encore tout en pensée auprès d'Hannelore, qui l'avait réveillé en douceur en l'amenant à une jouissance rare. « C'est peut-être l'air de la mer », lui avait-elle dit après coup quand il lui avait demandé à quoi il devait ce raffinement.

« Nous savons que le pouce sectionné appartient à Nolens, dit Versavel en notant mentalement que Van In avait encore l'air au septième ciel.

— Vermeersch est du groupe sanguin AB, tandis que Nolens est A+. Il faut bien sûr tenir compte de la possibilité que le pouce sectionné appartienne à une troisième personne, mais cela nous semble pratiquement exclu. »

Catrysse hocha la tête. La boucle était bouclée. Il était pratiquement certain que Joris ne libérerait ni Vermeersch ni Nolens, que la rançon soit payée ou non. Mais que devait-il faire ? Même s'il disait ce qu'il savait, cela ne changerait rien.

« Pour le moment, nous n'avons pas d'autre choix que d'attendre qu'il reprenne contact, dit-il en soupirant.

— Et les chiens pisteurs ? demanda Van In.

— On est en train de nous en amener deux », répondit Versavel.

Un chien bien entraîné était capable de beaucoup de choses, mais pourrait-il flairer la piste de Joris Mareel dans le centre-ville ?

« Est-ce que nous disposons d'assez de matériel ?

— J'ai vidé le panier à linge d'Annelies, répondit Catrysse. J'ai des chaussettes, des slips et des t-shirts sales en veux-tu en voilà ! »

Sur ces entrefaites, un inspecteur entra dans la salle de réunion, portant une valise métallique blanche et une enveloppe brune qu'il avait emballée dans du plastique pour plus de sécurité.

« Je viens de trouver ça dans ma boîte aux lettres, dit-il. Et on avait déposé la valise à la porte de derrière.

— À la porte de derrière ?

— Le gars qui l'a mise là doit savoir que la barrière du jardin n'est pratiquement jamais fermée, répondit l'inspecteur. Ça n'a pas vraiment de sens. Elle mesure à peine un mètre de haut.

— Une fois de plus, cela montre que Mareel est particulièrement bien informé des habitudes de la police, dit Van In.

— Quand il était gamin, il venait jouer ici, dit l'inspecteur en tendant l'enveloppe à Catrysse.

« POUR LA POLICE », était-il écrit en caractères d'imprimerie.

Catrysse enfila des gants avant d'ôter le plastique.

Comme la première fois, l'enveloppe ne contenait qu'un seul feuillet. Catrysse le saisit entre le pouce et l'index et le posa sur le bureau afin que tout le monde puisse en lire le texte. La rançon devrait être payée le lendemain à onze heures et demie. Ils devraient programmer la valise sécurisée en suivant les instructions données plus bas, y glisser l'argent et la refermer. « Je dispose d'un scanner qui me permet d'identifier les émetteurs », lut Van In. Si la valise en contenait un, ce serait la mort immédiate de Nolens. L'inspecteur en chef Catrysse devrait apporter la valise à la gare de Bruges. Dans la salle des guichets, il la remettrait à un homme lisant les œuvres complètes de Kafka et quitterait immédiatement les lieux.

Il allait de soi que Nolens et Vermeersch mourraient tous les deux si l'intermédiaire venait à être suivi ou s'il s'avérait que l'argent avait été marqué.

« Les œuvres complètes de Kafka…, répéta Versavel pensivement.

— Où est-il allé chercher ça ?

— En tout cas, nous sommes sûrs d'une chose,

maintenant, c'est que Mareel a au moins un intermédiaire, dit Van In.

— Un intermédiaire auquel il ne fait pas confiance ! » ajouta Catrysse.

Van In alluma une cigarette. Catrysse avait raison. La valise sécurisée parlait d'elle-même. Mais il y avait autre chose. La seconde missive contredisait la première, où Mareel menaçait de laisser Vermeersch mourir de faim si on ne cédait pas à ses exigences.

« Je me demande comment il va aborder le reste des difficultés.

— Le reste des difficultés ? » demanda Catrysse.

Il n'avait jamais traité d'enlèvement. Sa question avait quelque chose de logique.

« Les intermédiaires sont suivis par des flics en civil, expliqua Van In. Ils finissent toujours par nous guider vers les ravisseurs, quels que soient les stratagèmes qu'ils inventent pour nous semer.

— Mareel devrait aussi le savoir », dit Versavel avec dans le ton quelque chose comme de l'admiration.

Van In pivota et fixa les écrans pour cacher son trouble. Plusieurs éléments le perturbaient. Mareel opérait selon un plan mis au point avec soin et disposait d'intermédiaires. Comment avait-il réussi à s'organiser en si peu de temps ? Et comment avait-il pu mettre la main sur une valise sécurisée ? Un jeune gars comme lui ne pouvait que se la procurer au marché noir. Et encore… Il ne suffisait pas d'avoir de l'argent, il fallait aussi pouvoir activer les bons contacts dans le milieu des receleurs.

« N'importe comment, Mareel demeure hors de portée », dit-il.

S'il faisait faire lc sale boulot à des sbires et qu'il se planquait, tous les moyens mis en œuvre pour le repérer étaient inutiles. Il y avait de fortes chances qu'il soit sur le lieu où il avait emprisonné les deux hommes d'affaires et qu'il reste en contact téléphonique avec ses complices. Il lui était dès lors possible de liquider Nolens et Vermeersch de sang-froid, à tout moment. Si cette thèse se vérifiait, il y avait subitement beaucoup moins de probabilité qu'il se trouve à Blankenberge ou dans les environs.

« Tu es certain que Mareel n'a pas d'amis susceptibles de l'aider ? demanda-t-il à Catrysse. Ni de liens avec le milieu ?

— Non, répondit Catrysse. Je l'ai toujours connu comme un garçon solitaire. Et même s'il avait des amis, je ne vois vraiment pas quel gamin de son âge pourrait l'aider. À Blankenberge, il y a de temps en temps une bagarre ou un cambriolage, mais nous n'avons pas ce type de criminalité. Tu parlais de receleurs… Je suis pratiquement certain que les marchandises volées qui sont revendues dans certains magasins viennent du centre du pays, pas de la côte. »

Si Catrysse avait raison – et il en était vraisemblablement ainsi, car rien ne restait secret longtemps dans une petite ville –, ils étaient dans le pétrin, et pas qu'un peu.

« Nous n'avons plus qu'une seule chose à faire : reprendre contact avec le président du conseil d'administration de la SFB, dit Van In. Il faut trouver l'argent de la rançon.

— Je l'appelle ? proposa Versavel.

— Oui, merci, Guido. »

Henri Kervyn de la Veilleuze vivait aux environs de Bruges dans un château du dix-neuvième siècle qu'il avait hérité de son père, comme sa fortune. Versavel guida la Golf le long de l'allée bordée de hêtres qui menait à la propriété.

« Charmant cabanon, tu ne trouves pas ?

— Construit avec l'argent volé à des petites gens qui ont travaillé à la sueur de leur front, répliqua Van In.

— Je ne vois pas pourquoi tu dis ça », répondit Versavel en souriant.

Van In était allergique aux riches et ne laissait jamais passer une occasion de le faire savoir.

« Parce que mon père et mon grand-père étaient ouvriers.

— Ah bon ? Est-ce que tu ne m'as pas un jour raconté que tes arrière-grands-parents avaient été pleins aux as et que tu rêvais souvent à la vie de luxe que tu pourrais avoir si ton arrière-grand-père n'avait pas perdu au jeu tout l'argent de la famille ?

— Mon arrière-grand-père était un homme d'affaires.

— Et il abattait un travail incroyable, sans l'aide de personne.

— Tu commences à me taper sur les nerfs, Guido.

— Il n'y a que la vérité qui blesse, hein ! »

Ils arrivaient devant le château. Versavel admira le grand étang avec un petit ponton auquel était amarrée une barquc. Un magnifique saule pleureur laissait pendre ses feuilles jusqu'au ras de l'eau sombre. Un peu plus loin, au milieu du gazon taillé à ras, se dressait une tonnelle agrémentée d'un églantier. La bâtisse néogothique de briques rouges était dotée d'une imposante porte en chêne et de tourelles, et surmontée d'un magnifique toit en bâtière.

« C'est d'un kitsch ! s'exclama Van In.

— Monsieur est jaloux ?

— Va te faire foutre, Guido.

— Où ?

— Gare-toi et tais-toi ! »

Ils distinguaient maintenant la forêt, derrière le château.

Van In alluma une cigarette et défit sa ceinture de sécurité pendant que Versavel garait la Golf devant la porte. Versavel baissa sa vitre.

« Et maintenant ? Tu ne vas quand même pas sonner avec ta cigarette au bec ? »

Furieux, Van In tira deux fois sur sa sèche, sortit de la voiture, prit encore plusieurs bouffées rapides, et jeta sa cigarette dans un rosier.

« Là ! Monsieur est content ?! »

Il marcha à grands pas jusqu'à la porte et actionna l'antique cloche, qui émit un son aigrelet derrière le vantail. Quelques instants plus tard, une dame assez âgée portant une jupe noire et un chemisier blanc vint leur ouvrir.

« Nous voudrions parler à M. Kervyn », dit Van In de but en blanc.

La servante en avait vu d'autres. Elle sourit poliment et demanda qui elle devait annoncer.

« Le commissaire Van In et l'inspecteur en chef Versavel. Cellule d'enquête spéciale de la police de Bruges.

— Veuillez entrer, messieurs. »

La servante précéda les deux hommes dans un couloir ciré à la perfection et les guida jusqu'à un salon aux allures de bibliothèque. Quatre fauteuils étaient disposés autour d'une magnifique table en merisier qui aurait coûté une fortune chez un antiquaire.

« Je vais prévenir Monsieur de votre arrivée, dit la servante avant de s'éloigner en refermant la porte derrière elle.

— Je vais prévenir Monsieur de votre arrivée, répéta Van In en imitant sa voix.

— N'oublie pas que nous venons chercher cinq cent cinquante mille euros, dit Versavel, les sourcils froncés. Pourquoi faut-il toujours que tu te comportes en grossier personnage ?

— Pour équilibrer les choses entre nous. Tu es tellement poli !

— Ça ne mange pas de pain.

— Encore heureux ! Sinon, tu serais à la rue, mon pauvre ami ! À force de faire toutes ces courbettes ! »

La porte s'ouvrit.

« Monsieur va vous recevoir », dit la servante en passant la tête dans l'entrebâillement.

Ils la suivirent dans un dédale de couloirs jusqu'à

une pièce grande comme une salle de bal, agrémentée de meubles anciens et aux murs eux aussi tapissés de livres, avec, çà et là, quelques toiles de maîtres flamands.

Kervyn trônait dans un magnifique fauteuil dix-huitième. Il se leva dès que Van In et Versavel entrèrent et marcha à leur rencontre.

« Que puis-je vous offrir, messieurs ? »

Une carafe et trois verres étaient posés sur un plateau d'argent sur une table basse.

« Un petit porto ? » proposa Kervyn.

Van In fit la grimace. Il avait pour habitude de dire en privé que le porto, c'était pour les gonzesses.

« Ce sera parfait, répondit Versavel, qui craignait plus que tout que Van In ne fasse une remarque désobligeante.

— Asseyez-vous donc, je vous en prie ! »

Kervyn ôta le bouchon en cristal de la carafe et remplit les verres à moitié, tandis que Van In et Versavel posaient leur fessier sur les fauteuils Empire.

« Nous revenons vers vous au sujet de la rançon, commença Van In.

— C'est ce que j'avais cru comprendre, dit Kervyn en leur tendant leur verre.

— Les ravisseurs ont précisé leurs exigences. Ils nous ont présenté un pouce amputé hier. »

Le sourire de Kervyn se crispa, mais il ne présenta pas d'autre signe de trouble. Le monde était un gouffre de malheurs sans fond dont il avait depuis longtemps cessé de se préoccuper. Et puis, ce n'était pas son pouce.

« Voilà qui est particulièrement inquiétant, dit-il.

— Jusqu'à présent, nous avons réussi à ce que la presse ne l'apprenne pas, mais je ne garantis pas que nous puissions conserver le secret longtemps. »

Kervyn resta insensible à l'allusion. Depuis qu'il avait communiqué par la voie des médias que la SFB devait prendre de toute urgence des mesures de dégraissement, les actions de l'entreprise avaient considérablement repris de la vigueur. Les actionnaires étaient satisfaits, et il avait reçu une prime non négligeable.

« La rançon doit être livrée demain, ajouta Van In. Sans quoi Vermeersch mourra. »

Il ne dit pas un mot de Nolens. Cela aurait encore compliqué les négociations avec Kervyn.

« Voilà qui est bien regrettable, commissaire. »

Kervyn but une gorgée de porto et prit la mine qu'il réservait aux enterrements. Il y avait encore une chose que Van In détestait davantage que les richards qui devaient leur fortune à papa : les hypocrites. Henri Kervyn était issu d'une grande famille catholique et allait à la messe tous les dimanches. Il croyait à la miséricorde divine et vivait selon l'esprit de l'Évangile. Sauf lorsqu'il s'agissait d'argent. Là, il appliquait la loi du plus fort.

« On récupère la plupart des rançons versées dans les affaires d'enlèvement », expliqua Van In avant d'énumérer quelques cas qui avaient fait la une des médias où cela avait été le cas.

Il sentit qu'il marquait des points, car le nobliau l'écouta attentivement en hochant la tête.

« Ce serait évidemment mieux si vous pouviez nous le garantir, dit-il.

— Je ne peux naturellement rien faire de tel, mais je peux vous assurer que nous disposons de moyens perfectionnés pour détecter les biens et les personnes.

— Vraiment ?

— Les gadgets que vous voyez dans les films existent vraiment, monsieur Kervyn. Je ne devrais pas vous le dire, mais savez-vous que la police fédérale a recours à des satellites dans la lutte contre le narcotrafic ? »

Kervyn hocha de nouveau la tête. Il s'était souvent demandé comment la police parvenait à démanteler les filières.

« La valise sécurisée qui contiendra la rançon sera équipée d'un micro-émetteur pas plus gros qu'une tête d'épingle. Toutes les vingt secondes, cette merveille de la technologie enverra un signal qui sera capté par un de nos satellites et ensuite relayé vers un poste de commande mobile de la police fédérale. »

Versavel eut du mal à réprimer un sourire. Il n'avait jamais vu Van In mentir avec autant d'aplomb.

« Pourquoi n'avez-vous pas dit tout cela l'autre fois ? demanda Kervyn avec méfiance.

— Parce qu'il s'agit d'informations ultra-confidentielles. Si mes supérieurs apprennent que je vous ai fait part de ces éléments, je peux manger mon képi et dire adieu à la police.

— Je comprends. C'est la même chose dans le milieu des affaires. Pas de pitié pour les bavards. »

Van In respira. L'avidité et l'hypocrisie ne rendaient pas forcément intelligent. Il suffisait de donner des garanties à un banquier, et il vous mangeait dans la main.

« Dans ce cas, nous allons peut-être revoir notre position, dit Kervyn. Quand devez-vous avoir l'argent en votre possession ?

— Demain matin avant dix heures.

— Alors, c'est entendu. Je vais donner les instructions nécessaires à la banque », dit Kervyn.

Cette fois, il n'était plus question d'une réunion exceptionnelle du conseil d'administration. Comme par miracle, la parole du président suffisait.

« Vous pouvez me joindre à ce numéro, dit Van In en tendant sa carte à Kervyn. Nous vous enverrons une escorte armée dès que vous aurez l'argent.

— Voilà un langage qui me plaît, commissaire. »

Kervyn eut un bref sourire et resservit les verres à moitié.

« À la santé de Vermeersch ! » trinqua-t-il.

« Tu peux toujours te reconvertir dans le théâtre, dit Versavel alors qu'ils remontaient dans la Golf.

— Je me suis bien amusé, en tout cas ! Tu ne savais pas que la police fédérale était équipée de satellites, hein ? Ils ont même un nom : Pierrot 1 et Pierrot 2 ! »

Van In était franchement soulagé d'avoir réglé le problème de la rançon. Et il n'était pas mécontent d'avoir réussi à embobiner un homme d'affaires en jouant sur son propre terrain et en parlant son idiolecte.

« Je suppose que tu as envie d'une petite Duvel, pour fêter ça ? demanda Versavel.

— Et comment !
— On va où ? À Bruges ou à Blankenberge ?
— Plutôt à Blankenberge.
— D'accord. »

Versavel actionna la sirène et le gyrophare. Moins de vingt minutes plus tard, il garait la Golf sur le port de plaisance, à quelques pas du café Mer du Nord, qui était particulièrement bondé. Claudine, la patronne, les salua cette fois d'un large sourire.

« Et pour ces messieurs, qu'est-ce que ce sera ? »

Van In commanda.

« Joli petit cul », marmonna-t-il en la regardant retourner derrière le zinc.

Versavel considérait le tableau en secouant la tête. Quand Van In était d'humeur euphorique, son taux de testostérone atteignait toujours des sommets inquiétants.

« Quel est ton plan pour demain ?
— Mon plan ?
— Arrête de déconner, Pieter ! »

Autant pisser dans un violon. Van In s'était déjà trouvé une autre proie : une jeune femme d'environ vingt-cinq ans vêtue d'un jeans taille basse moulant. Il ne la lâcha des yeux que lorsque Claudine revint avec les boissons. Il but avidement plusieurs gorgées avant d'essuyer la mousse sur ses lèvres.

« À mon avis, l'intermédiaire prendra le train, dit-il.
— Alors, regardons quels trains quittent la gare entre onze heures et demie et midi, proposa Versavel.
— C'est peut-être une ruse, aussi.

— N'importe comment, il faut tout mettre en œuvre pour pouvoir le garder à l'œil.

— T'inquiète ! Les satellites prendront le relais. »

Versavel prit une profonde inspiration, à deux doigts de piquer une grosse colère. Le temps pressait. En réalité, ils auraient dû retourner illico au commissariat au lieu de traîner dans un café. Pour couronner le tout, la jeune fille au jeans moulant se leva et prit la direction des toilettes en roulant des hanches.

« Nous avons besoin de renforts, Van In, et d'au moins trois voitures banalisées, au cas où le gars filerait par la route, dit Versavel, au bord du désespoir. Et s'il prend le train, on fait quoi ?

— On achète un billet, tiens !

— J'abandonne, Pieter. »

Versavel but son Perrier d'un trait et commanda un verre de vin, signe qu'il était vraiment fâché. Van In demeura imperturbable. Il alluma une cigarette et se fit servir une deuxième Duvel. Versavel ne pouvait pas deviner qu'il était en train de passer mentalement en revue tous les scénarios possibles.

André Coucke était un passionné de chiens. Pour Nasser, le berger malinois qui avançait devant lui en remuant la queue, il aurait traversé les flammes. Quand la police de Bruges avait décidé d'acheter un chien pisteur, il avait été le premier à se proposer comme maître-chien, et il avait eu la grande joie d'être sélectionné. Depuis, lui et Nasser avaient plusieurs dizaines d'interventions à leur actif, la plupart couronnées de succès. Mais cette fois, la mission s'avérait particulièrement délicate : retrouver la trace d'un suspect dans une ville ! Son collègue avait prédit qu'il n'y arriverait jamais, mais André Coucke ne se laissait pas décourager si facilement. Nasser était doté du meilleur flair de toute la Flandre, de toute la Belgique et même de tout le Benelux !

Quand le portable de Versavel sonna, Van In était en train de commander sa troisième Duvel. C'était l'inspecteur en chef Catrysse, qui leur annonçait qu'un chien pisteur venait de trouver un index sectionné sur la digue du Comte-Jean.

« Il faut y aller, Pieter. »

Versavel sortit son portefeuille de sa poche et alla payer au comptoir. Van In en profita pour boire les deux tiers de sa nouvelle Duvel.

« Tu sais où se trouve la digue du Comte-Jean ?

— Je viens de le demander à la blondinette au joli petit cul », répliqua Versavel.

Ils montèrent dans la Golf. Le centre de Blankenberge n'était pas bien grand et le plan des rues pas d'une extrême complexité. Et, surtout, la blondinette au joli petit cul avait donné des explications extrêmement précises à Versavel. À leur arrivée, la digue était déjà bouclée. L'inspecteur en chef Catrysse vint à leur rencontre.

« Le docteur Zlotkrychbrto arrive, annonça-t-il.

— Ce doigt se trouvait dans la rue, comme ça ? demanda Versavel.

— Non. Dans une chaussette.

— Dans une chaussette ?!

— Oui, répondit Catrysse. On ignore si le chien a réagi à l'odeur de la chaussette ou à celle du doigt. Mais son maître est convaincu que c'est la chaussette.

— Elle appartient donc à Mareel, c'est ça ?

— Oui, confirma Catrysse. Enfin, si le maître du chien a raison. »

Tous trois se dirigèrent vers l'endroit où le chien avait fait la macabre découverte. Le doigt avait été posé sur le trottoir, à côté de la fameuse chaussette. André Coucke et Nasser attendaient un peu plus loin.

« Beau chien ! dit Van In en serrant la main de Coucke.

— Nasser est le meilleur ! » répliqua son maître, fier comme Artaban.

Il avait appelé son collègue pour lui dire que Nasser venait d'accomplir l'impossible. C'était sûr, il passerait toute la journée sur un petit nuage. Même quand Van In lui demanda s'il était certain que le chien avait flairé la chaussette, sa belle euphorie demeura intacte.

« Cachez cette chaussette ailleurs, et je vous promets qu'il la retrouvera ! assura-t-il.

— Cela ne me paraît pas une mauvaise idée », répondit Van In.

Il demanda à un inspecteur de dissimuler le précieux morceau de laine quelques rues plus loin. Ensuite, il enfila des gants et glissa l'index dans un sachet en papier, en luttant contre la nausée.

« Le chien a-t-il flairé d'autres traces de Mareel ? demanda-t-il en tendant le sachet en papier à Versavel, qui le confia à son tour à Catrysse.

— Non, répondit le maître-chien.

— Aurait-il senti quelque chose si Mareel était passé par ici ?

— Bien entendu. »

Van In se gratta le crâne et alluma une cigarette. L'explication la plus probable était que Mareel ait lancé le doigt depuis une voiture en mouvement mais, à sa connaissance, le jeune homme ne possédait pas de voiture. Il avait plus probablement utilisé un vélo ou une moto.

« Est-ce qu'on a des images de cyclistes et de motards ? »

Une caméra avait été installée au début de la digue du Comte-Jean et une autre un peu plus loin, sur la place du Casino.

« Je m'en occupe ! dit Catrysse.

— Demande aux hommes de commencer par visionner les images de motards ! » cria Van In dans son dos.

Le casque de moto était un moyen idéal pour passer quasi inaperçu, Mareel y avait peut-être pensé. Mais s'il était venu jusqu'au centre, il avait quand même pris des risques considérables. Quoi qu'il en fût, Van In ne comprenait pas pourquoi il amputait une de ses victimes ou les deux alors que l'ultimatum pour le paiement de la rançon n'était pas encore écoulé.

« Et s'il se planquait dans les environs ? » suggéra-t-il à Versavel quand celui-ci le rejoignit.

Les curieux s'étaient attroupés derrière les rubans en plastique bleu et blanc de la police qui fermaient la digue du Comte-Jean. Max, l'intermédiaire de Mareel, se mêla à la foule, tout ouïe.

« Ils n'ont rien de mieux à faire ? demanda un quinquagénaire à la calvitie naissante qui portait un tablier de garçon de café.

— Ça va durer combien de temps ?! se plaignit un autre. Ils ne comprennent pas qu'il faut qu'on travaille, nous ?!

— Mais que se passe-t-il ? s'enquit un homme en short et chaussures de marche.

— Aucune idée, répondit l'homme au tablier.

— Ça a l'air grave, en tout cas, dit un autre.

— S'ils ont barré la rue, forcément ! C'est qu'il doit y avoir eu un grave accident. À moins qu'ils n'aient trouvé un mort…

— Ou un blessé…

— Dans ce cas, il y aurait une ambulance », dit l'homme au tablier, sûr de lui.

Max sourit. Une demi-heure plus tôt, il avait laissé tomber la chaussette contenant l'index sectionné. Après cela, il était entré dans un café et avait attendu les premières sirènes. Il avait calculé que le chien pisteur et son maître qu'il avait suivis jusqu'à la place du Casino ne mettraient pas longtemps avant d'explorer la digue du Comte-Jean. La fois précédente, quand il avait abandonné le portable de Nolens sur la grand-place entre deux voitures en stationnement, il n'avait pas fallu dix minutes avant que quelqu'un le ramasse. S'il y avait bien une chose qu'il devait concéder à Mareel, c'était qu'il était nettement moins con qu'il l'avait toujours cru.

« À mon avis, il y a un cadavre, dit un homme en salopette verte.

— Qu'est-ce que vous en savez ? demanda le type en short.

— Parce que la voiture que vous voyez là, c'est celle de Zlotkrychbrto. Il habite dans notre rue. Et il est médecin légiste.

— Ça ferait le deuxième meurtre en quelques jours ! » dit le serveur en pestant.

Lorsqu'on avait retrouvé le corps sans vie de Katja Geenen rue Breydel, les flics avaient fermé la rue presque toute la journée. En soi, ce n'était pas grave, car il ne s'y trouvait aucun café ni aucun restaurant.

« Pourquoi les flics feraient-ils venir un légiste, sinon ? » demanda l'homme en salopette verte.

La discussion se poursuivit jusqu'au moment où un inspecteur chargé de maintenir la foule à distance cracha le morceau à un badaud avec qui il allait boire une pinte de temps en temps.

« Bonjour, Pieter. »

Zlotkrychbrto serra la main de Van In tout en lui tapant sur l'épaule. Catrysse lui apporta le sachet en papier.

« Alors, qu'est-ce que nous avons de bon aujourd'hui ? » demanda le médecin polonais en se pourléchant les babines.

Il ouvrit l'emballage et en observa le contenu. Il souriait toujours.

« Encore quelques pièces détachées, et on pourra en construire un neuf », dit-il.

Van In détourna les yeux quand Zlotkrychbrto enfila ses gants et observa le doigt à l'air libre.

« Alors ?

— En voilà un qui a séjourné un moment au frigo, dit l'homme de l'art.

— Il va te falloir combien de temps avant de savoir si le pouce et l'index appartiennent au même bonhomme ? demanda Van In, qui continuait à regarder ailleurs.

— Donne-moi une petite heure, Pieter. »

Zlotkrychbrto replaça le doigt sectionné dans le sachet en papier et rangea celui-ci dans une poche de sa veste en sifflotant une aria de *La Flûte enchantée*. Il aimait tellement Mozart qu'il s'était constitué une collection impressionnante d'enregistrements, dont la pièce maîtresse était une collection de 78 tours qu'il avait acquise pour une bouchée de pain et qu'il entourait de plus de soins que sa propre femme.

« Je viens de recevoir un message, annonça Catrysse alors que Zlotkrychbrto remontait dans sa voiture. Les types qui surveillent les moniteurs ont repassé les images des deux dernières heures en accéléré. Ils ont repéré quatre motards et six cyclistes sur la digue du Comte-Jean.

— Et… ?

— Parmi les cyclistes, il y avait trois femmes, un homme assez âgé et deux ados. Un des quatre motards portait un casque à visière.

— Tu as vu la tête du motard ? »

Catrysse fit non de la tête.

« Mais c'est une Kawasaki. Avec un peu de chance, on saura qui est le propriétaire avant demain.

— Tu as la plaque d'immatriculation ?

— L'image est floue, mais nous avons un expert qui assure qu'il en fait son affaire. »

Il suffisait de savoir se servir d'un ordinateur pour rendre l'image nette.

« Voilà une bonne chose », dit Van In, qui, en réalité, ne bondissait pas de joie.

Quelque chose lui disait que cet élément menait à une impasse. Joris Mareel prenait sans doute beaucoup de risques, mais il avait montré à plusieurs reprises qu'il était plus malin qu'eux. Il avait l'impression croissante que le bonhomme prenait un malin plaisir à les mener en bateau.

« André Coucke est revenu ! » dit Versavel après avoir bavardé avec le maître-chien du flair de son champion.

Le visage rayonnant de l'homme était suffisamment éloquent. Van In ne lui demanda donc pas si Nasser avait réussi le test.

« Vous êtes convaincu, maintenant, commissaire ? dit Coucke en lui tendant la fameuse chaussette d'une main et en caressant le brave Nasser de l'autre.

— Votre chien mérite un bon steak bien saignant ! dit Van In.

— Et vous, une Duvel bien fraîche ! »

La foule curieuse s'était clairsemée à l'annonce qu'il ne s'agissait que d'un doigt. Lorsque la plupart des voitures de police eurent disparu, les derniers badauds s'éclipsèrent. Cinq minutes plus tard, l'homme au tablier poussait un ouf de soulagement. On enlevait les rubans de sécurité.

« J'ai une bonne et une mauvaise nouvelle, dit

Catrysse. La bonne, c'est que nous avons réussi à déchiffrer la plaque d'immatriculation. » Il consulta sa montre et haussa les épaules. « La mauvaise, c'est que d'ici demain huit heures et demie, nous ne pouvons solliciter personne au service des immatriculations.

— Je sais, répondit Van In. Les fonctionnaires qui font des heures sup, c'est aussi rare que des chiens pisteurs baptisés Nasser ! »

13

Le véhicule blindé de Securitas s'engouffra dans la rue Paul-Delvaux et s'arrêta devant le bureau de la KBC. Van In et Versavel attendaient dans la salle des guichets.

« Que ferais-tu avec sept cent cinquante mille euros ? »

Versavel tritura sa moustache. Cela correspondait environ à ses salaires accumulés sur toute une vie.

« J'investirais, dit-il calmement.

— Toute la somme ? Tu n'es pas sérieux !

— Si. »

Un convoyeur de la compagnie de transport de fonds entra dans la banque. Il portait un casque à visière transparente et des bottes. Il tenait fermement une valise sécurisée contenant le montant de la rançon. Il salua les deux policiers d'un hochement de tête, traversa la pièce et enfonça le bouton de la porte qui menait au sas de sécurité. Le témoin lumineux passa du rouge au vert. La porte fut déverrouillée. De l'autre côté du sas, le directeur de la banque fit signe à Van In et à Versavel.

« Je crois que nous devons le suivre », dit Versavel.

Plusieurs clients attendaient déjà l'ouverture de la banque sur le trottoir. Un vieux retraité qui n'avait rien d'autre à faire de ses journées que de lire le journal et de remplir la grille de mots croisés s'impatientait, visiblement. Il était tout de même déjà neuf heures passées de cinq minutes !

« Bonjour, commissaire. »

Le directeur de la banque serra la main de Van In et de Versavel et les précéda dans son bureau, où les attendait le convoyeur de fonds. Il ferma la porte derrière lui, prit la valise et l'ouvrit. La tension était palpable. Il sortit les liasses de billets et les posa sur son bureau. Il y en avait normalement soixante-quinze. Il introduisit les billets dans une compteuse. L'opération ne durait qu'une dizaine de secondes par liasse mais, vu le volume, elle prit quand même un peu plus de vingt minutes.

« Le compte y est », dit enfin le directeur, manifestement satisfait.

La compteuse ne se trompait jamais, mais il arrivait qu'un blocage survienne dans le mécanisme, et il fallait tout recommencer.

« Voulez-vous bien signer ici ? » demanda le convoyeur en tendant un reçu au directeur.

Celui-ci hocha la tête, sortit un stylo à plume de grand prix de sa poche de poitrine et apposa sa signature en regard du chiffre après l'avoir soigneusement vérifié.

« Voilà ! dit-il en soupirant presque. Le reste est de votre ressort. »

Van In considéra l'argent posé sur le bureau et se rendit subitement compte qu'ils étaient venus les mains vides.

« Pourriez-vous nous prêter un sac ?

— Un sac ? » répéta le directeur, étonné.

Versavel lut sur son visage qu'on ne rangeait pas sept cent cinquante mille euros dans un banal sac.

« Une valise, peut-être ? »

Quelques minutes plus tard, ils repassaient le sas en sens inverse, chacun avec un sac en plastique à la main. Les clients qui faisaient la file devant les guichets les regardèrent avec de grands yeux. Les guichetiers eux-mêmes les suivirent du regard.

« J'ai l'impression de commettre un sacrilège », lâcha Versavel.

De la banque au commissariat, il n'y avait que quelques minutes de marche. Heureusement, les rues étaient quasi désertes.

« Je ne me sens pas très à l'aise », dit Versavel lorsqu'ils traversèrent le passage piéton de l'avenue De-Smet-de-Naeyer.

Au dernier moment, Van In avait changé d'avis et refusé l'escorte armée car elle aurait trop attiré l'attention. Il préférait agir dans la discrétion.

« Ce n'est que de l'argent, Guido ! »

Catrysse n'en crut pas ses yeux lorsqu'il vit les

deux lascars arriver au commissariat avec leurs sacs en plastique.

Joris Mareel sonna chez les Van Cleven. Il ne les connaissait pas, mais il savait qu'ils vivaient d'une prestation sociale et qu'ils ne se permettaient pratiquement jamais la moindre sortie. Il avait gardé son casque de moto et tenait son faux pistolet caché sous sa veste. Il portait un sac dans lequel il avait glissé un exemplaire de l'intégrale de Kafka. La tranche du livre était jaune vif.

« C'est à quel sujet, mon garçon ? »

Mme Van Cleven avait ouvert la porte en peignoir. Elle ne flaira absolument pas le danger.

« Votre mari est là ?

— Vous voulez le voir ?

— Je voudrais vous parler à tous les deux. »

Joris brandit son pistolet en direction de la femme. Elle recula d'un pas. En une fraction de seconde, elle était devenue livide et sa lèvre inférieure s'était mise à trembler. Bruno, son frère, lui avait dit des centaines de fois de ne pas être si confiante et de ne pas ouvrir sa porte à des inconnus. Elle avait toujours fait la sourde oreille, arguant que les voleurs ne s'en prennent qu'aux riches.

« Mon mari et moi, nous sommes au chômage, dit-elle en l'implorant des yeux.

— Je sais. »

Il entra et posa le canon de son arme sur le front de la femme, terrorisée.

« Qu'est-ce qui se passe, Jeanine ? cria une voix depuis la cuisine.

— Répondez-lui quc tout va bien et fermez la porte. »

Mme Van Cleven obéit. Le pistolet la tétanisait. Elle ne comprenait pas ce qui poussait ce jeune homme à agir comme il le faisait. Ni elle ni son mari n'avaient jamais fait de mal à une mouche. Bien au contraire : ils répondaient toujours présent quand on les appelait à l'aide.

« Que voulez-vous ? redemanda-t-elle.

— Vous le saurez bientôt », répondit Mareel.

Ils entrèrent dans la cuisine. M. Van Cleven était assis à table. Il venait de se préparer une tartine de miel et s'apprêtait à la manger. Lorsqu'il vit Joris et son pistolet, il suspendit son geste, sa tartine en l'air.

« Qu'est-ce que… »

Il ne parvint pas à achever sa phrase.

« Ta femme ne risque rien si tu fais exactement ce que je demande », dit Mareel.

Il fit signe à la femme de s'asseoir à côté de son mari et se planta en face d'eux, de l'autre côté de la table.

« Comment tu t'appelles ?

— Georges.

— Bon, Georges. Écoute-moi bien. Tu vas t'habiller et prendre le train de dix heures dix pour Bruges. Tu iras dans le hall de la gare et tu attendras que quelqu'un te donne une valise. »

Il sortit le Kafka et le posa sur sa table.

« Et tu mets ce livre en évidence. C'est pigé ? »

Georges Van Cleven hocha la tête.

« Répète les instructions.

— Je prends le train de dix heures dix pour Bruges et je… je…

— Il faudra vraiment que tu fasses de ton mieux si tu veux revoir ta femme vivante, Georges. »

La tension était à couper au couteau. Georges Van Cleven était en sueur. Une grosse veine palpitait sur son front.

« … je vais m'asseoir dans le hall de la gare en mettant le livre bien en évidence, jusqu'à ce que quelqu'un me donne une valise.

— C'est beaucoup mieux. »

Joris Mareel poussa un soupir de soulagement. Un moment, il avait craint que le type n'ait une mémoire défaillante, un problème de démence, ou quelque chose comme ça. Cela aurait fichu tous ses plans par terre.

« Après, tu prends le train de midi moins trois pour Bruxelles. Il y a une chose que tu dois bien te mettre dans la tête : tu ne dois laisser la valise sans surveillance sous aucun prétexte. Même pour aller pisser. »

Georges hocha la tête.

« À Bruxelles, je descends à quelle gare ?

— À Bruxelles-Midi. »

Mareel posa deux billets de deux cents euros sur la table.

« Pour les billets », dit-il.

Georges et Jeanine écarquillèrent les yeux. Le trajet Bruges-Bruxelles ne coûtait pas quatre cents euros, même aller-retour !

« Qu'est-ce que je fais de la valise ? »

Mareel réprima un sourire. Il était certain désormais que Georges Van Clcven ne commettrait aucune erreur.

À dix heures moins vingt, un fonctionnaire du service d'immatriculation appela Catrysse pour l'informer que la moto suspecte était la propriété d'un certain Koen Devreese. Catrysse envoya immédiatement une patrouille chez ce monsieur.

« On part quand pour Bruges ?

— On n'est pas pressés », dit Van In.

Il alluma une cigarette et considéra la valise sécurisée contenant l'argent de la rançon. Depuis huit heures du matin, dix inspecteurs de police en civil avaient pris position dans et autour de la gare de Bruges. Quatre d'entre eux attendaient dans la salle des pas perdus. Lui et Versavel se tiendraient en retrait, car Mareel les connaissait. La police fédérale était sur les dents. Toutes les unités avaient reçu des photos montrant le truand. Pour le moment, il n'y avait rien d'autre à faire.

« Je me demande quand il va les libérer », dit Catrysse.

Dans les affaires normales d'enlèvement, il y avait une négociation à ce sujet, mais là, cela avait été impossible. Il fallait attendre après le transfert de la rançon.

« Moi aussi », répondit Van In.

Hannelore entra dans la pièce. Elle portait un gros pull, un jeans et des bottes à talons à bout pointu. Elle fit la bise à Van In et à Versavel, mais Catrysse dut se contenter d'une poignée de main.

« Dommage qu'il faille bientôt retourner à Bruges, dit-elle. Je me plais bien sur la côte, moi ! »

Catrysse approuva. En vrai habitant du coin, il aimait sa bonne petite ville de Blankenberge. Il repensa à sa jeunesse et aux étés magnifiques qu'il avait passés à la plage avec ses copains et ses copines, et aux nuits de folie dans les dunes, à une époque où le sexe n'avait rien de tabou. La première fois, il avait tout juste quinze ans, et il se souvenait encore très précisément du moindre détail. Marie-Jeanne avait vingt-cinq ans, elle avait épousé un boulanger, et elle était surtout insatiable. Elle avait de gros seins, des mamelons sombres et une magnifique toison. Elle avait initié tous les jeunes de son âge. Dans l'arrière-boutique, entre les étagères à pain, pendant que son mari dormait, ou le soir dans les dunes, quand il travaillait. On pouvait tout lui demander, elle se donnait corps et âme. Parfois, elle prenait quatre gars d'affilée. Catrysse ne put réprimer un sourire. Combien de fois avait-il attendu son tour ? Marie-Jeanne était un secret collectif qu'il ne partageait qu'avec ses amis. Elle était l'objet de leurs fantasmes les plus fous. Jusqu'au jour où un écriteau avait été accroché à la porte de la boulangerie annonçant qu'elle serait fermée pour un temps indéterminé. Après cela, ils n'avaient plus jamais revu Marie-Jeanne. Son mari était revenu quelquefois avec des candidats repreneurs. Ensuite, il avait disparu des radars, lui aussi. Personne n'avait jamais su ce qui était arrivé à Marie-Jeanne et elle était restée irremplaçable. Enfin…

« Je peux vous conseiller un bel appartement à vendre, dit Clarysse. Avec vue sur le port de plaisance. »

Il regarda Hannelore un peu trop fixement en essayant de l'imaginer nue. Elle était encore plus belle que Marie-Jeanne. Depuis quand n'avait-il plus baisé, vraiment baisé ? Six mois ? Huit ? Après Marie-Jeanne, il avait connu plusieurs filles. Annelies Mareel avait été la dernière amante avec laquelle il avait été heureux. C'était vraiment dommage que les choses se soient terminées ainsi. Quand elle était rentrée d'Angleterre avec un ventre plat, elle avait dû obéir à ses parents qui lui interdisaient de le revoir.

« Qu'est-ce que tu en penses, Van In ? »

Hannelore faisait semblant de rien, mais elle sentait les yeux brûlants de Catrysse sur son corps et lisait dans ses pensées. Les hommes la déshabillaient souvent du regard sans la moindre gêne. Cela l'étonnait un peu de la part de Catrysse. Elle ne l'imaginait pas en don juan, mais plutôt en brave père de famille.

« Qu'est-ce je pense de quoi ?

— D'une résidence secondaire sur la côte ? »

Van In fronça les sourcils. D'où lui venait cette idée folle ?

« Tu attends un héritage ? Ou tu as déjà changé d'idée ? Je croyais que tu voulais reprendre des études ?

— On peut vendre la maison, non ?

— Tu viens de me parler d'une résidence secondaire, Hanne. »

Van In alluma une cigarette. Versavel avait l'air stupéfait. Il avait d'abord pensé qu'Hannelore faisait une blague, mais, manifestement, elle était, on ne peut plus sérieuse.

« On pourrait vendre notre maison à Bruges et acheter un appartement à Blankenberge. On y gagnerait peut-être même un peu dans l'opération.

— Pour financer tes études, c'est ça ?

— Excellente idée ! dit Hannelore en souriant. Je n'avais pas encore vu les choses sous cet angle. »

La porte s'ouvrit. Zlotkrychbrto entra en levant la main en guise de salut.

« Salut tout le monde ! »

Van In poussa un soupir de soulagement. Ils allaient enfin pouvoir changer de sujet.

« Alors ? » demanda-t-il.

Zlotkrychbrto marcha jusqu'à la table où était posé la thermos et se versa une tasse de café. Il y eut un bref silence, signe qu'il avait quelque chose d'important à annoncer.

« L'index appartient à Nolens, dit-il. Et les deux doigts ont apparemment été sectionnés à la même heure.

— C'est bien ce que je pensais, dit Van In, un peu déçu.

— Ce n'est pas tout. »

Zlotkrychbrto but une gorgée de café et laissa planer un nouveau silence.

« Vermeulen a analysé l'empreinte de l'index amputé et l'a comparée aux empreintes retrouvées sur la ceinture de Katja Geenen. Il m'a appelé il y a dix minutes. Elles sont identiques.

— Et Vermeulen nous annonce ça seulement maintenant ?!

— Ce n'est pas de sa faute, dit Zlotkrychbrto. Il avait envoyé la ceinture de Katja Geenen au labo d'Europol à Wiesbaden, car ils ont une méthode sophistiquée qui permet de trouver des empreintes sur les surfaces lisses et le cuir. Il a reçu le rapport du labo ce matin par la poste. »

Zlotkrychbrto hésita. Il aurait préféré pouvoir s'attribuer la progression de l'enquête, mais l'honnêteté l'obligeait à dire que cette initiative revenait à Vermeulen.

« Vermeulen m'a tiré du lit à huit heures moins le quart. Il voulait que je lui apporte les empreintes des deux doigts.

— Ah ah, dit Van In. Voilà qui change tout.

— Est-ce que ce serait pour ça que Mareel aurait enlevé et torturé Nolens ? demanda Hannelore.

— Qui sait ?! dit Van In. Mais alors pourquoi aurait-il commencé par enlever Vermeersch ?

— Et pourquoi ne demande-t-il pas de rançon pour Nolens ? » ajouta Versavel.

Van In alluma une cigarette et consulta l'horloge murale. Dix heures cinq.

« Mareel a dû apprendre que Nolens avait tué Katja, mais il pouvait difficilement imaginer qu'on retrouverait ses empreintes au labo technique de Wiesbaden.

— Sauf s'il en sait davantage sur la médecine légale que le commun des mortels, fit observer Hannelore. Dire que je vais bientôt tout apprendre sur ce sujet passionnant durant mes études de crimino ! ajouta-t-elle dans un sourire.

— Pas maintenant, Hanne. Nous avons d'autres chats à fouetter ! »

Zlotkrychbrto roula des yeux étonnés. Le néerlandais restait pour lui une langue étrangère, il n'en maîtrisait pas encore toutes les subtilités.

« Pourquoi tu veux fouetter des chats ?

— Laisse tomber, Zlot. On ferait mieux d'y aller. Il ne faudrait pas arriver quand tout est fini. »

Georges Van Cleven descendit du train peu avant dix heures et demie et remonta le quai en direction de la salle des pas perdus de la gare de Bruges, l'intégrale de Kafka sous le bras. Pour tuer le temps, il avait lu quelques pages, mais il n'avait pas accroché. Sa lecture n'avait fait qu'accentuer sa mélancolie. Des gens pressés le dépassaient en jouant des coudes. Quelques mètres plus loin, des élèves attendaient leur train en piaillant. Un homme d'une quarantaine d'années qui était occupé à lire son journal assis sur un banc jeta un regard surpris à son livre à la tranche jaune vif. Georges le dépassa, plongé dans ses pensées. Comment allait Jeanine ? Que lui arriverait-il si tout ne se déroulait pas comme prévu ? Il avait du pain sur la planche et il craignait par-dessus tout que la personne de contact ne le repère pas. Il savait déjà que la peur ne le quitterait pas pendant de longues heures.

Il descendit l'escalier et se mêla à la foule des voyageurs. Arrivé dans la salle des pas perdus, il prit la porte de gauche. Un jeune couple s'était enfermé dans un Photomaton en riant. Quand Georges Van Cleven entendit la jeune fille crier « Non, Jan, pas ça ! », il comprit qu'ils ne faisaient pas des photos. Les jeunes d'aujourd'hui n'avaient plus aucune pudeur. Après son mariage, cela avait duré des mois avant qu'il ne voie Jeanine totalement nue, et encore, cela s'était fait par hasard, une fois qu'il était entré dans la salle de bains et qu'elle ne l'attendait pas. L'image lui était restée imprimée sur la rétine, car jusqu'au moment où ils avaient appris qu'elle était stérile, ils avaient peu fait l'amour. Malgré les outrages du temps et les soucis financiers, il avait continué à l'aimer. L'usine où il avait travaillé près de trente ans avait fait faillite. Il s'était retrouvé au chômage à quarante-neuf ans, sans aucune perspective professionnelle. Il était trop vieux pour retrouver du travail quelque part. Jeanine avait connu le même sort un an plus tard. Heureusement, leur maison était payée et il n'avait pas de soucis à se faire pour leurs enfants ou leurs petits-enfants, puisqu'ils n'en avaient pas. Et comme Jeanine l'avait regretté !

Dans la salle des pas perdus, la plupart des sièges étaient inoccupés. Georges Van Cleven commença par acheter un billet avant de s'asseoir le plus près possible de la porte, son livre bien en évidence. Quatre paires d'yeux observaient chacun de ses faits et gestes, mais il n'en avait aucune conscience. Il regarda droit devant lui, puis se mit à contempler un groupe de touristes qui patientaient devant les guichets avec leurs valises. Il n'était jamais parti en vacances et il se demandait ce qui poussait tous ces gens à voyager. Un an plus tôt, Jeanine lui avait proposé de passer une semaine en Turquie, mais il avait réussi à lui ôter cette idée saugrenue de la tête. Qu'auraient-ils été faire là-bas ? Il ne savait pas nager, et il ne voyait vraiment pas l'intérêt de passer la journée allongé au bord d'une piscine ou sur la plage. Il préférait son potager. Au moins, il en retirait quelque chose. Il faisait pousser des tomates dans une petite serre au fond du jardin. Tous ceux qui y avaient goûté les avaient trouvées délicieuses.

Les touristes quittèrent la salle des pas perdus avec leurs valises, aussitôt remplacés par d'autres. Georges Van Cleven consulta la grande horloge murale accrochée au-dessus des guichets. L'aiguille venait de changer de position. Il était onze heures moins vingt-cinq. Il avait l'impression d'attendre depuis une éternité. Des vues de Bruges étaient accrochées aux murs. Il reconnaissait le beffroi car il allait de temps en temps faire des courses en ville. Une petite fille de quatre ou cinq ans s'approcha et lui sourit. Il voulut lui caresser les cheveux, mais sa mère, inquiète, la rappela à elle.

La direction de la SNCB avait mis un bureau à la disposition de Van In. De là, il pouvait coordonner les opérations avec Versavel et Hannelore sans être vu. On leur avait même apporté du café et des sandwiches. Georges Van Cleven n'était pas dans la salle des pas perdus depuis cinq minutes qu'un inspecteur en civil l'avait déjà photographié sous toutes les coutures et avait filé au commissariat pour faire imprimer les clichés. Ils étaient maintenant disposés sur la table, devant Van In.

« Le gars n'a pas vraiment l'air d'un malfaiteur », dit Van In.

L'homme était vêtu simplement, il avait le visage parcouru de rides et des mains épaisses et déformées.

« Mon père a les mêmes mains. Il doit souffrir de rhumatismes, dit Versavel.

— Comme il a l'air triste ! »

Hannelore observa les photos l'une après l'autre. Au dix-neuvième siècle, un certain professeur Lombroso avait étudié la physionomie des truands et était parvenu à la conclusion qu'un malfaiteur se reconnaît à un certain nombre de caractéristiques, mais cette théorie était depuis longtemps tombée aux oubliettes. Les meurtriers en série avaient souvent une tête de communiants. La plupart des criminels nazis avaient d'ailleurs été de braves pères de famille qui chantaient une berceuse à leurs enfants pour les endormir et qui tenaient la porte aux vieilles dames. Bref, l'homme sur la photo avait beau avoir l'air innocent, ils ne devaient prendre aucun risque.

« La question est : mais qui donc est ce bonhomme ? dit Van In.

— Nous savons juste qu'il est descendu du train en provenance de Blankenberge. »

Catrysse avait déjà regardé les photos plusieurs

fois. Lui non plus ne pouvait pas répondre à l'interrogation de Van In, même s'il connaissait de vue un très grand nombre d'habitants de sa ville.

« Si nous pouvions l'identifier, nous serions nettement plus avancés », dit Versavel.

On frappa à la porte.

Van In cria : « Entrez ! »

Un homme en cache-poussière gris pénétra dans la pièce.

« Vous vouliez me parler ?

— En effet. »

Van In lui fit signe de s'asseoir. Versavel nota son nom et son adresse.

« Vous êtes guichetier ?

— Oui.

— Vous reconnaissez cet homme ? demanda Van In en lui tendant la photo de Georges Van Cleven. Il vient d'acheter un billet. »

Le guichetier étudia la photo attentivement. Il faisait ce boulot depuis plus de vingt ans. En ce laps de temps, il avait dû voir défiler plusieurs centaines de milliers de personnes. La plupart du temps, il ne regardait pas les clients, sauf s'il s'agissait de jolies femmes. L'homme sur la photo ne lui dit d'abord pas grand-chose. Par contre, il se souvenait de son livre à la tranche jaune vif. Son fils était en fac de lettres à l'université de Gand. Parmi les auteurs au programme, il y avait l'intégrale de Kafka, un bouquin d'un millier de pages.

« Oui, je m'en souviens, dit-il enfin.

— Vous souvenez-vous de sa destination ?

— Bruxelles.

— Bruxelles », répéta Van In.

Prendre quelqu'un en filature à Bruges, c'était déjà difficile, mais à Bruxelles… C'était pratiquement impossible à organiser au pied levé. Mais ils n'avaient pas le choix.

Van In appela la police locale et lui demanda des renforts.

« Espérons qu'il ne prenne pas un taxi.

— Ou le métro », compléta Hannelore.

Van In remercia le guichetier pour sa collaboration et alluma une cigarette. Versavel prit un sandwich au fromage. Il imaginait la suite : l'intermédiaire sèmerait les flics… et eux ne seraient pas au bout de leurs peines.

« Quelle heure est-il, Guido ?

— Onze heures moins dix. »

Catrysse posa la main sur la valise sécurisée, mais Van In le retint.

« Encore cinq minutes. »

Georges Van Cleven prit le train de midi moins trois à destination de Bruxelles. Quatre inspecteurs en civil aussi. L'un d'entre eux s'assit dans son wagon. Les autres prirent place dans celui de devant et dans celui de derrière. Cinq minutes plus tard, Van In, Versavel, Hannelore et Catrysse s'installaient à la cafétéria de la gare de Bruges.

« Et maintenant, il ne reste plus qu'à attendre », dit Van In.

Il commanda une Duvel et alluma une cigarette.

Ils avaient tout le temps devant eux. Le train mettait environ cinquante minutes pour rallier Bruxelles. Le chef de corps de la police locale avait promis de placer des hommes en civil dans les trois gares de Bruxelles où s'arrêtait le train, pour apporter du renfort à leurs collègues qui étaient à son bord. Pour plus de sécurité, Van In avait demandé à la police locale de Gand de faire de même, au cas où l'intermédiaire descendrait dans cette ville.

« C'est quand même une drôle d'affaire, commenta Catrysse. Je n'arrive toujours pas à croire que Joris soit derrière tout ça. C'est un jeune simple et timide. Je ne vois pas comment il pourrait ne serait-ce qu'imaginer un plan si compliqué, et encore moins le mettre en œuvre.

— Les gens changent, Catrysse. Je connais quelqu'un qui est resté concierge jusqu'à l'âge de quarante ans et qui s'est subitement mis à écrire des romans à une allure phénoménale[1]. Alors qu'au collège, c'est tout juste s'il savait écrire une rédaction, à ce qu'il paraît. Et il y a des magistrats prêts à abandonner une splendide carrière pour reprendre des études. »

Hannelore ne réagit pas. Elle se contenta d'adresser un clin d'œil à Versavel qui ne put s'empêcher de rétorquer :

« Et moi je connais des gens qui, arrivés à un certain âge, ne peuvent pas s'empêcher de râler. »

Ils passèrent le reste du temps à se chercher des

---

1. Allusion au parcours de Pieter Aspe lui-même.

noises. À treize heures et deux minutes, le portable de Van In sonna. L'intermédiaire était bien descendu à Bruxelles-Midi. Il venait d'acheter un billet pour Paris.

14

Une foule compacte se pressait dans la gare du Nord. Des groupes de touristes, des hommes d'affaires et des voyageurs solitaires, comme Georges Van Cleven. Durant le trajet de Bruxelles à Paris, il avait balbutié les prières apprises à l'école primaire. Il se souvenait de passages entiers, qu'il s'était répétés tels des mantras. Il avait également étudié le plan du métro que lui avait donné Mareel et coché les stations où il devait changer de ligne. Il se faufilait maintenant entre les gens et se pressait vers la bouche de métro la plus proche.

« On l'a perdu », dit Versavel.

Il venait de recevoir un appel d'un collègue qui avait fait le voyage de Paris. L'intermédiaire avait pris le métro, était descendu deux stations plus loin, s'était engouffré dans un taxi, lequel l'avait déposé à une autre station de métro. Ils avaient pu le suivre un temps avec l'aide des collègues français, mais ils avaient ensuite perdu sa trace.

« C'est vraiment pas de bol ! pesta Van In.

— La police française a immédiatement diffusé son signalement. »

Van In hocha la tête. Dès qu'il avait appris que l'intermédiaire avait acheté un billet pour Paris, il avait informé Europol et leur avait envoyé des photos du type par mail.

« Autant chercher une aiguille dans une botte de foin, mais nous ne pouvons rien faire de plus pour le moment.

— Qu'est-ce qui va se passer, maintenant, à ton avis ? demanda Hannelore.

— Aucune idée, répondit Van In. Mais ça ne m'étonnerait pas que le gars ait rendez-vous avec un autre intermédiaire à Paris. Sinon, cette histoire ne rime à rien.

— Logique », commenta Versavel.

Van In avait, à de nombreuses reprises, montré qu'il était capable d'entrer dans le mode de pensée d'un malfaiteur, ce qui faisait de lui ce qu'il était : un brillant enquêteur.

« La valise sécurisée est en tout cas une trouvaille géniale, dit Catrysse. Le ravisseur évite ainsi de se faire doubler par ses intermédiaires. Impossible pour eux d'ouvrir la valise sans rendre son contenu inutilisable.

— Tu m'en diras tant ! » s'exclama Van In.

Il but une gorgée de Duvel et étendit ses jambes sous la table. L'intermédiaire ne pouvait rien faire d'autre que de ramener la valise au commanditaire, lequel le paierait alors, selon toute vraisemblance.

« À mon avis, Mareel est toujours à Blankenberge et il attend un signe de ses comparses. La difficulté, pour lui, c'est, primo, de rapatrier l'argent à Blankenberge, et, deusio, de quitter la ville sans se faire remarquer. Partons du principe que l'homme ou la femme qui a pris livraison de la valise dispose d'une voiture… » Van In consulta l'horloge murale. « Dans ce cas, il ou elle arrivera à Blankenberge vers neuf heures du soir.

— La question est : qui cherchons-nous ? l'interrompit Versavel.

— Ce n'est pas important, ça, Guido. Ce qui compte, c'est *ce que* nous cherchons. Je pense que Mareel est le seul à savoir ouvrir la valise sécurisée. L'intermédiaire va devoir la lui apporter, d'une manière ou d'une autre. Je propose de boucler toutes les voies d'accès à Blankenberge et de faire contrôler toutes les personnes qui souhaitent entrer dans la ville.

— Tu es certain de vouloir faire ça ? demanda Hannelore. N'oublie pas que le ravisseur a menacé de tuer Vermeersch et Nolens si nous l'empêchons d'entrer en possession de la rançon.

— Hannelore a raison, Pieter. »

Versavel comprenait la frustration de Van In, mais là, il prenait un très grand risque.

« Je sais, mais je veux quand même essayer, répondit Van In, obstiné. Parce que je n'arrive pas à croire que Mareel soit à la tête d'une bande de malfaiteurs. Je pense plutôt qu'il a payé des intermédiaires.

— Cette théorie peut se révéler dangereuse, Van In, dit Hannelore.

— En effet. Mais si elle est juste, l'intermédiaire va très vite se dégonfler et nous dire où il doit livrer la marchandise. Et alors, Mareel sera fait comme un rat. »

Catrysse confectionnait un petit bateau en papier. C'était un truc qu'il avait appris de son grand-père et auquel il recourait chaque fois qu'il rencontrait un problème.

« Tu veux faire ces contrôles pendant combien de temps ? »

Les élections au conseil communal étaient toutes proches. Le contrôle systématique des voitures ne plairait pas aux habitants de la ville ni, a fortiori, au bourgmestre, qui avait déjà fort à faire avec les esprits chagrins qui estimaient que la rénovation de la ville coûtait trop cher et qui disaient du mal de lui à la moindre occasion.

« Au moins jusqu'à demain matin, répondit Van In. Plus longtemps si nécessaire.

— Je vais voir ce que je peux faire.

— Si c'est une question d'effectifs, je peux solliciter la police fédérale. Ces gars-là adorent faire chier leur monde. »

Versavel et Hannelore sourirent. La réforme des polices avait eu lieu depuis une éternité, mais Van In gardait une dent contre l'ex-gendarmerie.

« Là n'est pas le problème », dit Catrysse.

En quelques mots, il expliqua les rapports de force en présence à Blankenberge et cracha enfin le morceau : le commissaire en chef et le bourgmestre n'étaient pas vraiment ce qu'on pouvait appeler les meilleurs amis du monde.

« Hanne, qu'est-ce que tu en penses ? demanda Van In lorsque Catrysse eut terminé.

— Je pense que l'inspecteur en chef Catrysse évalue mal la situation. Si ce qu'il dit est vrai, le commissaire en chef fera exactement le contraire de ce que souhaite le bourgmestre. Ou je me trompe ? »

Catrysse sourit. Le jeu politique était bien plus complexe qu'on ne pouvait le croire quand on n'était pas du cru. Si le commissaire en chef voulait embêter le bourgmestre, il pouvait, en effet, soutenir le contrôle à grande échelle souhaité par Van In, mais il pouvait tout aussi bien s'y opposer avant de faire circuler le bruit que le bourgmestre était responsable de l'incapacité de la police à arrêter les ravisseurs.

« Nous verrons, madame la juge d'instruction », dit-il, philosophe.

Un inspecteur de police entra dans la salle de réunion et marcha à grands pas jusqu'à la table, manifestement très nerveux.

« Nous avons réussi à identifier le premier intermédiaire, dit-il. Sa femme vient de nous appeler. »

Mme Van Cleven était assise sur une chaise, la tête basse, avec une mine de chien battu. Le jeune type qui l'avait maintenue prisonnière toute la journée l'avait laissée seule un quart d'heure plus tôt après avoir reçu un coup de téléphone. Van In lui montra la photo de Mareel.

« C'est lui ? »

Elle ne jeta qu'un bref regard à la photo et acquiesça aussitôt de la tête.

« Il n'est rien arrivé à Georges ? demanda-t-elle.

— Je ne crois pas, répondit Van In. À mon avis, il est dans le train et il sera rentré d'ici quelques heures. Guido, dit-il en se tournant vers Versavel, tu veux bien t'informer sur les heures d'arrivée des trains Paris-Bruxelles de cet après-midi ? »

Versavel prit son portable, chercha le numéro de la gare de Blankenberge qu'il avait encodé et l'appela.

Mme Van Cleven le remercia d'un regard triste.

« Pouvez-vous nous expliquer ce qui s'est passé, madame ? demanda Van In. Réfléchissez bien. Chaque détail peut avoir son importance et nous aider à retrouver cet homme rapidement. »

Elle hocha la tête. Les événements des dernières heures étaient gravés au fer rouge dans sa mémoire

« Il répétait sans arrêt que je ne devais pas avoir peur et qu'il ne nous ferait pas de mal, à Georges et à moi. Et aussi que sa mission était presque finie.

— Quelle mission ?

— Il ne l'a pas dit.

— Était-il calme ? Ou nerveux ? »

Madame Van Cleven réfléchit.

« Il était raide comme une statue. Et ses yeux… Il y avait quelque chose de bizarre dans ses yeux.

— Vous les avez trouvés troubles ?

— Ils ressemblaient à ceux de mon père juste avant sa mort. »

Van In jeta un regard vers Hannelore, qui était assise à côté de la femme et lui tenait la main. Il n'avait jamais exclu le fait que Mareel soit sous l'influence de stupéfiants. Son étrange mode opératoire et les deux doigts sectionnés allaient dans ce sens, et peut-être aussi son mépris de la mort. Qu'était-il arrivé de si terrible à ce jeune homme pour qu'il puisse devenir à ce point insensible aux autres ?

« A-t-il mangé ou bu quelque chose quand il était chez vous ?

— Il a seulement pris un verre d'eau.

— Et il est parti à moto ?

— Oui.

— Dans quelle direction ?

— Vers Bruges. »

Si Mareel avait une planque à Bruges ou dans les environs, ses victimes s'y trouvaient certainement aussi. Il devenait de facto inutile de contrôler tous les accès à Blankenberge.

« Vous en êtes certaine, madame ?

— Je l'ai regardé partir par la fenêtre.

— Il a peut-être fait demi-tour un peu plus loin pour vous donner une fausse indication, dit Versavel, qui comprenait très bien pourquoi ce détail avait de l'importance pour Van In.

— Ou alors, il a une planque dans les environs de Blankenberge, tenta Hannelore.

— Ou sur la lune ! En fait, nous n'en savons strictement rien ! » s'exclama Van In.

Son travail était particulièrement frustrant. Les malfaiteurs avaient toujours un coup d'avance, et souvent les résultats engrangés par la police étaient inversement proportionnels aux moyens déployés. Il avait disposé des caméras de surveillance dans toute la ville, utilisé des chiens pisteurs et eu recours à un nombre impressionnant de renforts, et pourtant Mareel continuait à leur échapper.

« Tu ne peux pas faire grand-chose de plus, Pieter, dit Hannelore.

— Et ça ne me plaît pas, crois-moi », dit-il, plein d'amertume.

Mareel rangea sa moto dans la remise. Il ôta son casque et ouvrit une cannette de Coca. Max pouvait arriver à tout moment avec la valise sécurisée et ils avaient du boulot qui les attendait. Heureusement, il avait pris l'initiative au cours de la nuit précédente d'emmener Nolens chez Max, à bord de sa camionnette. Il s'en était fallu d'un cheveu pour que ça foire. Catrysse lui avait un jour expliqué que les voitures de la police patrouillaient toujours la ville selon le même plan. Ils avaient mis à profit le court laps de temps disponible pour cacher Nolens dans la camionnette et le conduire chez Max. Ce trou du cul n'échapperait pas à la peine qu'il méritait.

Le crissement du gravier le fit sursauter. La camionnette de Max remontait l'allée. Mareel ouvrit la porte et coula un regard à l'extérieur. Max sortit du véhicule, un grand sac en toile à l'épaule.

« J'en ai marre, grommela-t-il.

— Un problème ? » demanda Mareel.

Max secoua la tête et posa le sac sur la table en poussant un soupir. Ça n'avait pas été facile, c'était le moins qu'on puisse dire.

« Les flics ont bloqué les rues. Ils contrôlent toutes les voitures. »

Mareel considéra son comparse d'un air étonné.

« Mais comment tu es passé, alors ? »

Max ricana :

« Ces trous du cul sont deux cents mètres trop loin ! »

Il alla jusqu'au frigo, prit la bouteille de genièvre et but à même le goulot. L'opération menaçait de capoter à tout moment, et Mareel ne lui avait jamais annoncé qu'il y aurait des morts. Le vol et le recel pouvaient lui valoir quelques années de prison, tout au plus, mais un enlèvement et deux meurtres pouvaient lui coûter la perpétuité.

« Je veux plus de fric, dit-il. Beaucoup plus. »

Il posa la bouteille sur la table à côté du sac de toile et s'essuya la bouche du revers de sa manche.

« Ça se discute. »

La meilleure manière de négocier les histoires d'argent, c'est encore d'en montrer. Alors, Mareel sortit la valise sécurisée du sac de toile et l'ouvrit. Il prit trois liasses de billets de cent euros et les empila.

« Voilà trente mille euros, dit-il. Cinq mille de plus que promis. »

Max fixa la pile de billets d'un air incrédule et rit d'un rire hystérique.

« Attends ! dit Mareel. Je n'ai pas fini. »

Il fit une deuxième pile, deux fois plus haute que la première.

« Ccnt mille et on n'en parle plus. »

Max s'assit et palpa les billets. Cent mille euros, c'était un fameux paquet d'argent.

« Deux cent mille et c'est bon, dit-il.

— C'est d'accord, à condition que tu fasses une dernière chose pour moi.

— Je ne suis pas un meurtrier, Mareel. »

Il mentait. Il aurait tué sa propre mère pour cette somme.

« Je ne te demande pas de tuer, Max. Une dernière balade en camionnette et les deux cent mille euros sont à toi.

— Tu es vraiment un drôle de coco, Mareel. »

L'inspecteur de la police locale tapota sur l'épaule de Georges Van Cleven à sa descente du train en gare de Blankenberge. Il était onze heures moins dix.

« Voulez-vous bien me suivre, monsieur ? »

Van Cleven sentit son ventre se crisper. Il avait suivi toutes les instructions à la lettre et l'homme qui gardait Jeanine prisonnière lui avait fait jurer de ne parler à personne durant le trajet du retour.

« Je suis attendu chez moi de toute urgence, dit-il. Ma femme est malade et…

— Votre femme est en sécurité, dit le flic. Elle vous attend chez vous, sous surveillance policière.

— Sous surveillance policière ? répéta le pauvre homme sans comprendre.

— Pareil pour vous, dit l'inspecteur. Mais je dois d'abord prendre votre déposition au commissariat. »

Il mena Van Cleven à une voiture de police garée à proximité et l'invita gentiment à monter.

« Cela ne durera pas longtemps », dit-il pour l'encourager.

De la gare au commissariat, il n'y avait que quelques centaines de mètres. Le trajet ne dura pas plus de trois minutes.

« Asseyez-vous, monsieur Van Cleven, dit Van In. Puis-je vous proposer quelque chose à boire ? »

Van In était particulièrement de bonne humeur. Il avait eu raison de penser que Mareel avait eu recours à deux intermédiaires. Son hypothèse qu'il ne s'agissait pas de truands se confirmait elle aussi. Le point négatif, c'était que les contrôles n'avaient rien donné jusqu'à présent.

« Nous n'allons pas vous embêter longtemps aujourd'hui, dit-il. Je veux seulement savoir qui a pris livraison de la valise. Un homme ou une femme ?

— Un homme. »

Van Cleven prit la tasse de café que lui tendait Versavel et but une gorgée avec avidité. Ses mains tremblaient.

« Pouvez-vous le décrire ?

— Il était plus ou moins de ma taille.

— Quel âge ? »

Van Cleven haussa les épaules

« Je n'ai pas vu son visage, dit-il. Il portait une écharpe et un bonnet.

— A-t-il dit quelque chose ?

— Non. Je devais juste lui donner la valise, attendre une heure, et prendre le train dans l'autre sens.

— Comment avez-vous su que c'était à lui que vous deviez remettre la valise ?

— Il avait le même livre que moi », répondit Van Cleven.

Van In hocha la tête. Mareel avait bien mis au point sa petite opération. La probabilité qu'un passant se balade lui aussi avec l'intégrale de Kafka en néerlandais à la gare du Nord de Paris était quasi nulle. Et en s'assurant que le deuxième intermédiaire était impossible à reconnaître, Mareel pouvait se passer de surveiller trop longtemps Jeanine Van Cleven.

Van In posa encore quelques questions à Van Cleven, sans grand résultat. Le deuxième intermédiaire, tel qu'il le décrivait, pouvait avoir entre trente et cinquante ans. Le fait qu'aucun mot n'avait été échangé indiquait que Mareel ne voulait pas que l'homme soit reconnu à son accent, et donc qu'il était très vraisemblablement originaire de Flandre occidentale. Mais cela aussi, c'était peu.

« Est-ce que quelqu'un veut bien ramener M. Van Cleven chez lui ? »

Catrysse se leva et sortit ses clés de voiture de sa poche.

« Mareel est rusé, dit Versavel lorsqu'ils furent sortis. Il nous échappe à chaque fois.

— Et pourtant, ce n'est pas Superman, Guido. Il finira bien par commettre une erreur.

— Nous connaissons son identité. Il ne peut pas aller bien loin. »

Van In réprima un bâillement. Depuis une semaine, il buvait trop et il ne dormait pas assez. Sa forme s'en ressentait. Mais le sentiment de frustration prit le dessus sur la fatigue. Aller dormir, cela aurait été comme s'avouer vaincu.

« Je ne dirais pas non à un petit verre. »

Nolens était ligoté à une chaise. Il avait pris dix ans en une semaine. Son visage, gris comme la cendre, était tordu par la douleur.

« Tes heures sont comptées, Nolens. »

Mareel était campé devant lui, jambes écartées. Le couteau avec lequel il avait déjà amputé deux doigts au réviseur d'entreprises brillait dans sa main.

« Je vais te punir pour tes crimes, salopard ! »

Un plastique de quatre mètres sur trois était posé sous la chaise. Nolens savait ce qui l'attendait.

« Laissez-moi la vie sauve, je vous en prie ! Je ne vous ai rien fait ! »

Mareel brandit son couteau et taillada l'épaule de Nolens.

« Tu n'as pas encore appris que tu devais te taire quand je parlais ?! »

Le vent s'engouffra dans la remise et en fit grincer les parois. Il faisait un temps à ne pas mettre un chien dehors, ce qui était une excellente chose. Mareel considéra sa victime d'un air moqueur.

« Tu devrais me remercier de ne pas te laisser mourir de faim comme Vermeersch. Dis-moi que je suis bon et miséricordieux ! »

Prêt à tout pour reculer la mort, ne fût-ce que de quelques minutes, l'homme répéta docilement :

« Vous êtes bon et miséricordieux. »

Mareel hocha la tête et marcha jusqu'au frigo pour en sortir la bouteille de genièvre. Lui qui détestait encore l'alcool quelques jours plus tôt le trouvait désormais bon comme l'ambroisie. Il but goulûment au goulot jusqu'à ce que la tête commence à lui tourner. Il était devenu quelqu'un d'autre, quelqu'un dont il pouvait être fier. Il s'était libéré de toutes les sources de frustration et de tous les freins, même si ce n'était que pour un laps de temps très court. Au moins, il mourrait en homme.

« Comment était Katja au plumard ? Est-ce qu'elle faisait tout ce que tu lui demandais, ou tu devais payer plus ? »

Malgré la douleur qui le transperçait et la peur de mourir, Nolens lui jeta un regard incrédule. Il comprit que le moindre mot qui ne correspondrait pas aux attentes de son bourreau lui vaudrait d'atroces souffrances supplémentaires.

« Je t'ai posé une question, sale porc ! »

Mareel approchait.

« Elle suçait merveilleusement, s'empressa-t-il de dire.

— Ça ne m'étonne pas d'elle. »

Mareel retourna au frigo et but une nouvelle rasade de genièvre tout en essayant d'imaginer que la jeune fille lui faisait une pipe. Combien de fois n'en avait-il pas rêvé ?

« Et qu'est-ce qu'elle faisait d'autre ?

— Elle se laissait prendre partout, répondit Nolens.

— Ah ! Ça non plus, ça ne m'étonne pas d'elle !

— J'avais le droit de lui faire mal.

— Raconte !

— Elle aimait que je lui accroche des pinces aux tétons. Et je pouvais lui enfoncer un tas de trucs dans le con. »

Nolens se creusa la cervelle à la recherche d'autres détails piquants qui plairaient à Mareel, mais il était à court de fantasmes. Heureusement, son bourreau continuait à lui poser des questions. Sa soif de sensations paraissait insatiable.

Ils entrèrent au Mer du Nord et allèrent s'asseoir au bar. Van In commanda une Duvel et une petite assiette de fromage. Versavel et Hannelore prirent un vin blanc. Catrysse se contenta d'une Jupiler.

« Nous avons reçu pas mal d'appels de gens en colère à cause des contrôles, dit-il.

— Rien à cirer », trancha Van In.

Il alluma une cigarette et aspira longuement. En fait, ce n'était pas nécessaire. L'intérieur du café était bleu de fumée.

« Nous avons peut-être raté le coche », dit Hannelore.

Elle parlait au pluriel à dessein, pour ne pas accabler Van In. En général, il s'avérait toujours qu'il avait eu raison, mais les faits semblaient cette fois lui donner tort. Les contrôles n'avaient rien donné et le ravisseur n'avait plus donné signe de vie.

Le portable de Catrysse sonna.

Il reconnut aussitôt la voix de Mareel et fit un grand signe pour indiquer que c'était important, mais personne ne comprit. Alors, il prit un feutre et écrivit « MAREEL » en marge du journal posé à côté de lui. Quelques secondes plus tard, il ajouta : « NOLENS MORT. »

« Alors ? demanda Van In, la communication terminée.

— Mareel a tué Nolens et a balancé son corps quelque part dans la nature dans les environs de Blankenberge, dit Catrysse.

— Il n'a pas reçu la rançon ? » demanda Hannelore, horrifiée.

Pour tuer quelqu'un de sang-froid, il fallait soit être fou, soit être totalement dénué d'empathie. Qu'était-il arrivé à ce garçon timide d'à peine dix-huit ans ?

« Il n'en a pas parlé.

— Il faut immédiatement tracer son appel ! » dit Van In.

Versavel consulta sa montre. Il était presque une heure du matin.

« Ça va être difficile, Pieter. »

Cette recherche n'était possible que durant les heures de bureau si Mareel avait utilisé un numéro non enregistré. Et bien sûr, il avait pris cette précaution.

« Je n'aurais jamais imaginé qu'il puisse faire une chose pareille », dit Catrysse, stupéfait.

Il se demandait comment la mère du jeune homme réagirait quand elle apprendrait que son fils était un meurtrier. Elle ne survivrait sans doute pas à la nouvelle. Pourquoi Joris lui faisait-il une chose pareille ?

« Qu'a-t-il dit d'autre ? » demanda Van In.

Catrysse se concentra et répéta presque mot pour mot ce que Mareel venait de lui dire.

« *J'ai puni Nolens pour le mal qu'il m'a fait. J'ai zigouillé ce salopard et je me suis débarrassé de son corps quelque part dans les environs de Blankenberge. Vous n'aurez pas à chercher loin. Ma mission est presque terminée. Ceci est le dernier message que vous recevrez de moi.* Il n'a pas dit un mot à propos de Vermeersch.

— On peut organiser une battue maintenant ? » demanda Van In, qui réfléchissait à pleins tubes.

Le meurtre de Nolens changeait totalement la donne. Mareel n'avait pas reçu la rançon et il voulait leur montrer qu'il était déterminé. Ou alors il n'avait jamais eu l'intention de libérer les deux hommes.

« Seulement si nous arrêtons les contrôles routiers, dit Catrysse.

— C'est bon. On fait ça. »

Van In vida sa bière d'un trait. Si les informations données par Mareel étaient exactes, ils devaient passer au peigne fin la zone située entre Blankenberge, Wendune, Zeebrugge et Bruges.

« Est-ce qu'il y a une carte de la région dans la voiture ? demanda-t-il.

— Je crois bien », répondit Versavel, qui disparut à l'extérieur.

Deux minutes plus tard il revenait avec une carte. Van In la déplia et traça un cercle aux endroits où se trouvaient les postes de contrôle. Il pouvait exclure le périmètre délimité par ces points, car il était pratiquement impossible que Mareel ait réussi à y pénétrer sans être vu, à moins qu'il n'ait traîné le corps à travers champs. Mais cela non plus ne paraissait pas très vraisemblable.

« Commençons à explorer les voies les moins fréquentées », dit-il.

Les polders de la région étaient traversés de dizaines de routes de campagne extrêmement étroites où personne n'allait jamais de nuit.

« Je m'y mets immédiatement, dit Catrysse.

— Et nous, on retourne au commissariat pour coordonner les opérations », dit Van In.

Il paya l'addition. Ils n'étaient pas sortis depuis dix secondes que déjà la rumeur avait fait le tour du café : deux meurtres à Blankenberge, voilà qui annonçait bien des débats et des spéculations ! Claudine sourit derrière son bar. On commençait déjà à annoncer des tournées générales. Qui aurait dit que la mort, c'était bon pour le chiffre d'affaires ?

Dans la salle de réunions du commissariat, la tension était à son comble. Quinze patrouilles étaient parties à la recherche du corps. Autant dire que le résultat ne se ferait pas attendre longtemps.

« Je me demande où notre gaillard se planque, dit Van In. Et pourquoi il s'est subitement manifesté. »

Versavel se triturait pensivement la moustache. Au début, Mareel avait tout fait pour rester hors d'atteinte, alors que là, on aurait dit qu'il ne demandait qu'à être pris.

« On ne sait pas d'où il nous a appelés, dit Hannelore. Il a peut-être reçu la rançon, malgré tout. Qui sait s'il n'est pas en train de fuir à l'étranger ? La France n'est qu'à soixante kilomètres.

— Dans ce cas, jc ne parie pas un kopek sur la vie de Vermeersch, dit Van In. Combien de temps un humain peut-il survivre sans manger ?

— Cela dépend des conditions et de son état de santé, répondit Versavel.

— Mais il doit avoir à boire », précisa Hannelore, qui avait été confrontée à un cas de maltraitance d'enfant quelques mois plus tôt.

Des parents avaient laissé leur fils de huit ans pendant trois jours dans la cave de leur maison, sans manger ni boire. Il avait échappé de peu à la mort.

« Dans le premier message qu'il nous a envoyé, Mareel disait qu'il laisserait Vermeersch mourir de faim, mais cela ne veut bien sûr rien dire, poursuivit Van In.

— Existe-t-il un inventaire des immeubles vides et non loués à Blankenberge ? » demanda Hannelore.

L'heure n'était plus à la prudence, et elle était habilitée à ordonner des perquisitions. Un des inspecteurs qui surveillaient les moniteurs pivota sur sa chaise pour signaler qu'on pouvait trouver à l'hôtel de ville la liste des immeubles vides. Pour celle des appartements non loués, ce serait une autre paire de manches : il faudrait prendre contact avec les agences immobilières locales.

« Qu'est-ce que tu en penses, Pieter ?

— C'est de toute façon mieux que de rester là à se tourner les pouces, répondit-il.

— Alors, mettons-nous au travail ! Je règle la paperasserie », conclut Hannelore.

Joris Mareel était assis dans le noir et regardait la nuit par la petite fenêtre de la remise. De ses yeux voilés, il fixait tour à tour les étoiles et les lumières de la ville, au loin. Cela faisait plus de deux jours qu'il n'avait plus rien donné à boire ni à manger à Vermeersch. Personne ne découvrirait à temps l'endroit où il croupissait. Il songea à sa mère et à toutes les souffrances qu'elle avait endurées au cours de sa vie. Elle était la seule qui ne lui avait jamais fait de mal. Elle l'avait toujours consolé et encouragé quand les choses n'allaient pas pour lui et qu'il venait chercher refuge auprès d'elle. Pourquoi les gens ne l'aimaient-ils pas ? Qu'avait-il fait pour ne recevoir que leur mépris ? Qu'est-ce qui n'allait pas chez lui ? À l'école, les profs l'avaient qualifié d'ingérable, de colérique et d'asocial. Mais qui accordait encore foi aux affirmations des profs ? Pas sa mère, en tout cas. Elle ne l'avait jamais laissé tomber, elle.

Le faisceau lumineux d'une lampe de poche annonça l'arrivée de Max. Vingt secondes plus tard, il ouvrait la porte. Max éteignit sa lampe et la posa sur un tabouret.

« Tu ne vas quand même pas rester assis ici toute la nuit ? demanda-t-il.

— Ce ne sont pas tes oignons, mec.

— Je me tire, de toute façon. »

Max alluma un cigare, se servit un verre de genièvre et vint se planter à côté de Mareel.

« J'irai chercher mes économies à la banque demain matin. J'ai réservé un vol pour la Turquie. Ils ne m'attraperont pas.

— Moi non plus.

— Qu'est-ce que tu vas faire du fric ?

— C'est pour ma mère.

— Tu es devenu cinglé ?

— Je l'ai peut-être toujours été.

— Ne me donne pas aux flics ! s'exclama Max.

— Alors, fiche-moi la paix.

— Comme tu veux. »

Max vida son verre, tira sur son cigare et marcha jusqu'à la porte avant d'ajouter :

« Salut la compagnie ! »

Puis, il disparut dans la nuit.

À cinq heures moins le quart, la nouvelle tomba : on avait retrouvé le corps de Nolens aux environs d'un restaurant gastronomique, le Ter Doest, dans le village de Lissewege. Van In, Versavel et Hannelore se rendirent aussitôt sur les lieux.

« Mareel l'a torturé au couteau avant de lui trancher la gorge. »

Versavel rangea son portable dans sa poche et monta dans la voiture. Van In et Hannelore prirent place sur la banquette arrière. Il la serra contre lui.

« Il a dû voir ça à la télé. Ou sur Internet. Les exécutions en Irak, c'est pas joli joli, hein !

— Tu veux bien te taire, Van In ! »

Elle avait la chair de poule.

« On a des détails ? » demanda Van In.

Versavel tourna la tête dans leur direction.

« Le cadavre était emballé dans un plastique noir.

— Il était sur la route ou dans le fossé ?

— Dans le fossé.

— Alors, on va peut-être retrouver des traces », dit Van In.

Il pleuvait depuis pas mal de temps. Si Mareel avait transporté le corps dans une voiture, il avait peut-être laissé des empreintes de pneus dans la boue.

« Quelqu'un a prévenu le labo ?

— Vermeulen et son équipe sont en chemin. »

Au pont de Dudzele, Versavel prit à gauche. Les lueurs bleues des gyrophares se voyaient dans le lointain. Des policiers en imper étaient en train de monter une tente au-dessus du corps pour le mettre à l'abri des curieux. Dans la nuit et par ce temps de chien, la mesure était superflue. Versavel gara la Golf derrière une autre voiture de police, enfonça sa casquette sur son crâne et sortit du véhicule. Van In prit le temps d'allumer une cigarette à la hâte avant de lui emboîter le pas, tandis qu'Hannelore restait assise, se demandant pourquoi elle avait accompagné les deux hommes. La dernière fois qu'elle avait vu un cadavre, elle en avait fait des cauchemars. Van In frissonna sous le vent cinglant et la pluie glacée. Pour une fois, il trouva cela assez agréable. Nolens n'aurait plus jamais cette chance.

« Ce n'est pas beau à voir, Pieter », dit Versavel,

qui savait que Van In ne supportait pas la vue du sang.

Nolens avait eu la gorge tranchée d'une oreille à l'autre. Sa tête pendouillait sur son épaule. Ses vêtements étaient profondément imbibés de sang.

« Personne ne mérite de mourir comme ça », dit Van In après avoir jeté un regard furtif au corps.

Il releva un pan de la toile et sortit de la tente, penché en avant. Le visage convulsé de Nolens en disait long sur l'atrocité de sa mort.

« Nous savons maintenant que Mareel a une voiture à sa disposition.

— À mon avis, c'est une camionnette, commenta Versavel. Nolens était assez grand. Quand les collègues l'ont trouvé, il était dans la même position que maintenant, totalement droit.

— On a retrouvé des traces de pneus ? »

Versavel hocha la tête et pointa le doigt vers une bâche qu'un policier avait déposée dans le fossé pour recouvrir plusieurs ornières, dans l'attente des gars du labo.

« Ça va nous prendre une éternité de contrôler toutes les camionnettes de Blankenberge et des environs, mais c'est mieux que rien », dit Van In.

La réussite d'une enquête tenait parfois à ce genre de détails. Van In avait jadis interrogé plus de trois cents propriétaires de Toyota Starlet en lien avec un accident de la route mortel avec délit de fuite. Cela avait duré des semaines, mais ils avaient fini par mettre la main sur le bonhomme.

« Il ne faudra peut-être pas en arriver là, fit observer Versavel.

— Un élément a-t-il échappé à ma sagacité, mon cher Watson ? »

Versavel sourit. Van In n'aimait pas que d'autres soient plus perspicaces que lui.

« Qui conserve de si grands plastiques chez lui ?

— Quelqu'un qui en trouverait l'usage, dit Van In, sans comprendre où l'autre voulait en venir.

— Possible. Mais il se pourrait aussi que Mareel l'ait acheté quelque part.

— Dans un magasin de bricolage…

— Par exemple, dit Versavel.

— Et il n'y en a pas des masses à Blankenberge.

— Tu en sais des choses, toi ! »

Versavel sourit de nouveau.

« C'est toujours un plaisir, commissaire. »

Ils allèrent s'abriter dans la voiture en attendant l'arrivée de Zlotkrychbrto et de Vermeulen. Hannelore agrippa le bras de Van In et lui chuchota quelque chose à l'oreille qui illumina aussitôt son visage d'un grand sourire.

15

La table du petit déjeuner offrait un spectacle royal. Il y avait plusieurs sortes de petits pains, du jambon, du fromage et du miel. Une bonne odeur d'œufs frits au bacon flottait dans l'appartement. Hannelore avait aussi acheté un bouquet de fleurs et des serviettes en papier rouges à l'épicerie du coin.

« Qu'est-ce qu'on fête ? » demanda Van In en entrant dans le séjour en peignoir.

Il s'assit sur la chaise où, durant la nuit, pendant que Versavel dormait, Hannelore lui avait fait une pipe dont il se souviendrait longtemps. Il s'était demandé pourquoi elle avait honoré la promesse qu'elle lui avait faite dans la voiture, car ils étaient franchement crevés tous les deux. Et Versavel était dans la pièce voisine, par-dessus le marché. Et puis, là, ce petit-déjeuner… Il comprenait qu'elle était en train d'essayer de l'acheter subtilement. Elle voulait coûte que coûte reprendre ses études, et elle ne s'épargnerait aucun effort pour parvenir à ses fins. La perspective en était réjouissante, même si Van In craignait que le prix à payer ne soit ensuite trop élevé pour lui.

Pendant que Van In se triturait les méninges, Versavel avait appelé Catrysse pour lui demander la liste des magasins de bricolage de la ville. Elle se révéla heureusement très courte.

« Je propose de commencer par le Brico, dit Versavel. C'est là que vont la plupart des gens.

— Qui veut des œufs ? » demanda Hannelore en apportant une poêle fumante à table.

Elle se servit un café. Elle portait une robe de nuit extra courte qu'elle réservait en général à Van In, mais Versavel ne comptait pas.

« Ah ! Ça faisait longtemps ! s'exclama Van In en remplissant son assiette d'une portion énorme avant de présenter la poêle à Versavel.

— Qu'est-ce qu'on fait avec les empreintes de pneus ?

— Laissons cette piste pour le moment », répondit Van In.

Dans la salle de bains, il avait réfléchi à la manière dont ils avaient abordé l'enquête jusqu'à présent, et il était arrivé à la conclusion qu'ils s'y étaient mal pris. Il était maintenant pratiquement certain que Mareel se risquait rarement au-dehors, et seulement de nuit, sans quoi il aurait fini par apparaître sur les images prises par les caméras. La théorie d'un complice opérant pour lui au grand jour commençait à s'imposer.

« Et la surveillance vidéo ? dit Van In en piquant

un morceau d'œuf avec sa fourchette. Il faut regarder les bandes à nouveau !

— La camionnette ? devina Versavel.

— En effet.

— Est-ce que cela a vraiment un sens ? demanda Hannelore. Tu ne connais même pas la marque !

— C'est vrai, mais nous pouvons nous concentrer sur les camionnettes sans logo ni inscriptions, et elles sont plutôt rares. La plupart d'entre elles sont à usage professionnel. Je n'imagine pas que quelqu'un puisse prendre le risque de transporter un cadavre dans un véhicule sur lequel seraient inscrits le nom de son propriétaire et son adresse. »

Cette idée l'avait frappé par sa simplicité quand elle lui était venue à l'esprit.

« J'appelle Catrysse et je lui demande de s'y coller ?

— Oui, merci, Guido. »

Le Brico se trouvait à proximité du parc industriel de la chaussée de Bruges, à quelques kilomètres du centre de Blankenberge. C'était un immense magasin à la gamme très étendue. Van In frappa à la porte du directeur.

« On peut entrer ? Commissaire Van In et inspecteur en chef Versavel. »

Le directeur, un homme de petite taille au grand front et aux oreilles qui annonçaient un décollage imminent, demanda aux deux hommes ce qu'il pouvait faire pour les aider. Van In sortit une enveloppe de sa poche et lui présenta un morceau du plastique qui avait servi à envelopper le corps de Nolens.

« Est-ce que vous vendez ce genre de chose ici ? »

Le directeur observa le matériau et le palpa entre le pouce et l'index.

« J'en ai bien l'impression.

— Mais vous n'êtes pas certain.

— Pas vraiment, mais… un instant ! »

Le directeur se leva, passa la tête à la porte de son bureau et appela un de ses collaborateurs.

« Eddy, tu veux bien vérifier si nous vendons du plastique de cette qualité ? »

Il revint s'asseoir derrière son bureau.

« En attendant la réponse, que puis-je vous offrir à boire ? Un café ? Une boisson fraîche ?

— Un café, ce sera parfait », dit Van In.

Il avisa un cendrier sur le bureau et alluma une cigarette. Il ne comprenait pas pourquoi les gens consacraient autant d'argent à l'achat de matériaux de bricolage qui ne leur serviraient en général qu'une seule fois et qu'ils rangeraient ensuite dans un placard, à moins qu'ils ne finissent par les prêter, pour ne plus jamais les revoir. Il était apparemment minoritaire à penser ça, sans quoi les Brico auraient fait faillite depuis longtemps. Or, il y avait du monde dans le magasin, beaucoup de monde. Sans cesse interrompu par des clients, le fameux Eddy mit un temps infini avant de les rejoindre pour les informer qu'en effet, ils vendaient cette qualité de plastique.

« Combien de salariés avez-vous ? » demanda Van In.

Le directeur fit un rapide calcul.

« Dix à temps plein et trois à mi-temps, répondit-il.

— Sont-ils tous là en ce moment ?

— Nous sommes sept, moi y compris. »

Van In hocha la tête. L'idée de chercher l'endroit où le plastique avait été acheté ne lui paraissait subitement plus aussi géniale qu'au début.

« Si j'achète du plastique de ce type, on me le découpe ?

— Oui.

— Des gens du magasin ?

— Oui.

— Alors, je veux interroger tous ceux qui travaillent à la découpe, dit le commissaire.

— Ce n'est pas un problème », répondit le directeur.

Dans les minutes qui suivirent, trois membres du personnel du Brico entrèrent au compte-gouttes dans le bureau. Van In leur demanda s'ils avaient vendu un morceau de plastique de trois mètres sur quatre au cours des derniers jours. La réponse fut chaque fois négative.

« Je voudrais le nom et les coordonnées des salariés absents aujourd'hui, demanda Van In au directeur.

— Si vous le souhaitez, vous pouvez aussi interroger les caissiers.

— Une chose à la fois », répondit Van In.

Si personne ne se souvenait d'avoir découpé ce morceau de plastique, cela avait peu de sens d'interroger les caissiers. Le directeur sortit d'une armoire métallique le classeur où il gardait toutes les fiches de paie et nota les coordonnées de quatre personnes sur une feuille de papier d'imprimante. Van In la plia en quatre et la glissa dans sa poche.

À dix heures et demie, après avoir interrogé deux autres collaborateurs du Brico, Van In et Versavel sonnèrent chez Thierry Dekeyzer, un célibataire qui vivait encore chez sa mère et qui avait vraisemblablement bien arrosé la soirée de la veille, comme en témoignaient son haleine chargée et ses yeux vitreux. Il ne fit cependant pas de difficultés quand Van In lui annonça être commissaire. Sa mère, une solide bonne femme affublée d'un tablier à fleurs, s'excusa longuement pour le salon en désordre. À l'exception d'un journal ouvert sur la table et de deux tasses de café, tout était impeccablement rangé. Les meubles brillaient comme s'ils venaient d'être époussetés. Van In montra le morceau de plastique à Thierry Dekeyzer en répétant la question qu'il avait déjà prononcée un nombre de fois un peu trop élevé à son goût depuis quelques heures. La réponse ne se fit pas attendre.

« Oui, j'en ai vendu avant-hier, dit Dekeyzer.

— Vous vous souvenez des dimensions demandées ?

— Trois mètres sur quatre. Le gars m'a dit qu'il voulait obscurcir une fenêtre.

— Vous connaissez cet homme ?

— Seulement de vue.

— Vous savez où il habite ? »

Cette fois, l'employé demeura silencieux. Il haussa

les épaules et se gratta derrière l'oreille. Ce client venait de temps en temps au Brico, en général pour acheter des outils. Un tournevis, des tenailles, des petites choses comme ça.

« Il vit à Blankenberge, à votre avis ?

— Oui, je pense.

— Savez-vous dans quelle voiture il circule ?

— Il a une camionnette gris foncé. »

Le gars avait un jour acheté des plaques de plâtre, et Thierry Dekeyzer l'avait aidé à les charger dans sa camionnette.

« Vous vous souvenez de la marque ? »

L'homme haussa de nouveau les épaules.

« Je ne m'y connais pas, dit-il. Tout ce que je peux vous dire, c'est que c'est un véhicule qu'on ne voit pas souvent. »

Cette enquête qui se soldait jusqu'à présent par deux enlèvements et deux morts n'était qu'une accumulation de contretemps et d'impasses. Et voilà que, enfin, la chance leur souriait. Enfin, une piste ! Ils allaient retrouver le ravisseur et ses sbires : ce n'était plus qu'une question de temps. Van In se sentait regonflé à bloc.

« Si jamais vous avez des ennuis, appelez-moi, monsieur Dekeyzer ! dit-il. Vous nous apportez une aide fantastique ! »

Van In employait rarement ce mot, mais quand il le faisait, il le pensait vraiment. Il serra la main de l'employé du Brico et le gratifia d'une claque amicale sur l'épaule.

Max entra dans la remise. Il portait un costume trois pièces qui le rendait méconnaissable pour les gens qui ne l'avaient jamais vu qu'en salopette ou en jeans. Il s'était rasé avec soin et copieusement arrosé d'after-shave.

« Je viens te dire au revoir avant de partir », annonça-t-il.

Joris n'avait pas bougé de sa chaise devant la fenêtre. Il avait passé toute la nuit à regarder au-dehors. Il avait froid. Ses muscles étaient ankylosés et ses yeux injectés de sang.

« C'était sérieux, alors.

— Et comment ! »

Max était aux anges. Avec l'argent de Mareel, il pouvait démarrer une nouvelle vie en Turquie. Il allait se prélasser au soleil avec une jolie nana pendue à son cou. Le voyage était long, mais il s'en fichait. Dans trois ou quatre jours, il arriverait à destination et la fête commencerait.

« Tu laisses tout comme ça ?

— La maison n'est pas à moi et je n'arrive pas à me débarrasser de tout ce bordel, même aux puces.

— Il n'y a pas de formalités à remplir ? Tu ne peux quand même pas t'installer comme ça en Turquie ?

— Tout s'arrange comme par enchantement quand on a du fric, Joris. En Turquie, sans problème ! Tu peux y aller aussi, si tu veux. À ta place, c'est ce que je ferais. Tu ne vas pas pouvoir te cacher éternellement. Les flics ont fait circuler ton signalement. Tu ne t'en sortiras pas à bon compte, tu sais ça ?

— Je m'en sortirai », répondit Joris.

Max le regarda en secouant la tête. Il ne fallait pas être médecin pour voir que Mareel avait un problème.

« Promets-moi une chose. Reste encore planqué vingt-quatre heures. Le temps que je me mette à l'abri.

— T'inquiète, dit Joris. Ils ne m'auront pas.

— Promets de ne pas bouger d'ici demain. »

Max était un égoïste et un connard qui n'avait jamais tenu parole de sa vie, mais il avait exécuté le boulot convenu. Joris ne pouvait pas le nier. Sans son aide, il n'aurait jamais pu se venger des deux hommes qu'il détestait le plus au monde.

« Promis, répondit-il.

— Bien. Ça me fait plaisir de t'entendre parler comme ça. »

Max sourit et vint serrer la main de Joris.

« *Adios*, Joris Mareel ! »

Il fit volte-face et sortit de la remise, fier comme un pou.

L'atmosphère était fébrile au commissariat de Blankenberge. Des inspecteurs scrutaient attentivement les images enregistrées ces derniers jours par les caméras de surveillance, à la recherche d'une camionnette gris foncé. Van In fumait cigarette sur cigarette.

« Et les perquisitions ? Ça donne quelque chose ? » demanda-t-il.

Il y avait de nombreux immeubles vides à Blankenberge. Van In avait mobilisé tous les hommes disponibles pour les fouiller.

« Négatif », répondit Versavel.

La liste était longue, surtout si on comptait les

locations inoccupées. Et puis, rien ne disait que Vermeersch était enfermé dans le centre. Depuis que Mareel avait annoncé qu'il avait tué Nolens, la question était de savoir s'ils retrouveraient vivant l'administrateur délégué de la SFB. Même Catrysse, lui d'habitude si calme, faisait les cent pas comme un ours en cage.

Benjamin Vermeersch s'éveilla d'un sommeil agité. Son corps était devenu totalement insensible. Sa gorge et son palais étaient desséchés comme un vieux parchemin. Il sentait qu'il tomberait bientôt dans un coma dont il ne se réveillerait jamais. Il essaya de se tourner sur le côté, mais ses muscles avaient cessé de réagir aux impulsions envoyées par son cerveau. Il tomba dans un puits sans fond, de plus en plus bas. Il atterrit finalement parmi une bande de gueux aux yeux qui lançaient des flammes et aux longs ongles crochus. Ils le transportèrent dans une autre pièce et le ligotèrent à une table en bois. L'un d'eux s'empara d'un entonnoir et le tint au-dessus de sa bouche.

« Quand on a soif, on boit, monsieur Vermeersch !

— Qui êtes-vous ? »

Les monstres partirent d'un éclat de rire dont les échos se répercutèrent sur les murs.

« Vous ne nous reconnaissez pas, monsieur Vermeersch ? Nous étions employés à la SFB. Quand tout allait bien, avant que vous nous vendiez pour trente deniers ! Mais nous ne sommes pas rancuniers, monsieur Vermeersch ! Nous allons vous donner à boire avant que la mort ne vienne vous chercher. Vous en aurez autant que vous voudrez ! »

Plusieurs monstres ouvrirent leur braguette et pissèrent dans l'entonnoir. Le bruit donna à Vermeersch envie de vomir. Lorsqu'ils lui enfoncèrent l'entonnoir dans la bouche, il commença à sangloter, mais ses yeux demeurèrent secs. Il essayait de recracher la première gorgée d'urine quand les monstres poussèrent l'entonnoir tout au fond de son gosier et continuèrent à pisser jusqu'à ce que son ventre se gonfle, prêt à exploser.

« Pour chaque action, on reçoit quelque chose en retour, monsieur Vermeersch ! »

Les monstres retirèrent enfin l'entonnoir. Le supplice, malheureusement, n'était pas terminé. Vingt mains lui arrachèrent brutalement son pantalon.

« Il reste un crime pour lequel vous devez payer, monsieur Vermeersch ! »

Une douleur atroce secoua le corps de l'administrateur délégué de la SFB comme une décharge électrique. Il poussa un hurlement primal. La douleur empira. Il fut pris de convulsions. Sa tête heurta violemment le bois de la table tandis que le sang jaillissait à gros bouillon de la blessure à son entrejambe.

« Et maintenant, les yeux ! » entendit-il encore une voix crier.

Il perdit connaissance.

« On en tient une ! »

Versavel entra en trombe au 204. Il était dans tous

ses états. Van In écrasa sa cigarette et le suivit dans la salle des moniteurs.

« Une Fiat Ducato sans inscription ni logo. »

L'inspecteur qui avait repéré la camionnette rembobina et montra à Van In les quelques secondes de film qui les intéressaient. La prise avait été faite à deux heures seize du matin, au croisement de la rue Ouest et de la rue du Moulin, comme l'indiquait la légende en bas de l'écran. Il était difficile de distinguer la couleur du véhicule car les images étaient en noir et blanc.

« Merde ! » s'exclama Van In.

La plaque d'immatriculation n'apparaissait que très fugacement. L'inspecteur fit un arrêt sur image. La plaque était couverte de boue. Le numéro d'immatriculation était illisible.

« Je veux immédiatement la liste de toutes les Fiat Ducato enregistrées à Blankenberge, dit Van In. Et un plan de la ville.

— Pour le plan, c'est sans problème, répondit Versavel, laconique. Mais pour la liste, ça risque de durer un moment.

— Vous pouvez imprimer cette image ? demanda le commissaire à l'inspecteur aux manettes de l'ordinateur.

— Sans problème !

— Alors, tirez-la à cinquante exemplaires et faites-la circuler entre les collègues ! On va peut-être trouver quelqu'un qui a déjà vu cette camionnette quelque part.

— Possible », répondit le policier.

Quelqu'un apporta un plan de Blankenberge et le déplia sur la table. Van In, qui commençait à connaître le centre, indiqua le carrefour de la rue Ouest et de la rue du Moulin. La rue Ouest était une impasse : elle donnait sur un escalier qui menait à la digue. La camionnette n'avait donc pu aller qu'à gauche ou à droite au carrefour. Van In s'empara d'un feutre et cerna deux zones. La première était délimitée par la rue de l'Église, l'autre par la rue Léopold.

« On a déjà cherché dans ce secteur ?

— Je ne crois pas, dit Versavel.

— Alors on commence par là ! »

Versavel hocha la tête, prit son portable et appela Hannelore qui dirigeait les recherches.

« La chance est avec nous, dit-il. Il n'y a que six immeubles vides dans les parages. »

Dix ans plus tôt, Blankenberge était encore une station balnéaire en déperdition, surtout en hiver. La plupart des commerces fermaient et personne ne se préoccupait d'entretenir les bâtiments vides. Depuis, beaucoup de choses avaient changé. Les vieux immeubles étaient systématiquement abattus et remplacés par de nouveaux, et la ville attirait les touristes même en dehors de la belle saison.

« On peut toujours essayer », dit Van In en soupirant.

La localisation de la camionnette était en soi un maigre indice, mais il devenait urgent d'agir.

Van In avait constamment le sentiment que Mareel était plus malin que lui et que tous ses efforts pour retrouver Vermeersch vivant étaient vains. Il avait le gosier sec et une douleur à la poitrine.

« J'ai besoin d'un petit remontant, Guido.

— Une Duvel ou quelque chose de plus fort ?

— Une Duvel, ça ira. »

Van In prit sa veste et sortit. Versavel le suivit comme un chien fidèle. Ils traversèrent la rue, longèrent l'église Saint-Antoine et prirent la direction de la place Léopold-III, où ils entrèrent dans le premier café venu.

Une serveuse maigre comme un clou vint aussitôt prendre leur commande.

« Je serai content quand toute cette histoire sera derrière nous, dit Van In.

— Moi aussi. »

Versavel prit le verre d'eau que la serveuse venait de lui apporter et se caressa la moustache d'un geste las.

« On ne rajeunit pas, dit-il. Ni toi ni moi.

— C'est vrai, Guido. »

Les deux premières gorgées de Duvel humectèrent le gosier de Van In mais ne chassèrent pas la douleur qu'il ressentait dans la poitrine. Mais ils n'eurent pas le temps de finir leur verre. Van In en était à la troisième gorgée lorsqu'un inspecteur entra dans le café.

« Nous avons identifié la camionnette !

— Nous ? Qui ça, nous ? demanda Van In.

— L'inspecteur Vanbesien dit qu'il connaît son propriétaire. C'est un certain Max Bossuyt, qui habite à la sortie de la ville, dans une ferme isolée.

— Vous avez pris note du numéro d'immatriculation ?

— Oui. Et deux patrouilles sont parties en reconnaissance. »

La ferme de Max Bossuyt se dressait au bord d'une petite route de campagne très étroite et pleine de nids-de-poule. Van In avait rappelé les deux patrouilles et pris contact avec l'équipe Cobra, l'unité d'intervention spéciale de la police de Bruges. Lui et Versavel s'étaient cachés derrière un abri dans un pré avoisinant en attendant son arrivée.

« Apparemment, il n'est pas là, dit Van In. On ne voit pas la camionnette.

— La remise fait peut-être office de garage.

— Je ne pense pas. Sauf s'il y a une grande porte de l'autre côté. »

Pour plus de sécurité, Van In avait lancé un avis de recherche national. Bossuyt était inscrit à l'état civil comme commerçant itinérant. Il pouvait donc se trouver sur n'importe quel marché de Belgique.

« Tu crois que c'est la planque de Mareel ?

— Pourquoi pas ? » dit Van In.

Versavel se retourna. Il venait d'entendre une voiture approcher.

« Les voilà », dit-il.

Quatre hommes étaient assis dans le véhicule. Ils portaient une combinaison bleu marine arborant le logo de la police et une cagoule. L'équipe Cobra comptait huit membres qui avaient suivi une solide formation auprès de l'unité d'intervention spéciale de la police fédérale. Ils avaient maintes fois apporté la preuve de leur efficacité dans des affaires d'enlèvement et d'arrestation de grands criminels. Ils étaient pour cela équipés d'armes modernes et de moyens extrêmement sophistiqués.

Van In salua le chef de l'équipe d'une poignée de main.

« Le suspect n'est apparemment pas chez lui, Didier. Mais il se pourrait que Mareel se planque ici.

— Il est armé ?

— Je crois. »

Une deuxième voiture arrivait avec le reste de l'équipe. Les huit hommes enfilèrent un gilet pare-balles et sortirent leurs armes du coffre. Ils allaient d'abord discuter de la manière dont ils allaient approcher le bâtiment. L'un d'entre eux braqua de puissantes jumelles vers la ferme et la remise et les étudia de longues minutes. Deux autres prirent position en retrait, de manière à avoir une vue d'ensemble de la scène d'intervention en cas de fuite d'un suspect.

« Je ne voudrais manquer ça pour rien au monde », dit Van In.

Versavel fronça les sourcils. Van In voulait-il dire qu'il désirait participer à l'opération ? Il n'avait aucune expérience de ce type d'intervention. Ce n'était pas la peine de prendre des risques inutiles.

« Hannelore ne va pas apprécier ça quand elle l'apprendra.

— Tout dépend de toi, Guido. Tu n'as qu'à ne pas le lui dire.

— Enfile au moins un gilet pare-balles ! »

Versavel ne tenta même pas de dissuader Van In de faire le mariole. Il avait déjà essayé des centaines de fois, sans succès. Il était plus têtu qu'un troupeau de mules.

« Comme tu veux… Et demandes-en deux, ajouta Versavel. Je t'accompagne ! »

L'homme aux jumelles s'approcha d'eux.

« La porte d'entrée a l'air en bois massif, dit-il. Ce sera peut-être impossible d'entrer au bélier. Et les fenêtres sont très petites. »

Didier, le chef de l'équipe, hocha la tête.

« Et la porte de derrière ?

— Un moment », répondit l'homme aux jumelles.

Les membres de l'équipe Cobra communiquaient par radio, via le micro intégré à leur casque.

« La porte de derrière ne pose aucun problème, dit l'homme aux jumelles.

— Alors on attaque par là ! »

Les hommes enfilèrent leur cagoule et avancèrent à pas lents vers la ferme. Van In se sentait redevenu le petit garçon qui jouait aux gendarmes et aux voleurs avec ses amis. La différence, c'était que cette fois, c'était un vrai flingue qu'il avait au poing, pas un jouet.

Lorsque Joris vit approcher les hommes en armes, il ferma les rideaux. Sans se demander comment ils l'avaient repéré, il chercha fébrilement le moyen de s'échapper. Il y avait deux fenêtres et une porte dans la remise. À pied, il n'avait aucune chance de s'en sortir. Heureusement, la porte s'ouvrait vers l'extérieur et il avait sous la main une puissante moto. Il marcha jusqu'à la table où était posée la valise sécurisée, fourra l'argent dans son sac en toile et le mit en bandoulière. Puis, il enfourcha la moto et se prépara à démarrer.

Bossuyt n'était plus qu'à dix kilomètres de la frontière franco-belge quand une patrouille de police le repéra et se lança à sa poursuite. Serrant les dents, il mit pleins gaz, mais c'était perdu d'avance. Cinq minutes plus tard, les flics lui faisaient une queue de poisson. Il pila net. Aussitôt, deux inspecteurs de police bondirent de leur voiture, arme au poing, et lui ordonnèrent de descendre de la camionnette et de s'allonger sur l'asphalte, jambes écartées. Bossuyt écrasa son visage contre le sol et versa des larmes amères. Son rêve turc s'envolait.

« Ils ont attrapé Bossuyt, annonça Didier, qui venait d'apprendre la nouvelle par radio. Quelque part dans les environs de Poperingue. »

Ils étaient arrivés à la porte de derrière. Deux hommes de l'équipe Cobra étaient prêts à intervenir avec le bélier.

« Il était seul ? demanda Van In.

— Oui, répondit Didier. Et il avait pas mal d'argent avec lui.

— Combien ? »

Didier haussa les épaules.

« Ils sont toujours en train de compter.

— Ce n'est pas bon signe », commenta Van In.

Il était clair que Bossuyt avait essayé de quitter le pays. Mareel avait certainement pris la tangente lui aussi. Van In renfonça son pistolet dans sa ceinture, pour signifier qu'il n'y croyait plus du tout.

Il ne pouvait pas accepter l'idée de s'être fait rouler dans la farine par un gamin de dix-huit ans. Le pire, c'était qu'il allait se rendre ridicule en attaquant une ferme vide appuyé par de grands renforts.

Didier ne se laissa pas décourager. À son commandement, ses hommes enfoncèrent la porte de derrière et firent irruption dans la ferme, armes braquées devant eux.

« Et merde ! »

Van In pivota sur lui-même et se mit à courir comme un dératé, suivi par Didier et Versavel. La moto leur passa sous le nez.

« Il était caché dans la remise ! » hurla Van In, furax.

La moto prit un virage serré et se lança à l'assaut de la petite route de campagne. Les deux Cobra qui étaient restés près des voitures réagirent avec sang-froid. Ils épaulèrent leur arme et visèrent.

« Ne tirez pas ! hurla Van In. Mais dis-leur de ne pas tirer, bordel ! »

Didier répéta l'ordre juste au moment où un des deux hommes allait relâcher la détente.

Mareel roulait droit vers eux. À la dernière minute, il décéléra, contourna les deux véhicules de l'équipe Cobra et repartit en direction de la ferme.

« Mais qu'est-ce qu'il fiche, bon sang ?! » hurla Van In.

Didier, qui avait l'habitude d'analyser très vite une situation critique, piqua un sprint vers la moto. Il y avait un petit talus de terre battue une cinquantaine de mètres plus loin. Mareel mit les gaz et s'en servit comme d'un tremplin. La moto décolla du sol et fut propulsée plusieurs mètres en avant, comme dans une scène de cascade. Elle atterrit brutalement dans un pré, mais Mareel réussit à en garder le contrôle.

« Il est inventif, en tout cas, dit Versavel.

— Admire-le, tant que tu y es, Guido ! »

Les membres de l'équipe Cobra coururent aussitôt aux voitures et se lancèrent à la poursuite de la moto. Ils la perdirent de vue plusieurs fois, mais tentèrent de la rattraper en gardant plus ou moins le cap.

Pendant ce temps, Van In alerta tous les corps de police des environs et ordonna une chasse à l'homme à grande échelle. Dix minutes plus tard, le message tombait : Mareel avait été signalé sur une route de campagne aux abords de Lissewege. La police locale était à ses trousses.

« Il ne peut pas nous échapper », dit Van In.

Versavel hocha la tête, monta dans la Golf et alluma la radio de bord.

« Qu'est-ce qu'on fait, maintenant ? »

Mareel filait en direction de Zeebrugge. Là, il pouvait aller soit vers Blankenberge, soit vers Knokke-Heist.

« On attend encore un peu », dit Van In.

Il alluma une cigarette et inspira nerveusement une bouffée. À l'annonce que Mareel avait pris la direction de la digue de Zeebrugge, il jeta sa clope entamée par la vitre.

« On le tient, maintenant ! dit-il.

— Je n'en suis pas si sûr, répondit Versavel.

— Il ne peut plus aller nulle part, Guido. La digue, c'est une impasse.

— Pas vraiment, boss. De là, il peut prendre un chemin à travers les dunes jusqu'à Blankenberge. À moto, c'est faisable. En voiture, j'en doute.

— Merde !

— Admets qu'il est ingénieux, le gamin ! »

Van In haussa les épaules et hurla dans la radio à l'intention de Catrysse :

« Tu peux l'arrêter avant qu'il n'arrive sur la digue de Blankenberge ?

— J'ai mis quatre voitures sur le coup, dit Catrysse. Ne t'inquiète pas. Il ne passera pas. »

Deux minutes plus tard, on annonçait que Mareel avait pris un sentier dans les dunes et qu'il était maintenant sur la plage.

« Là, il est fait comme un rat ! » s'exclama Van In.

La plage de Blankenberge s'étendait sur environ deux kilomètres. Elle était délimitée d'un côté par l'estacade et de l'autre par le chenal du port. Versavel actionna le gyrophare et la sirène et fonça à la suite d'une autre voiture de police qui roulait droit sur le port.

« Là ! Il est là ! »

Mareel roulait le long de la mer, faisant gicler l'eau

autour de lui. Deux voitures de police étaient déjà stationnées au bout de la digue.

« Qu'est-ce qu'il fait, maintenant ? »

Mareel avait arrêté sa moto à hauteur d'un escalier de bois qui permettait d'accéder à l'estacade à marée basse. Il lança son casque dans le sable et monta les marches en courant. Versavel n'hésita pas une seconde. Au bout de la digue, il était possible de rejoindre l'estacade, mais Mareel avait trop d'avance pour qu'il soit encore possible de le rattraper. En haut du phare, il escalada la balustrade. Sous lui, la mer s'écrasait contre les piliers de bois.

« Merde ! Il va sauter ! »

Van In bondit hors de la voiture.

« Ne faites pas ça, Joris ! »

Mareel se retourna, puisa l'argent dans son sac et le lança à la mer.

« Il est devenu fou ! s'exclama Versavel.

— Ce n'est que de l'argent, Guido.

— Laisse-moi lui parler, Pieter ! dit Catrysse d'une voix tremblante en posant une main insistante sur l'épaule de Van In.

— D'accord, vas-y.

— Joris ! Écoute-moi, s'il te plaît ! Je sais ce qui te rend malheureux. Mais ne fais pas ça ! Ta mère a besoin de toi, mon garçon ! »

Ces mots semblèrent avoir un effet apaisant sur Mareel. Il fit oui de la tête. Van In eut l'impression qu'il était sur le point d'éclater en sanglots. Catrysse en profita pour approcher. Mareel le regarda droit dans les yeux un instant. Puis, il fit volte-face et se jeta dans la mer.

« Joris ! Non ! » hurla Catrysse.

Il ôta ses chaussures et voulut sauter à la suite du jeune homme, mais Versavel et Van In réussirent à le retenir.

« À cette températurc, tu ne tiendrais pas cinq minutes !

— Mais lui non plus ! » hurla Catrysse.

Versavel appela le service de sauvetage en mer. En vain. À son arrivée, Mareel avait déjà été avalé par les flots.

Lorsqu'ils parvinrent à le repêcher, un quart d'heure plus tard, il leur fut impossible de le réanimer.

Catrysse assista à la scène, les mâchoires et les poings serrés. Van In posa une main sur son épaule.

« Je voudrais comprendre, Luc. Viens. Allons faire quelques pas. »

Ils retournèrent sur la digue. Pendant de longues minutes, Catrysse ne prononça pas une parole. Mais alors qu'ils prenaient le chemin du port, il explosa :

« Il y a des gens à Blankenberge qui pensent que j'ai fait un gosse à Annelies et que Benjamin Vermeersch était mon fils, mais ce n'est pas vrai. Je l'aimais. Je l'ai toujours aimée. Même quand elle allait avec d'autres hommes. Ce que tout le monde ignore, c'est que l'année où Benjamin Vermeersch a quitté l'Angleterre et qu'il est venu s'installer en Belgique, il a fêté le carnaval avec des amis. Les conséquences ont été dramatiques. Annelies était saoule. Elle s'est laissé draguer et plus, dans une arrière-salle de café.

Ils se sont connus une dizaine de minutes, pas davantage. Si tu vois ce que je veux dire.

— Et personne ne lui avait dit qui était sa mère biologique ? Ou comment elle s'appelait ?

— Non. Il savait seulement qu'elle vivait en Belgique.

— Il aurait quand même pu se douter de quelque chose ?

– Au carnaval, personne ne demande rien à personne. Annelies n'a compris que plus tard, quand elle a confié à une amie qu'elle était tombée enceinte après avoir fait l'amour brièvement avec un inconnu au carnaval.

— Cette amie le connaissait bien ?

— Il avait essayé de la séduire, elle aussi. Et quand cette amie a raconté à Annelies que Benjamin venait de la ville de York et qu'il y avait été adopté par une Belge qui avait ensuite épousé un Anglais, son monde s'est effondré. Quelques jours plus tard, elle m'en a parlé, et j'ai retrouvé Benjamin pour elle. C'est ainsi que la tragique vérité a éclaté au grand jour. »

Van In était sous le choc.

« Et pendant dix-huit ans, personne n'a rien dit…

— Non. Personne. Annelies n'a plus jamais fait l'amour avec aucun homme. Et Vermeersch a juré de ne jamais essayer d'entrer en contact avec elle.

— Et c'est maintenant que tu m'expliques tout ça ! »

Catrysse écrasa une larme.

« Je suis désolé, Pieter. »

Six semaines plus tard, quand Antoon Vandamme ouvrit la porte de sa petite maison de la rue Breydel, une puanteur atroce le saisit à la gorge. Une demi-heure plus tard, le téléphone de Van In sonnait. C'était Catrysse qui lui annonçait qu'on avait retrouvé le cadavre de Vermeersch, ou en tout cas ce qu'il en restait, dans la cave d'une maisonnette de pêcheurs, la maison Majutte.

Van In raccrocha et alluma une cigarette. Avant de transformer cet endroit en résidence d'écriture, Antoon Vandamme y avait exploité un petit magasin d'antiquités avec sa femme. Catrysse avait trouvé dans une armoire une pile de sacs en plastique portant l'inscription « Maison Majutte : antiquités et brocante ». Germaine, la vieille de Meetkerke à la mémoire photographique, leur avait donné un tuyau en or. S'ils avaient réussi à l'exploiter, Vermeersch serait peut-être toujours en vie. Van In écrasa sa cigarette dans le cendrier en jurant.

Du même auteur
aux Éditions Albin Michel :

LE CARRÉ DE LA VENGEANCE, 2007
CHAOS SUR BRUGES, 2008
LES MASQUES DE LA NUIT, 2009
LA QUATRIÈME FORME DE SATAN, 2009
LE COLLECTIONNEUR D'ARMES, 2009
DE SANG ROYAL, 2010
LA MORT À MARÉE BASSE, 2011
PIÈCE DÉTACHÉE, 2011
LE TABLEAU VOLÉ, 2011
COUP DE PUB, 2012
LE MESSAGE DU PENDU, 2012
L'AFFAIRE DU TAROT, 2013
13, 2013
DERNIER TANGO À BRUGES, 2014
LA FEMME TATOUÉE, 2014
FAITES VOS JEUX, 2015